木槿通信

木槿通信

金素雲

『사람이 밟는 길 폭은 겨우 몇 치에 불과한데 왜 한 자가 넘는 언덕길에서 굴러 넘어지며, 한 아름이나 되는 통나무 다리에서 자칫하면 강물로 떨어지는가? 좁은 언덕길, 좁은 다리에 여지가 없기 때문이다. 진실이 사무친 말도 남이 믿어 주지 않고, 천지에 부끄럽지 않은 주장도 남의 수긍을 얻지 못할 때가 있으니, 이것은 모두 내 언행, 내 사람됨에 여지가 부족한 까닭이다. 나를 비방하는 이가 있을 때마다 나는 이 점을 반성했다.』《안자가훈顔子家訓》

고인古人(옛사람)이 남긴 이런 말이 새삼 머리에 떠오를 때가 있다. 일본에 관해서 나는 많은 말을 되풀이해 왔다. 어느 한마디도 과장은 아니었고, 진정을 기울이지 않은 발언은 없었다. 그런데도 날이 갈수록 밑 없는 항아리에 물을 붓는 것 같은 허전한 공허감에 사로잡히는 것은 웬 까닭일까?

일본과 관련한 어떤 쇄말瑣末(매우 작거나 잘다)의 문제도 찾아 들어가면 두 민족의 구원久遠(영원하고 무궁함)한 장래에 결부되지 않은 것이 없다. 거기에는 원심遠心과 구심求心, 거시와 미시의 상반된 두 안목이 작용되어야만 한다. 그러나 내 조급한 마음은 언제나 구구한 목전의 현상에만 눈이 쏠리게 마련이다. 한·일 간에 가로 놓인 숙명적인 장벽, 거기서 빚어지는 갖가지 마찰과 알력, 그것은 마치 쓸어도 쓸어도 한이 없는 바람에 휘날리는 가랑잎과도 같다.

〈목그통신木槿通信〉을 처음 쓴 지 벌써 20여 년이 지났다. 그새 일본은 패전의 굴욕을 딛고 일어나 의젓한 경제대국으로 성장했고, 국민의 생활 양상도 그때와는 비할 나위 없이 풍요해졌다. 그러나 어느 한 민족의 정신적 체질이 50년, 백 년의 시간 경과로 변모될 수 없다는 것은 우리들 자신의 경우에 비추어서도 섭사리 판단이 간다. 20년 묵은 글을 다시 한번 내놓는 것은, 오로지 우리의 국민 도의를 지켜나가고 이웃 나라를 과부족 없이 정시正視(똑 바로 봄)함에 있어서 만분의 1이라도 기여하는 바 있기를 기구하는 마음에서이다.

나라를 떠나 있었던 십수 년 사이에 홍종인洪鍾仁 씨를 비롯한 친지 지기며, 혹은 미지의 인사들의 손을 거쳐 책자로, 대학의 교과 자료로, 이미 국내에서 10여 차례나 전재轉載(옮겨 실음)와 복간을 거듭해온 〈목근통신〉은 과반생過半生의 문필 도정道程에서 글 쓰는 보람을 가장 떳떳이 내게 안겨다 준 글이기도 하다. 삼성문화문고 판을 기회로 자구字句의 일부에 약간의 수정을 가한 것과, 이것으로 마지막 결정판을 삼을 생각이란 것을 아울러 밝혀 두어야 하겠다.

귀국 후에 쓴 잡필雜筆(두서없이 쓴 글) 중에서 일본에 관한 몇몇 제목을 추려 같이 수록했다. 모두 여백 없는 다급한 글인 데다가 간혹 중복된 대문이 있어 읽는 이에게 미안한 생각이 없지 않으나, 목적을 같이하면서도 제각기 따로 독립된 내용이기에 굳이 손을 대지 않고 그냥 두었다.

바라건대 한·일 두 나라 사이에 서려 있는 혼돈과 저미低迷(안개 등이 낮게 끼어 어둑하다)의 안개가 가셔져서, 10년 후, 20년 후에는 이런 글들이 한갓 쓸모없는 고담譚으로 돌려지기를.

1973년 9월

수유산록水踰山麓, 어수원魚睡園 서실에서 저자

목차

3부

일러두기

이 책은 《목근통신(木槿通信)》상문화재단, 1973을 재출간한 것입니다.

맞춤법과 어법 등은 원저에 충실하게 살리되 한문 표기는 가능한 한 한글로 고치고 부득이한 경우 한자를 병기했습니다.

문장부호 중 세로짜기에 맞춰 『 』는 《 》로, " "는 「 」로 표기했습니다.

책 이름과 신문 등 정기간행물은 《 》로, 글 제목, 노래와 영화명은 〈 〉로 표시했습니다.

일본어 등 외래어 표기는 현행 외래어 표기법에 맞춰 수정했습니다.

원저의 주에 더해 재출간본에서 현대인에 낯선 용어의 주를 더하되 번호는 일괄적으로 처리했습니다.

목근통신 木槿通信

1 부

목근통신 木槿通信
—일본에 보내는 편지(1951·8·부산)

미움과 친애의 두 진실에서

친애하는 일본의 국민 여러분!

나는 대한민국의 총리도 국민대표도 아닙니다. 포의서생布衣書生1에 지나지 않는 일개인이 이런 전치사로 여러분을 부른다는 것이 혹시 외람될는지도 모릅니다. 그러나 나는 20 몇년이란 긴 세월을 귀국貴國2에서 살았습니다.

---

1 베옷을 입은 서생. 벼슬을 않는 평범한 선비를 가리키는 말.

2 상대 나라를 높이는 말.

우리나라 말로 『잔뼈가 굵어지도록』, 20 몇 년이라면 당신네들이 종전이라고 부르고 우리가 소위 해방이라고 하던 1945년까지로 마감해서 내 생애의 거의 3분의 2에 해당합니다. 그렇게 긴 세월을 나는 귀국의 우로雨露[3]에 자랐습니다. 내가 지닌 변변치 못한 지식이나 교양이라는 것도 따지고 보면 그 태반은 일본에서 얻어 온 것입니다. 친애란 말이 일편一片(한 조각)의 외교사령辭令[4]은 아닙니다. 진정 여러분에게 보낼 수 있는 내 마음의 인사입니다.

나는 3、4일 전에 어느 친구 집에서 우연히 30여 년이 지난 헌 기록 사진 몇 장을 보았습니다. 우리가 기미己未운동이라고 부르는 이른바 1919년의 「독립소요사건」때 당신네들 손에 학살당한 그 처참한 송장들의 사진을 내가 그날 처음 본 것은 아닙니다. 20여 년 전 동경 시모치아이下落合 오키노 선생 댁 서재에서 본 것도 바로 이 사진이었습니다. 그러나 나무에다 주렁주렁 목을 달아매어 죽인 그 사진을 그날

3   비와 이슬。여기서는 세월의 부대낌을 비유。

4   접대할 때 쓰는 형식적인 말。

다시 대했을 때 내 감정은 다시 한번 설레었습니다.

『죽일 놈들 같으니……, 이 죗값으로도 나라가 안 망할라구!』

그때 내 입으로 복받쳐 나온 말이 이것입니다. 「왜적」이니 「강도 일본」이니 하는 말로는 형용치 못할, 더 한결 절실한 미움이 용솟음친 것을 고백합니다. 이 미움과 이 친애는 둘 다 에누리 없는 내 진실의 감정입니다. 이 서로 상반되고 모순된 두 감정을 그냥 그대로 전제해 두고 이 글 하나를 쓰자는 것입니다.

《선데이매일》지의 기사

이 글은 여러분이 읽지 못할 글자로 여러분의 눈에 뜨이지 않는 한국의 신문에 실릴 것입니다. 그러나, 기필코 가까운 장래에 이 전문全文을 일본문日本文으로 옮겨 여러분이 읽을 수 있도록 하겠습니다. 이 약속은 반드시 이행되리라고 믿습니다.

지난해 가을, 정확히로는 1950년 9월 10일 호 《선데이매일》지 권두에 〈한국

17

전선에 종군하여〉란 좌담회 기사가 실렸던 것을 여러분은 기억하실 것입니다. 좌담회라기보다는 UP통신 특파원과 《뉴스위크》 부주필의 대담, 거기다 《선데이매일》의 기자 하나가 진행을 겸해서 한자리 끼었으니, 이를테면 세 사람의 정담鼎談이라고 할까요. 정담이든 대담이든 그것은 제쳐두고, 도대체 그 기사의 내용이란 것이 어마어마했습니다.

기탄없고 솔직한 점으로 보아 그 이상 바랄 수 없으리만치 한국의 약점을 찌른 명담名談이오, 쾌변快辯이었습니다. 도시니 촌락이니 할 것 없이 온통 구린내 천지란 이야기, 독가스는 없어도 구린내에 코가 떨어지지 않으려면 가스마스크가 필요하다는 이야기, 길거리에서 보는 거지며 부랑아들 이야기, 『무슨 죄를 졌길래 이런 나라를 위해 전쟁까지 해주어야 하느냐?』『소련을 응징하는 것이 이번 전쟁의 목적이라면 차라리 이런 나라는 소련에 주어 버리는 것이 더 효과적이 아니냐?』 등등, 바로 한국인의 심장에 비수를 겨누는 언언구구 기고만장한 대경구大警句5들이었습니다.

5 사상이나 진리를 예리하고 간결하게 표현한 말.

18

「구린내 나는 나라」의 출토품

다시 한번 친애하는 일본 국민 여러분!

내가 최근에 들은 바로는 《선데이매일》의 발행부수는 70만에서 80만 부를 상회한다는 얘기입니다. 대한민국으로는 상상치도 못할 방대한 부수입니다. 한 부를 다섯 사람이 읽었다손 치더라도 4백만에 가까운 이 숫자는 거의 일본의 독서 대중의 과반수에 해당할 것입니다. UP 특파원과 《뉴스위크》 부주필, 이 두 분의 외국 기자는 한국의 똥구멍을 털어서 그 적나라한 실상을 전 일본의 방방곡곡에다 소개하고 선전해 주었습니다.(삼성문화재단 후주後註: 《선데이매일》의 발행부수는 지금은 백 3, 4십만 부)

거기 대해서 우리들은 정히 냉한삼두冷汗三斗[6]일 뿐, 일언一言 반사半辭[7]의 대꾸가 있을 수 없습니다. 하물며 이것은 우리들이 「역사의 은인」이라고 부르는 미국 언론인

6 식은땀을 서 말이나 흘림. 곤욕을 치른다는 뜻.

7 한마디 말과 반쪽짜리 단어란 뜻으로 아주 간단한 말.

19

들의 대답입니다. 그 기사의 책임을 여러분에게 돌릴 이유도 없거니와, 그것을 여기서 추궁하고 항변하자는 것도 아닙니다.

우리가 오늘날 가졌다는 것은 「가난」과 「초라」뿐입니다. 어느 모로 따져 보아도 우리가 치켜세워서 남의 앞에 자랑할 것이 없습니다. 일찍이 남의 나라에까지 이식移植되던 우리들의 문화는 이미 남은 지 오래입니다. 그리고 그 문화의 대부분이 일본, 즉 당신네들의 나라로 수출되었습니다. 새삼스런 이야기 같습니다만 우에노上野 공원을 지나칠 때 여러분은 왕인王仁 박사의 기념비[8]를 자주 보실 것입니다. 일본에 처음으로 한문 문화를 이식한 우리 선인의 한 분입니다.

일본에 있어서 생활문화의 기본이라고 할 다도茶道, 지금도 일본의 여유층들은 비록 패전은 했을망정 그 다도를 숭상함이 예와 다르지 않을 것입니다. 그리고 거기 쓰이는 다기들은 좀 값나고 귀한 것이라면 대개는 이 「구린내 나는 나라」의 출토품들입니다.

8
한국인 조낙규趙洛奎의 유지를 이어 황명회장皇明會長 사궁헌장四宮憲章이 내외 인사의 정재淨財를 모아 1940년 4월 우에노공원 사쿠라가오카櫻ガ丘에 정비正碑·부비副碑 2기를 건립했다.

20

지나간 옛 문화가 아무리 찬란했기로서니 그것으로 오늘날의 우리의 처지를 호도

糊塗9할 구실은 못됩니다. 솔로구프10(의 작품)에 이런 우화가 있습니다.

동물들의 자격심사회에서 몇번째 차례에 거위가 나왔습니다. 심사관이 묻습니다.

『자네 공로는 무엇인가?』

『네, 저의 8대조 할아버지가 트로이 전쟁11 때 성을 넘어오는 적병을 맨 처음 발견

했지요. 그래서 하마터면 위태했던 성을 구해 냈답니다. 유명한 이야기죠.』

『그건 자네 8대조 이야기가 아닌가. 자네 공로가 무엇인가 말이야.』

『저의 공로가 무어냐고요? 제가 바로 그 8대조 할아버지의 8대손이지요.』

『글쎄 이 사람아, 트로이 전쟁은 트로이 전쟁이고, 자네는 대체 무엇을 했더냐 말

이다.』

9 풀을 바른다는 뜻으로, 어떤 사실을 얼버무려 넘김으로써 속이거나 감춤을 이르는 말.

10 러시아 상징파의 시인(1863~1928).

11 호머의 시 《일리어드》에 보이는 기원전 5, 6세기 그리스 트로이 성의 공방전. 전선戰船 1천, 병력 10만 여로 10년을 싸운 후에 마침내 트로이 성은 함락되었는데, 거위가 성을 구했다는 이 전설은 혹시 다른 이야기와 혼동된 것인지…. 거위가 울어 떠들어서 파수병의 잠든 것을 깨웠다는 뜻.

『원 참, 말귀도 못 알아들으시네. 제가 바로 트로이 전쟁에 공훈을 세운 그 거위의 8대 직손直孫이라니까요.』

우리는 비록 「구린내 나는 나라」의 족속이라고 하나 이 거위의 넌센스를 되풀이할 생각은 없습니다. 신라니 고구려니 해서 죽은 아이의 나이를 헤자는 것이 아니라 일체를 상실한 오늘날과 그 화려하고 풍요하던 옛날의 문화를 한번 맞대어 보는 것입니다. 서글프고도 부끄러운 회상입니다.

제 욕을 제가 하는 바보

《선데이매일》의 기자가 묻습니다.

『한국의 도시나 촌락에서 약탈을 당한 그런 흔적은 없던가요?』

『글쎄요, 한국에 약탈을 당할 만한 무슨 재산이 애당초에 있었던가요? 그토록 빈한합니다, 이 나라는…….』

UP 기자의 이 대답에는 「약탈의 대상이나 되었으면 제법이게」하는 또 하나의 저의가 풍겨 있습니다. 사실인즉 전화戰禍로 인해서 입은 직접 피해 외에도 한국의 국민들은 유형 무형으로 허다한 재산을 잃었습니다. 그러나 우리가 재산이라고 하는 물자며 세간살이들은, 있는 이의 눈으로 볼 때 소꿉장난의 부스러기들로 보였을 것입니다.

약탈의 대상도 못되리 만치 빈곤하다는 이 신랄한 비평을 그러한 의미에서 감수합니다. 그러나 간과치 못할 또 하나의 의미가 여기 있는 것 같습니다. 한국은 36년동안을 일본이 다스리던 나라입니다. 「일시동인一視同仁」[12]이라던 일본의 정치가 마침내 한국을 이 빈곤에 머무르게 했다는 사실은 별로 일본의 자랑이 못될 것입니다. 『센징鮮人의 주택은 더럽다』고 쓰는 것보다 「센징의 집은 도야지 우리 같다」고 쓰는 편이 문장 표현으로는 더 효과적이다.』

20년 전 동경 삼성당三省堂에서 발행된 교과서의 한 구절입니다. 현명하고 영리한

12 멀거나 가까운 사이에 관계없이 친하게 대해 준다는 뜻으로, 성인은 모든 사람을 똑같이 사랑함을 이르는 말.

귀국 국민에도 제 욕을 제가 하는 이런 바보가 있었습니다. 이런 천진한 바보의 귀에는 약탈의 대상도 못 된다는 외국 기자의 한국 평이 통쾌하고 고소했을지 모릅니다마는, 마음 있는 이는 아마 하나의 반성을 잊지 않았을 것입니다. 한국의 「미제라블」(비참悲慘)은 한국의 수치이기 전에 실로 일본의 비인도非人道, 일본의 정치악의 바로 미터였더라는 것을.

A: 『한국에서 돌아와 일본을 보니 여기는 바로 천국이야. 한국은 정말로 지옥이지……。』

B: 『정말이야, 전선에서 잠드는 UN 부대들의 야영의 꿈은 뉴욕이나 캘리포니아가 아니거든. 긴자, 도톤보리, 아사쿠사, 신주쿠, 하나코상, 노부코상의 꿈이지……。』

패전국이라던 일본이 천국이오, 36년의 질곡桎梏(차꼬와 수갑에서 벗어났다는 한국이 지옥이란 것은 메피스토펠레스와 파우스트가 자리를 바꾼 것 같은 신기하고도 재미있는 이야깃거리입니다.

　전쟁에 지면 사내란 사내는 모조리 아프리카로 끌려가서 강제 노동의 노예가 된다던 일본, 그 일본은 점령군 사령부의 관후寬厚(너그럽고 후한)한 비호庇護(감싸거나 보호함) 아래, 문화를 재건하며 시설을 다시 회복하여 하루하루 전전戰前의 면모를 다시 찾아가고 있습니다. 거기 비할 때, 연합국의 일원이오, 당당한 승리자인 중국은 그 광대한 영토를 버리고 대만으로 밀려가고, 해방의 기쁨에 꽹과리를 울리며 좋아 날뛰던 한국은 국토를 양단 당한 채, 지난 일 년 동안에는 두 번이나 수도 서울을 적수의 유린에 맡겨야 했던 이 사실, 냉엄해야 할 역사도 알고 보니 익살맞고 짓궂은 장난꾸러기입니다.

　행여나 오해하지 마십시오. 우리는 일본의 불행을 바라는 자가 아닙니다. 일본의 행복을 질시하는 자가 아닙니다. 비록 지옥의 대명사로 불리도록까지 일찍이 상상도 못한 간난艱難(몹시 힘들고 고생스러움)과 도탄塗炭(진구렁이나 숯불과 같은 데에 빠졌다는 뜻)을 겪고 있다고는 하나, 그러나 우리는 우리가 지녀나갈 최후의 덕성 하나를 쉽사리 잃어버리지는 않을 것입니다.

25

어느 쪽이 더 교활?

개인에 연령이 있는 것처럼 민족에도 민족의 연륜이 있습니다. 젊으면 경솔하고 순진하고, 늙으면 신중하고 교활한 것은 부정할 수 없는 생리의 약속입니다.

같은 민족끼리도 문화의 노약老若(늙음과 젊음)에 따라 이 차이는 현저합니다. 동경을 중심으로 한 관동과, 교토京都를 표준으로 한 카미가타上方의 기질이며 지방색을 비교해 본다면 여러분 자신이 이 사실을 수긍할 것입니다. 중국은 이미 늙은 나라입니다. 일본은 동양 삼국 중에서 가장 어리고 젊은 나라입니다. 그리고 한국은 민족의 연륜으로 보아 바로 그 중간에 위치해 있습니다.

일본인의 민족성은 조급하나 진솔한 것이 자랑입니다. 「대竹를 쪼갠 것처럼 꼿꼿하다」는 형용을 여러분의 나라에서는 곧잘 씁니다. 우리는 그것을 과신했기에, 만일 일본이 패전한다면 군인이란 군인은 모조리 자살해 버리리라고 믿었던 것입니다. 이것은 지금 와서 생각하면 실로 일장의 넌센스입니다. 일본이 그렇게 유순하게 승리자 앞에 무릎을 꿇고 그의 귀염까지 받으리라고는 상상치도 못했던 일입니다.

26

한국은 문화에 있어서 적어도 10여 세기를 일본에 앞선 나라입니다. 중국의 연륜에는 미치지 못하나 일본보다는 더 장성한 나라입니다. 따라서 사교성과 어인술御人術사람을 부리는 기술이 일본보다는 능해야 할 이치인데도 나타난 결과는 그와 반대입니다.

오오카와大川周明 박사는 전범자로 재감在監 중에 발광했다는 소식을 들었습니다. 그의 기염만장한 저술《일본 2,600년사》에 대해서 일찍이 나는 《부인공론婦人公論》에 글 하나를 쓰고 삭제 당한 일이 있습니다. 그 저서 중 소가蘇我 씨13에 논급論及한 대문에, 조선으로부터 도래한 귀화인의 예를 들어 우리 민족성을 교활하고 간악한 최적의 표본으로 내세운 한 구절이 있습니다. 만일 그가 발광하지 않고 정신이 성했다면, 한번 다시 물어보고 싶은 일입니다.

오늘날의 일본과 한국을 서로 비교해서 과연 어느 쪽이 더 순진한 민족이더냐, 어느 쪽이 더 능란하고 교활한 민족이더냐를. 그러나 다행히도 그는 광자狂者입니다. 광자의 권리로 그는 이 설문을 거침없이 외면할 것입니다.

13 일본 고분 시대 및 아스카 시대 (6·7세기 전반)에 권력을 쥐었던 호족 가문.

《하가쿠레^{葉隱}》[14]의 일화

사무라이(무사武士)가 골동품 가게에 와서 접시 하나를 만지다가 『값이 얼마냐?』고 묻습니다.

『네, 스무 냥입니다.』

『스무 냥이라니? 아니 이 사람아, 이게 스무 냥이란 말인가? 자넨 주인이 아닌 게로군. 주인을 불러 오게, 주인을…….』

『제가 바로 주인인데요.』

『주인이라? 주인이면 접시 하나 값도 모른다? 딴소리 말고 주인을 부르게.』

주인이라던 사람, 그 말을 듣더니 두말없이 접시를 도로 빼앗아 땅바닥에 탕탕 때려 부수고는,

『자, 잘 보시우. 이래도 내가 주인이 아니란 말이오?』

---

14 에도 시대 말기 하급 사무라이가 사무라이로서의 마음가짐과 각종 규범을 정리한 책.

일본에 보편화 된 「고바나시小噺」15의 하나입니다. 깨어진 접시 조각, 무색해서 얼굴이 붉어진 사무라이를 연상하면서 여러분은 이 고바나시의 통쾌미를 즐깁니다.

또 하나 이와 다른 《하가쿠레》의 일화가 있습니다.

떡장수 집 이웃에 가난한 홀아비 낭인浪人16과 그의 어린 자식이 살았다. 어린애가 떡 가게에서 놀다 돌아간 뒤에 떡 한 접시가 없어졌다. 낭인의 아들인 그 어린애에게 혐의가 씌워졌다.

『아무리 가난할망정 내 자식은 사무라이의 아들이다. 남의 가게에서 떡을 훔쳐 먹다니, 그럴 리가 만무하다.』

낭인은 백방으로 변명해 보았으나 떡장수는 종시 듣지 않고 떡값만 내라고 조른다. 이에 낭인은 칼을 빼 그 자리에서 어린 자식의 배를 갈라 떡을 먹지 않았단 증거를 보인 뒤에, 그 칼로 떡장수를 죽이고 저마저 할복, 자결해 버린다.

15 짧은 재담.
16 일본 역사에서 유랑하는 사람 또는 무사를 가리키던 말.

이 비참한 일화는 일본 국민성의 순일純一 불기不羈[17]한 표본의 하나라고 해서 칭송을 받으며, 듣는 자로 하여금 감탄과 상찬을 마지않게 한 이야기입니다. 만일 이 열렬한 의기를 용납지 못하는 민족이 있다면 당신네들은 언하言下(말이 떨어진 바로 그때)에 경모輕侮(업신여기거나 모욕함)와 멸시로 그들을 대하기에 주저치 않을 것입니다. 그 민족이 바로 이 한국입니다.

이상의 두 예화에서 우리들은 용렬한 소인의 성정性情, 제도濟度[18]치 못할 히스테리를 찾아낼 뿐입니다. 우리들은 이런 이야기에 불쾌를 느낄 뿐만 아니라, 이런 이야기를 자긍自矜(스스로에게 긍지를 가짐)하고 긍정하는 민족의 그 단순 소박한 윤리의식을 안타깝게 생각합니다. 이것은 20여 년을 일본서 살아온 나 같은 사람으로도 마찬가지입니다.

17 중생을 구제하여 열반의 언덕으로 건너게 함.
18 도덕이나 관습에 얽매이지 않음.

30

배움직한 일본의 「서비스 스피릿」

교활이니 순진이니 하는 쉬운 한마디 말로 어느 민족성을 단정한다는 것은 위험한 일입니다. 일 개인에도 서로 대립되는 양면의 성격이 있거든, 하물며 일 국 일 민족을 일컬어 어느 한쪽으로 규정지어 버린다는 것은 될 말이 아닙니다. 이 과오는 이미 오오카와 박사가 범했거니와 그 전철을 또 한 번 이 글이 답습한다는 것도 우스운 노릇입니다.

일본이 순진하든, 한국이 교활하든 그것은 대단한 문제가 아닙니다. 그러나 오늘날의 결과로 보아, 한국은 그 전통의 미와 민족의 숨은 정서를 백에 하나 나타내지 못하고 외국 기자의 입으로 「지옥」이란 별명을 듣도록 쯤 되었습니다. 반대로 전시戰時에는 미·영을 「귀축鬼畜[19]」이라고 부르던 일본이 그네들에게 되려 「천국」이 되고 말았습니다.

19 아귀와 축생을 아울러 이르는 말. 너무나 야만적이고 잔인한 사람을 가리키는 비유로 쓰인다.

31

여기에 한국인이 된 우리 자신이 반성할 허다한 문제가 잠재해 있는 것은 물론입니다. 우리는 불가피한 역사의 불행만을 구실 삼자는 것이 아닙니다. 인위적으로도 우리는 적지 않은 불행을 제조해 왔습니다. 이에 대해서는 마땅히 우리 자신이 우리의 뿌린 씨를 거두어야 할 날이 있을 것입니다.

그러나 그와는 별문제로, 패전국 일본이 「천국」이 된 그 연유나 경로는, 우리가 알고 싶은, 알아 두어야 할, 또 하나의 흥미 있는 과제입니다. 서양 주택에 중국 요리, 게다가 일본 아내를 거느린 사람은 세계에서 제일가는 행운아란 말이 있습니다. 일본의 「서비스 스피릿」이란 그토록 유명합니다. 이것은 우리로서도 배움직한 미덕의 하나입니다.

진주군進駐軍에 대해서 이 「서비스 스피릿」이 얼마나 철저하게, 충실하게 발휘되었던가는 상상하기 어렵지 않습니다. 이 점에 있어서는 내 눈으로 직접 보고 들은 바가 아니나 전해오는 소문만으로도 짐작하기에 충분했습니다. 내가 못하는 일을 남이 하면, 으레 탈을 잡아 보고 싶고, 티를 뜯어보고 싶은 것이 세정世情(세상 사정이나 형편)입니다. 그러나 우리는 일본의 이 미덕에 대해서 감히 입을

대지 못합니다. 일찍이 〈마담 버터플라이〉[20] 하나를 내지 못하고 시모다下田의 오키치

お吉[21] 하나를 가지지 못한 우리로서는 흥내를 내려야 낼 수 없는 노릇입니다.

UN군이 지나갈 때, 임을 벌리고 황홀히 쳐다보면서 『야아, 참 키도 억세게 크다』,

『그 친구 되게 검네』하고 란복을 마지않는 것이 대한민국의 가두 풍경입니다. 사교성

과 접대술에 이렇게 우둔한 민족이 「서비스」의 종가宗家라고 하는 일본 같은 나라와

지리적으로 이웃해 있다는 것이 이를테면 우리들의 불행입니다.

하필 일본과 비교하지 않는다 하더라도 우리의 사교성은 확실히 낙제입니다. 산

설고 물 설은 만리이역에 와서, 더욱이나 신명을 걸고 전야戰野를 달리는 이들에게 한

국이 지옥으로 비친다는 것도 이유 없는 망발妄發(분별없는 말이나 행동은 아닙니다.

20 21

20 이탈리아 작곡가 푸치니(1858~1924)가 1904년 발표한 오페라, 일본 여성이 주인공이다.

21 1856년 시모다에 개설됐던 미국 영사관의 영사 타운젠트 해리스의 애첩이었던 일본 여성.

일본을 이해함에 있어서

새 역사가 가져온 우리들의 비극 하나가 여기 있습니다. 우리는 서민 문학의 주인공인 춘향의 절개를 자랑하던 민족입니다. 왜장倭將의 허리를 끌어안고 남강의 푸른 물에 잠긴 논개의 의義를 흠모하던 백성입니다. 우리들이 아끼고 위하는 이런 고귀한 정신은, 홍모벽안紅毛碧眼22의 외국손님들 앞에는 하나의 「빵빵걸」의 매력에도 당하지 못합니다.

그들은 한국의 전통이나 문화를 연구하러 온 학자·예술가가 아닙니다. 그들이 흘린 피의 보상은 다만 승리뿐입니다. 승리 하나를 위해서 싸우고 있는 그들에게 춘향의 절개, 논개의 의를 이해하라는 것이 어리석은 지나친 기대입니다.

이렇게 말하면 혹시 오해를 살지 모릅니다마는, 일본의 천국설天國說이 「빵빵 문화」, 창부娼婦의 「서비스」에서 유래한다고 결론지을 것이라면 애당초에 이런 글이 필

요치 않았을 것입니다. 전후 일본의 새 유행인 소위 「아프레게르」(전후파戰後派)23와 당신

네들의 그 봉사 정신의 미덕을 같은 촌수로 따지도록 그렇게 일본에 대해서 나는 몰

이해한 사람이 아닙니다.

자화자찬 격입니다마는 나는 《겐지모노가타리源氏物語》24를 원문으로 읽을 수 있는

사람입니다. 《만요萬葉》25의 시심詩心을, 바쇼芭蕉26, 부손蕪村27의 경지를, 내 딴에는 이해

한다는 자입니다. 그 점에 있어서는 일본을 천국이라고 하는 어느 외국 기자, 어느 진

주進駐 군인에 뒤떨어질 바 아닙니다. 잘한 일인지 못한 일인지 그 결산은 별문제로

하고, 나는 내 지난 반생半生의 에너지를 기울여, 일본을 알고, 일본에 배우고, 일본의

그릇된 오만과 자존 앞에 내 향토의 문화와 전통의 미를 과시함으로써 임무 삼던 자

23 과거의 윤리관, 사회관을 의식적으로 경멸하는 말초적 향락파 무리를 가리킨다. 대칭對稱으로는 아방게르(전전파戰前派).

24 11세기 초 무라사키 시키부紫式部가 쓴 고전 소설. 일본 국문학의 백미로 꼽힌다.

25 일본 시문학사에서 가장 오래되고(759년경) 뛰어난 시가집 《만요수》를 가리킨다.

26 일본 전통시 하이쿠俳句의 중흥조中興祖. 성姓 송미松尾(1644~1694).

27 본명은 다니구치 부손. 18세기에 활약한 일본의 저명한 화가이자 하이쿠 시인.

입니다. 일본이 지난 「악」을 한국의 어느 애국자 못지않게 나는 잘 알고 있습니다. 동시에 일본의 「선」을 헤아림에 있어서도 누구에게 뒤떨어지지 않는다고 자부하는 자입니다.

일본의 「선善」을 두고

벌써 15년이 지난 옛날이야기입니다. 그때 나는 서울을 떠나 동경으로 여행 중이었습니다.

어느 날 숙소인 동경 철도호텔에 전화가 걸려 왔습니다.

『여기는 동경역입니다. 아무개 씨입니까?』

『네, 제가 바로 아무개입니다.』

동경역에서 내게 전화가 걸려 올 까닭이 없습니다. 이름이 비슷한 딴 사람에게 온 전화를 혹시나 잘못 받지 않았나 하면서 나는 그 다음 말을 기다렸습니다.

『다름이 아니라 당신께 갈 전보 한 장이 잘못 배달되어서 이리로 와 있습니다. 여기 저기 알아보느라고 시간이 걸렸습니다만 이제야 겨우 거기 체재하고 계시다는 것을 알고 전화를 드리는 겁니다. 벌써 전보 온 지가 두 시간이나 지났는데요……』

추측컨대 「동경스테이션 호텔」이라고 한 것을 「호텔」 두 자가 빠져 이런 착오가 생긴 모양입니다. 미안한 데다 전보라니 궁금하기도 해서,

『수고를 끼쳤습니다. 그런데 전문電文이 무언지요. 이왕이면 좀 읽어 보아 주실 수 없는지요?』하고 물었습니다.

『그러지요. 읽어 드리겠습니다』

저쪽 목소리는 그러면서도 약간 주저하는 기색입니다. 3, 4초 사이를 두고는 다시 한번, 공손한 그러면서도 어려워하는 어조로,

『지금 읽어드리겠습니다. 그런데요, 전보 내용이 좀 섭섭합니다만 부디 상심치 마시구요……』

서울을 떠날 때 어린놈이 성홍열로 앓는 것을 입원시키고 온 바로 직후입니다.

직감으로 전보의 내용을 나는 알아차렸습니다.

37

『괜찮습니다. 염려 말고 읽어 보아주십시오.』

태연하게 대답은 하면서도 그때 내 목소리는 아마 약간 떨렸을 것입니다. 전문은 역시 내 직감에 어긋나지 않았습니다. 어린 목숨이 숨을 거두었다는 기별이었습니다.

10년이 가고 15년이 지나도록, 나는 그날의 그 철도 직원의 목소리를 잊지 못합니다. 남의 불행, 남의 슬픔을 바로 내 것으로 환산할 수 있는 그 진정, 그 양식良識이야말로, 내가 목숨을 걸어서 내 향토, 내 조국에 옮기고 싶은 부러운 미덕의 하나입니다.

그러므로 해서 나는 감히 일본의 「선」을 안다고 자처합니다.

태평양 전쟁이 끝나던 바로 그해 이른 봄, 달 없는 어두운 밤길을 나는 나카노中野의 어느 친구댁을 찾아갔다가 돌아오던 길입니다. 등화관제 중이라 지척을 분별하기 어려운데다가, 비가 갠 뒤라서 길이 몹시 질었습니다.

『물구덩이를 밟지 않아야 하겠는데……』

나는 어느 길모퉁이에 서서 잠시 발을 멈추고 망설였습니다. 그때 저쪽에서 오는

등불 하나가 눈에 띄었었습니다. 여인네들이 두서넛 무슨 이야기를 지껄이면서 내가

서 있는 쪽으로 걸어옵니다.

「저 등불이 지나가기 전에 물구덩이 있는 데를 보아 두리라」 그런 생각으로 기다
리다가 그 등불이 내 옆을 지나치기 전에 나는 재빠르게 발을 앞으로 내놓았습니다.

거의 2、30보 딴생각을 할 겨를도 없이 빠른 걸음을 옮겨 겨우 큰길에 나왔습니다.
그리고는 짐짓 뒤를 돌아보았습니다. 어렴풋이나마 길이 보이던 것이 이상해서……。

내가 망설이고 섰던 그 지점에 위로 치켜든 등불이 그냥 머물러 있었습니다. 내가
물 뀐 땅을 다 지나도록까지 길을 비춰주고 있었던 것을 그제야 알았습니다.

눈물겨운 마음으로 나는 그 순간에、내 향토의 어느 밤거리에서도 이런 인인애隣人愛
(이웃 사람을 사랑하는 마을의 촌경寸景(잠깐의 풍경)을 다시 한번 볼 수 있을까 하고 생각해 보
았습니다. 그리고 또 하나 가슴에 치받쳐 오른 것은 「나라는 패할지나 이 인정이 아까

워라」하는 애처롭고 애절한 생각이었습니다.

연전에 나는 어느 글 속에 이 얘기를 쓴 일이 있습니다. 이런 글을 씀으로 해서 내

가 내 조상에 죄를 진 것이 된다면 주저 없이 나는 그 죄를 달게 받겠습니다.

「자유혼」이란 그 한마디

일본의 「선」에 대해서 내게 직접 관련 있는 두어 가지 예를 말씀했습니다. 「그까짓 것쯤으로」하고 여러분은 대수롭지 않게 생각하실지 모릅니다마는, 이것이야말로 여러분이 자손 대대로 물려가야 할 보배입니다. 그것이 고도의 문화 정신에서 우러나온 것이거나 아니거나, 일상생활의 지극히 평범한 윤리가 여기까지 이르렀다는 것은 부러운 일이 아닐 수 없습니다.

동양의 도의는 남의 선을 칭송하되 남의 악을 나타내지 말라고 했습니다. 이 글의 목적이 일본의 악을 지적하거나 규탄하는 데 있지 않은 것을 이미 여러분은 아셨을 것입니다. 그러나 「선」의 반면에 있는 또 하나의 「악」을 헤아리지 않고는 이 글의 조리가 서지 않습니다.

서두에서 말씀했거니와 나는 과반생 20년을 여러분의 나라에서 지냈습니다. 여러분의 착한 것, 잘한 것을 아는 그 비례로, 여러분의 그릇된 면, 잘못된 면을 보아 왔습니다. 그러나 그것을 일일이 들어서 여기다 벌여 놓으려는 것이 아닙니다.

40

일본의 정치악은 이미 전 세계가 아는 바입니다. 이른바 「동경 재판」은 국제 도의의 이름 아래 그 임무를 수행했습니다. 사실은 그러한 죄상, 법정에서 논의되고 추궁하던 그러한 몇몇 조목의 죄명은, 40년의 긴 세월에 우리 민족이 겪어 온 입으로 형언할 수 없는 가지가지의 굴욕에 비해서 너무나 경輕(가벼움)하고 적은 것이었습니다. 정복자의 권세 앞에 아부, 추종하던 몇몇 현관顯官(벼슬아치) 명사를 제외하고는, 3천만의 어느 누구가 피해자 아니었다고 할 것입니까?

전쟁 도발, 집단학살에서만 일본의 죄악이 시작된 것은 아닙니다. 나는 내가 어려서 자란 진해 군항에서 수비대의 일 하사관 앞에 불손했다는 이유로 길 가던 양민 하나가 타살당한 것을 압니다. 이름 없는 촌부 한 사람이 일본에 한을 품고 죽었다고 하면 그것은 적은 일이므로 해서 죄가 아니라 할 것입니까? 하물며 마을 하나가 아니오, 13도 방방곡곡이며, 하물며 어느 하루가 아니오, 반세기의 긴 세월에 걸쳐서 입니다.

나라 없음으로 해서 억울하게 죽고, 혹은 그 생애를 진창에 파묻어 버린 그런 내 동족들의 고발장을 만일에 일일이 수리受理(서류나 문서 따위를 받아서 처리함)했다고 한다면, 그

서류의 무더기는 일본의 의사당 하나를 다 비워서 충당해도 부족했을 것입니다.

그러나 그러한 일본의 악을 여기다가 또 한 번 들추자는 것이 아닙니다.

나는 귀국貴國에서 십수 권의 저서를 내고, 귀국의 문화인, 예술인들 사이에 약간의 지기知己를 가진 사람입니다. 그중에는 막역莫逆이라고 할 신우信友(믿음직한 벗)가 있고, 은의恩誼(은혜로운 정)를 입은 스승이 있었습니다.

그러한 나로서도 도쿄의 유치장 풍속이 몸에 저리도록 배었습니다. 내 이력서, 내 자서전의 가장 상세한 자료는 동경 경시청에 보관된 서류 이상이 없을 것입니다. 관동대진재關東大震災28에 불타버린 30년 전 하숙집 번지까지도 거기는 밝혀져 있습니다.

그러나 그러한 사원私怨(사사로운 원한)을 치켜들어서 오늘날의 일본에 구채舊債(묵은 빚)를 받으려는 것도 아닙니다.

20여 년 전에 도쿄에서 본 〈벤허〉29라는 영화의 한 장면을 나는 잊지 못합니다.

28 1923년 9월 일본 관동 지방을 강타한 대지진. 낭설로 인해 한국인들이 대량 학살당했다.

29 1959년 미국에서 개봉된 역사 영화. 윌리엄 와일러 감독이 유대인 청년 벤허의 고난과 승리를 감동적으로 그려낸 세계 영화사의 명작.

로마에 사로잡힌 유대인 청년 하나가 쇠사슬에 발목을 얽매인 채 수백 명의 노예들과 같이 북소리에 맞춰 전함에서 노를 젓고 있습니다. 지나치던 사령관의 눈이 그 청년의 노려보는 눈과 마주쳤습니다.

『너는 여기 온 지 얼마나 되었나?』

사령관이 묻자, 벤허는 뱉어내듯 대답합니다.

『네놈의 달력으로는 2년이다마는, 내 달력으로는 2백 년이다!』

사령관은 물끄러미 벤허를 내려다보다가 곁에 섰던 부관에게 명령합니다.

『저놈을 쇠사슬에서 풀어 주어라. 저놈은 노예가 아니다. 자유혼을 가진 놈이다.』

내 자신을 벤허의 위치에 두고 몇백 번 몇천 번 마음속으로 되풀이하던 그 한마디, 온 세계를 다 잃어도 그 한마디만은 잃지 않으려던 「자유혼」.

그 쇠사슬이 풀리고, 그 자유가 다시 돌아왔다고 합니다. 이제는 헌 문서를 뒤지지 않겠습니다. 치부해 두었던 미움과 원한을 오늘로 모조리 불살라 버리고, 이 통신이 여러분에게 전달하려고 하는 본래의 뜻으로 화제를 다시 돌이키겠습니다.

일본의 「악」

우에노上野나 히비야日比谷 같은 공원지대에 가면 쇠고리를 엮어서 줄을 두른 데가 자주 눈에 띕니다. 동상 주위에, 잔디밭가에, 혹은 연못과 길 사이에. 그리고 그 쇠고리를 이은 나지막한 기둥들은 대개 철주鐵柱에다 시멘트를 입힌 것입니다. 그냥 시멘트를 입힌 것이 아니오, 거기다 솜씨를 부려서, 빛깔은 시멘트인데도 모양은 흡사 나무같이 만들어 놓았습니다. 가지를 잘라낸 자국이 있고, 나무껍질도 그냥 붙어 있고, 게다가 연륜까지 그려져 있습니다.

주택지에서 흔히 보는 것은 푸른 대竹를 나란히 세워서 만든 울타리입니다. 그러나 그중에 진짜 대를 쓴 것은 열에 하나가 드물고, 대개는 부리키(함석)에다 페인트로 그린 대의 모형들입니다.

아취雅趣(아담하고 우아한 정취)란, 생활의 전통에서, 그 문화의 축적에서, 허구한 세월을 거쳐 저절로 이루어지는 것입니다. 마치 그것은 돌에 서린 석의 石ち(이끼)와 같고, 쇠그릇에 앉은 녹과도 같습니다. 인위적으로 만들어질 까닭이 없으련만 그것을 인위로

능히 만들어낼 수 있는 것이 여러분들의 국민성입니다. 아 취에다 실용까지 겸했으니 이렇게 편리할 수가 없습니다. 시멘트로 만든 나무기둥, 부리키로 된 대 울타리는 확실히 진짜보다도 견뢰堅牢(굳고 단단함)하고 오래갈 것입니다.

내가 지적하려는 것은 일본의 정치악이나 무슨 사원私怨이 아니오, 실로 일상생활에서 보는 이러한 사소한 「거짓」들입니다. 여러분 자신이 아마 의식치 못할 이 작은 문제들 속에 기실은 일본을 그르칠 중대한 화인禍因(재앙의 원인)이 숨어 있습니다. 모르는 이는 이것을 일본의 재간이라 하고 용한 꾀라 하여 상찬하리다마는, 그러나 어느 모로 따져 보아도 틀림없는 이것은 위조요, 가작假作(거짓 작품)이오, 「지름길」입니다.

「조선 명산 인삼엿」이란 것을 혹시 여러분은 선물로 받으신 일이 없는지요? 이 나라에 살던 일본인들 손으로 만들어진 이 상품은 카스텔라 상자 같은 함에 넣어서 걸에는 인삼 그림이 그려져 있습니다. 내가 말하려는 것은 그 내용이나 성분이 아닙니다. 인삼이 들었건 안 들었건 그것은 논외입니다. 상자를 열면 5분의 4는 칸을 질러 빈 채이고, 정작 인삼엿이란 것은 아주 얄따랗게 위로 한 줄이 놓여 있을 뿐입니다.

주로 여행자를 고객으로 삼는 이런 류의 상품은 되도록 용량을 적게 줄여서 짐이 되지 않게 하는 것이 친절한 도리일 것입니다. 그러나 그 상식을 역행해서 도리어 실질의 4배나 되는 큰 상자가 여기 쓰입니다. 그 이유는 누구보다도 여러분 자신이 잘 압니다. 제가 보낸 「오미야게」(선물)가 한 바퀴 둘러서 또 한 번 제 손에 돌아왔더란 이야기가 있습니다. 그토록 이런 상품은 손에서 손으로 릴레이 되는 경우가 많습니다. 그때 중시되는 것은 실질보다도 거죽입니다. 미쓰코시三越30의 포장지, 도라야虎屋31의 상자를, 내용보다 더 소중히 여기는 이유가 이것입니다.

구구한 작은 이야기들입니다. 그러나 옛날부터 원자 시대란 오늘날까지, 엿이라면 길게 뽑아 가루를 쳐서 날개를 가락으로 팔거나, 크게 한 덩이로 뭉쳐서 칼끝으로 떼어 팔 줄밖에 모르는 우리들 한국인으로서는, 이것은 어마어마한 사술術이오, 농간입니다. 이런 사술이 의심 없이 통용되는 일본이란 나라에 대해서 우리는 경의를

일본의 유명 백화점.

귀족 등 상류층을 고객으로 하는 일본 과자의 노포老舗.

46

표할 도리가 없습니다.

「오미야게」에 관련한 이야기가 또 하나 있습니다.

에노시마江の島는 이름난 경승지입니다. 바로 지척인 가마쿠라鎌倉에, 나는 종전 직전까지 몇 해를 살았습니다. 손님들을 동반해서 자주 에노시마에 갔습니다. 작은 섬 하나를 종관縱貫(세로로 꿰뚫음)해서 거기는 온통 명산품 가게의 행렬입니다. 젊은 여인들이 가게 앞에 서서 지나가는 손님을 불러들이는 소리가 진종일 그치지 않습니다.

가게마다 파는 상품은 비슷비슷합니다. 조개껍질로 만든 인형이 있습니다. 복어를 배를 불려서 만든 초롱이 있습니다. 석고에다 모래를 뿌린 후지산富士山이 있습니다. 그 밖에 형형색색의 깜찍한 상품들은 아마 백百으로 헤고도 남을 것입니다. 이것은 비단 에노시마에만 한한 것이 아니오, 이카오伊香保니, 닛코日光니, 아타미熱海니 하는 유람지면 어디서나 볼 수 있는 광경입니다.

기지와 착상의 묘가 가히 탄복할 만합니다. 복어가 변해서 초롱이 된다는 것은 기상천외입니다. 그러나 솔직히 말해서 나는 한 번씩 에노시마를 다녀올 때마다 《걸리버 여행기》의 소인국을 구경하고 온 것 같은 느낌이 듭니다. 그렇게 그 상품들은 옹

47

졸하고 구차합니다. 인간의 지혜를 써먹는 허다한 길 중에도 아마 가장 왜소하고 졸

렬한 예가 이 「오미야게」들일 것입니다.

일본 문화의 토양은……

문화란 천래天來태어날 때부터 갖추고 있음의 것이 아닙니다. 교류와 회전을 반복한 나머지에 그 토양에 적합한 종자가 그 적응된 조건 아래서 싹을 트고 자라서, 마침내 한 나라의 문화가 이루어지는 것입니다. 그렇다고 하면 표면에 나타난 생활문화에서 거꾸로 찾아 들어가 그 토양의 성분을 판단할 수도 있을 이치입니다.

호리蕙屋32의 가차假借33를 허용치 않는 지극히 섬세하고 신경질적인 것이 일본 문

32 자 또는 저울의 눈금 종류. 지극히 작은 분량을 비유적으로 이르는 말.

33 사정을 봐주거나 용서함.

화의 특질입니다. 가부키歌舞伎34며 노오쿄오겐能狂言35, 분라쿠文樂36의「닝교오시바이人形芝居37」같은 무대 예술을 위시해서, 바둑, 장기며 심지어는 한 접시의 요리, 한 잔의 다茶에 이르기까지 이 법도는 엄격히 지켜져 왔습니다. 소위 명인 기질이란, 이 문화 정신에 한결같이 충실한 준봉자遵奉者, 혹은 계승자를 두고 하는 말입니다. 일본이란 토양은 정녕 양심적이고 소승적小乘的이라야 할 이치입니다. 그렇지 않고는 일본 문화의 존재 이유가 서지 않습니다.

일본 문화가 외래인의 눈에 호기好奇와 관심을 끄는 이유가 여기 있습니다. 동시에 이 소작은 거짓, 구구한 도의의 결함이 문화 정신의 타락으로 지적되는 원인도 또한 이 소

34 짙은 분장과 양식적인 연기로 유명한 일본의 전통 연극.

35 일례를 들면, 남자가 분장하는 여자역은 손이 차가워야 상대에게 여자란 기분을 준다 하여 가쿠야樂屋에 얼음 그릇을 갖다 놓고 손을 차갑게 한다. 무대에서 술잔을 마시는 연기 하나에도 몇 년, 몇십 년의 공부가 필요하다. 어떤 소도구에도 진짜를 쓰지 않는다. 일부러 더 많은 수고와 비용을 들여 실제 쓰지 않는 가짜를 만들어서 쓴다. 정말 술잔에 정말 술을 부어 마시면 이것은 게이藝가 아니라는 해석이다.

36 노能는 일본 고전 예술양식의 하나로 가면악극.〈노오쿄오겐〉은 노 사이에 공연되는 막간 희극.

37 17세기 이후 등장한 일본의 전통 인형극. 꼭두각시.

승적인 문화 특질에 연유합니다.

나무토막으로 가장한 시멘트 기둥, 푸른 대로 눈을 속인 부리키 울타리가 일본인의 생활면에 등장한 것은 그리 오래지 않았을 것입니다. 옛날에 없던 이것이 명치기明治期 이후의 신풍속이라면 그렇게 연대를 국한해도 좋습니다. 그러나 체질이 가냘프고 선병질인 일본 문화 그 자체 속에 타락과 부패의 소인素因(근본이 되는 까닭이 잠재해 있다고 보는 것은 나 하나의 독단은 아닐 것입니다.

눈을 감고, 카미요神代(신화시대) 이래 2천여 년을 일본이 걸어온 노정을 두고 생각해 봅니다. 역사서를 펴지 않아도 주마등처럼 머릿속을 지나가는 그것은 일련의 다채로운 화폭畵幅입니다. 외래문물의 수입에 여념이 없던 아스카飛鳥, 나라奈良를 비롯해서 중세 일본, 헤이안平安, 가마쿠라鎌倉, 무로마치室町에서 겐로쿠元祿에 이르는 다단다사多端多事한 문화의 기복, 대륙에 준 것은 없으되 아시아 대륙의 문물은 활발히 일본으로 흘러 들어오고, 체질에 맞지 않는 문화는 한반도란 매개체를 경유함으로써 그 소화불량증을 미연에 방지했습니다. 중화 대륙이 일본 문화의 어머니라면, 한반도는 알뜰한 무상無償의 유모였습니다(우리는 그 대가를 바란 일이 없었길래).

50

그러한 은의에 대해서 일본이 보답한 것이 무엇인지, 삼한三韓 정벌이라 하고 분로쿠文祿 역役(임진왜란)이라 하여 여러분이 역사의 자랑거리로 삼던 이야기들이 바로 그것입니다. 왜구가 한반도를 석권하고, 도처에서 양떼 같은 어진 백성들이 무찔려 죽었으되, 불행히도 그때 이 나라에는 원자탄이 없었습니다. 그것은 우리들의 불행이기보다 역사의 오만이 조장된 의미에서 틀림없는 당신네들 자신의 불행이었습니다.

「받는 민족」에서 「주는 민족」으로

명치유신明治維新 이후에 새 문화가 물밀듯 밀려 들어와, 일본은 청일·노일의 전역戰役을 거쳐 어느새 세계의 열강과 어깨를 겨누게 되었습니다. 영·불·미·독은 일본에 걸음걸이를 가르쳐 준 보모요, 교사들이었습니다. 일체의 신문화는 이들 선진 국가의 루트를 통해서 섭취되었습니다. 심지어는 전쟁에서 패배한 노국露國(러시아)의 문화까지 받아들여, 하세가와長谷川二葉亭, 노보루昇曙夢, 요네가와米川正夫 등 노문학자露文學者까지배출했으나, 일본 문화의 한 토막이 러시아로 옮겨진 일은 없었습니다. 인류를 양분해서 「주는 자」와 「받는 자」로 구별한다면, 일본은 의심 없이 그 후자입니다. 남의 문화를 빌려 오면 어느새 손쉽게 제 것을 만들어 버리는 묘술 妙術, 그 재간은 가히 경탄할 만합니다. 그러나 마침내 남에게 나누어 줄 아무것도 일본은 가진 일이 없었습니다.

태평양 전쟁에서 설사 일본이 이겼다손 치더라도, 일본은 또 하나 문화가 마련하는 승패에 있어서 여지없이 그 실력을 폭로했을 것입니다. 야마토다마시 大和魂 38, 신도 神道、이케바나 生花 39、차노유 茶道、우키요에 浮世繪 40、다다미 疊 41 그리고 무엇, 무엇, 일본이 과시하고 자긍하는 그 어느 것을 들추어 보아도 남의 민족에 영양을 줄 「칼로리」는 아무데도 없었습니다.

38 일본민족 고유의 정신으로 강조된 관념.

39 일본의 고전적 꽃꽂이 기술.

40 일본에도 시대(1603~1867)에서 민 계층을 기반으로 발달한 풍속화.

41 일본의 가옥에서 바닥을 덮는 데 쓰는 짚으로 만든 사각형 돗자리.

52

「천국 일본」을 부러워하기 전에 우리는 진심으로 우려를 마지않습니다. 패전은 일본에 있어서 천혜의 기회였습니다. 일체의 허장성세를 양기揚棄42하고 벌거숭이의 새 몸으로 새 기원을 창조할 절호의 찬스였습니다. 받는 민족으로, 모방의 민족에서 창의의 민족으로, 배신과 오만의 민족에서 겸허와 성실의 민족으로, 소생하고 재출발할 기점起點이 실로 여기 있었습니다.

섬사리 천국이 되지 말기를 충심으로 바라는 바입니다. 패전의 침통한 체험, 그 체험만이 믿을 수 있는 일본의 새로운 재산입니다.

패전국 일본이 외래문화를 영합하기에 얼마나 급급한지는 상상키 어렵지 않습니다. 거기 대해서는 귀동냥한 이야기 하나를 여러분에게 도로 돌려드리면 족할까 합니다.

도쿄 마루노우치 일대는 불과 5、60년 전까지도 갈대가 무성한 습지대였습니다.

해상海上빌딩을 지은 나카조中條 공학사工學士(작가 나카조 유리코中條百合子의 부친)는 이 지대의

42 어떤 것을 그 자체로서는 부정하면서 한층 높은 단계에서 이것을 긍정하며 발전시키고 통일시켜 나가는 것을 말한다. 변증법의 주요 개념 중 하나.

특수성을 고려해서 지반 공사에 특별한 유의를 했다고 합니다. 또 하나 그 근처에 큰 공사를 담당한 어느 건축가는 일부러 미국까지 가서 3년 동안이나 고층 건물의 압력에 견딜 벽돌燒瓦을 연구하고 돌아왔습니다.

뉴욕 아닌 동경에 관동 대진재가 일어났을 때, 해상빌딩은 지반 전체가 배처럼 흔들렸으나 건물은 상傷치 않았고, 미국서 배워 온 또 하나의 빌딩은 대단한 피해를 입어 거의 새로 짓다시피 대수리를 했다는 이야기입니다.

새것을 찾으면 흥하고 옛것을 따르면 쇠한다는 것은 역사가 일러주는 교훈입니다.

그러나 그 새것을 어떻게 맞아들이느냐에, 문제는 달려 있습니다.

세계의 일본이기 전에

『네가 말하는 새것이란 대체 어떤 것이냐? 내일이면 없어지는 것, 또 다른 새것이 나오면 그 앞에서는 헌것이 되어 버리는 것, 그것이 너희들이 말하는 새것이냐?』

작년에 영화화되었다는 오사라기 지로오大佛次郎 씨의 원작 《무나가타 시마이宗方姉妹》《아사히신문朝日新聞》 연재) 중에 이런 대사가 있었습니다. 아방게르(전전파戰前派)인 그 언니가 아프레게르(전후파) 동생에게 하는 말입니다. 나는 그 소설을 읽은 일이 없고, 하물며 영화를 본 것도 아닙니다마는, 이 대사 하나로도 전후戰後에 양립된 두 생활 정신의 마찰과 고민을 엿볼 수 있습니다.

외국인이 칭송하는 일본, 한국전선에서 싸우고 있는 UN군 병사들이 꿈에 본다는 일본, 그 호의와 동경이 진실 일본의 덕과 선에 대한 대가로 지불된 것이라면 그 이상의 다행은 없을 것입니다. 그러나 이 점에 있어서 약간의 회의가 없지 않습니다. 만일 이것이 일본이란 체질에 유의함이 없이, 마구 맞아들인 새것과의 친화, 야합에서 생겨진 결과라면 이 마천루는 지극히 위험합니다. 지진에 흔들리지 않더라도 언젠가 한 번은 무너져 버릴 사상砂上의 누각입니다.

『며칠 전 신문사 친구 하나가 술이 한 잔 돼서 신주쿠역을 나오다가 노리코시乘越

기차 등에서 내릴 곳을 지나더 탐.

43

로 개찰구에 붙들렸다. 악의 아닌 것을 백방 진변陳辯(까닭을 말하여 변명함)했으나 듣기는

커녕 「이 자식! 신주쿠역을 몰라 봤더냐」고 추상같은 호령. 신문사 친구, 횟김에 좀

골려 줄려고 마침 포켓 속에 들었던 「미 메이저 리그 개막, 세네타스 선승先勝」이란 영

문 타이프로 찍은 UP 전보를 기고만장한 「국철國鐵맨」의 코끝에 내밀었더니, 별안간에

안면 창백, 평신저두平身低頭44로 한 번만 용서하라고 백배 사죄. 이후로 이 친구, 술 한

잔 할 때면 영문으로 찍은 타이프 문서를 반드시 가지고 다니기로 했다나. 그것이 약 광

고거나 미국제 드라이아이스의 선전문이거나 간에 효과는 백발백중. 그야 국철 총업원

이나 경관뿐이 아니라 이 현상은 일본 전국 도처에서 목도하는 풍경이지마는……」

작년 6월 호 《문예춘추》의 6호 기사에서 인용한 한 구절입니다. 이런 기사가 활

자로 실려졌다는 것이 벌써 거기 대한 반성과 비판을 의미하는 것이리다마는, 사대

주의를 한국의 전매특허로 아는 일본에도 『긴 것에는 감겨라』는 비굴의 「생활 철

학」이 있었다는 것을 이 6호 기사가 여실히 입증해 줍니다.

이 철학은 양기揚棄되어야 하겠습니다. 새것은 활발히 받아들이되, 일본 문화의 고유한 특질은 어디까지나 살려나가야 할 것입니다. 일본이 능히 인류에 기여할 수 있느냐 없느냐는, 일본이 그 문화의 개성을 유지할 수 있느냐 없느냐와 일치되는 과제입니다.

연전에 신문의 통신기사를 통해서 구메久米正雄45 씨가 일본을 미국의 일 주一州로 만들고, 성조기에 별 하나를 더 가하자고 제안했다는 소식을 들었습니다. 간단한 기사 하나로는 그 진의를 알기 어려우나, 이것이 만일 사실이라면, 그리고 정치와 문화의 연관성을 우리가 부정하지 않는다면, 이것은 일본의 의무 포기요, 야간도주입니다.

《문예춘추》의 금년 5월 호에 흥미 있는 글 하나가 실려 있습니다. 〈아메리카의 남편과 일본의 남편〉이란 제목입니다. 행주치마를 두르고 부엌에서 그릇을 씻는 아메리카의 남편을 어느 영자신문의 일본인 주필이 풍자한 데서부터 시작된 갑론을박의 왁자지껄한 시비곡절기입니다.

45 나쓰메 소세키漱石 문하의 소설가로 소설 《파선破船》의 작자.

나 자신 부엌에서 접시를 씻을 용기는 없습니다. 일본의 대다수 남성이 역시 그러하리라고 생각합니다. 접시를 씻지 않는 대신에 아내에 대한 애정과 성실은 다른 방법으로 표시하겠습니다. 사내가 행주치마를 두르고 부엌에 서지 않는다고 해서 그것이 동양인의 수치일 리 만무합니다.

이 작은 화제 하나로도 동양과 서양 사이에 가로놓여 있는 생리의 거리를 설명하기에는 충분합니다. 일본은 「세계의 일본」이기 전에, 먼저 「동양의 일본」, 「일본의 일본」이라야 하겠습니다. 지나친 발언입니다마는 이것은 이웃된 자로서의 간곡한 충고요, 희망입니다.

서로의 공동 이해利害에 있어서

《조선시집朝鮮詩集》을 읽고 한국이 그리워서 찾아왔다는 밀항 청년 하나를 나는 그 책의 저자인 책임으로 만난 일이 있습니다. 도마베지苫米地 장관의 조카 되는 이 청년의 인상은 순실하고 좋았습니다. 한국의 경찰에서는 그를 국제 스파이 피의자로 대접했으나 내가 보는 바로는 한갓 선량한 로맨티스트였습니다. 경찰의 오해도 풀려서 월여(月餘)(한 달 남짓) 후에 그는 일본으로 다시 돌아갔습니다.

《도쿄아사히(東京朝日)》의 사회면에 그의 귀국담이 커다랗게 실렸고, 그 대부분이 나와의 대화를 전한 것이었습니다. 오전(誤傳)(사실과 다르게 전함)이 약간 있어서 한국의 가십 메이커들에게 일시 화제를 제공했습니다.

도마베지 군에게 내가 한 말의 요지와 그 착오점은 대개 이러합니다.

A: 한국에서 일본으로 밀항해 간 사람이 수만 명은 넘을 것이니 그 답례로 한두 사람 일본인이 왔다고 해서 야단법석할 것은 없고, 내가 위정자라면 국빈 대접을 했을 건데. 이것은 농담.

B: 그대는 일본이 싫어서 한국으로 왔다고 하나 한국의 어느 모를 일본보다 낫고 보았는지. 일본이나 한국이나 문화는 다 같이 혼돈 상태에 있어 마치 탁류 같으나, 그래도 일본 문화는 체로 거른 탁류요, 한국 문화는 거르지도 못한 진짜

탁류라고 한 것, 이것이 《도쿄아사히》의 기사에는 문화란 의미를 떠나 한국과 일본의 비교론이 되었고,

C. 한국에서 지금 제일 아쉬운 것은 정치나 경제의 기술적 빈곤보다 먼저 양심과 눈물과 창의의 원천인 「시詩 정신」이라고 한 것이, 기자의 붓끝으로 『한국인의 염원은 위대한 시인됨에 있다」고 전해져서, 한국이 대단한 「예술의 나라」가 되고, 따라서 제 2, 제 3의 도마베지 군을 만들 위험스런 기사가 되었고,

D. 동양의 운명을 동양인 된 우리가 회피할 도리는 없으니, 지금은 반세기의 정치적 감정으로 한·일의 문화 교류가 암초에 얹혀 있으나 불원不遠한 장래에 서로의 공동 이해利害에 있어서 제휴하고 협력할 날이 반드시 있으리라는 이야기가, 한국의 속성 애국자들 눈에는 정치적인 친일파의 변으로 해석되었던 등등입니다.

도마베지 군을 만난 것은 3년 전입니다. 그리고 지금도 나는 이 의견과 희망을 버리지 못합니다. 도마베지 군 같은 순실한 청년을 통해서 일본의 젊은 세대, 「영 제너레이션」에 기대함이 큰 것을 전하고 싶습니다.

『내 어머니는 「레프라」일지도 모릅니다』

이제는 이 장황한 편지에 결말을 지어야 하겠습니다. 일본에 대해서 너무 아는 체한 것이 부끄럽습니다마는, 그러나 하고 싶은 얘기를 이것으로 다한 것은 아닙니다. 원컨대 여러분들과 자리를 같이해서 한국과 일본이 지닌 이 구원久遠의 숙명에 대해서, 좀더 활달하게, 좀더 솔직하게, 흉금胸襟[46]을 토로하고 싶습니다. 그러나 그런 기회가 아직도 내게는 허락되지 않았습니다.

구원의 숙명, 진실로 그렇습니다. 미우나 고우나 이것은 숙명적인 인연입니다. 과거의 수천 년이 그러했고, 다가올 수만 년이 또한 그러할 것입니다. 개인의 이웃은 떠나 버리면 그만입니다. 그러나 민족의 이웃, 국가의 이웃은 떠나 버릴 수 없고, 땅덩이를 실어서 이사할 수도 없습니다.

한국이 오늘날 당면하고 있는 고난과 비통을 이미 여러분은 아실 것입니다. 인간

앞가슴의 옷깃. 마음속에 품은 생각을 이르는 비유.

61

이 상상할 수 있는 최대한의 쓰라림과 불행을 우리는 이미 겪어온 것 같습니다. 여기 대해서는 아름다운 말, 호기스런 장담으로 외면을 호도하려고 하지 않습니다. 그러나 최후로 한마디 말을 덧붙여야 하겠습니다.

우리는 역경에 있어서 강한 민족이었습니다. 신라의 옛날은 모르거니와 고려의 문화[47], 이조의 학예學藝[48]가 한 가지로 고난의 어둠 속에서 더 한층 빛났다는 것이 우

고종高宗 40여 년간은 가장 심히 남에게 몰려 지낸 시기요, 또 그 3분의 2를 강화로 가서 칩거하였지마는 문화의 큰 자랑은 활자인데 지금까지 아는 바로는 고종 21년(약 7백 년 전)의 《상정예문詳定禮文》을 인쇄한 것으로서 그 시원을 삼으니 이만하여도 서양보다 앞서 하여 220년이다. 현종조顯宗朝의 대장경판이 고종 19년에 몽골의 병화에 탄 것을 23년부터 재수하여 16년 만에 6천5백여 권, 17만여 면을 완성하니, 이것이 세계에 현존하는 최고 최선의 경판經版으로 유명한 〈고려판 대장경〉이란 것이오, 지금 가야산 해인사에 있는 것이다. 고려자기는 그 안료의 신비함과 수법의 정묘함으로 세계에 짝이 둘물다 할 것인데. 그 가장 상품의 것은 대개 강화 시절에 만든 것이다.

『문학이 충화로 인하여 생긴 뒤로 학문이라 하면 중화의 문학 경술經術을 의미하여 이조에 들어와서는 오래도록 이 유폐流弊를 벗지 못하더니 양란(임진왜란, 병자호란) 이후에 자아라는 사상이 선명해지면서 조선의 본질을 알고 실제를 밝히려 하는 경향이 날로 깊어져 영·정 양조兩朝에 이르러서는 드디어 학풍이 일변하였다.』(최남선《조선력사朝鮮歷史》27, 72면)

리들의 자랑입니다.

　우리의 과오, 나날이 우리 스스로가 불행을 자승自乘(거듭되게 합친)해 가고 있는 이 현실을 부정치 않습니다. 그러나 우리는 또 하나의 섭리를 믿는 자입니다. 사나운 바람, 매운 서리를 견디고, 땅속에 잠겼던 한 톨의 보리알이 움을 틉니다. 이것이 민족의 지열地熱입니다. 만일 이 지열이 없었던들, 우리는 몇 세기 전의 어느 국난에서 벌써 멸해 버렸을 민족입니다.

　가미카제神風49의 기적을 바라는, 이것은 신화가 아닙니다. 침략치 않고, 저주할 줄 모르는 어진 백성이, 오욕과 간난에 견디어내는 하나의 항독소抗毒素입니다.

　일전에 친한 미국인 한 분이 내게 이런 말을 했습니다.

　『미스터 김! 그대가 만일 한국이 아니고 미국이나 프랑스에 태어났던들, 몇 배, 몇 십 배로 더 많은 일을 할 수 있었으련마는……』

49 일본 홍안弘安 4년〈서력 1281년〉, 원군元軍이 일본을 치러 해로로 원정왔다가 태풍을 만나 많은 배와 군사를 잃어 치지 못하고 북귀北歸하니 돌아가지 못한 자 10만이라 하였다. 이 태풍을 일본인은 천우天佑요 신조神助라 하여 신풍神風이라 불렸는데 태평양 전쟁에서도 자주 쓰던 문자이다.

『천만의 말씀……』그때 내 입으로 나온 대답입니다.

『내 어머니는 레프라50(문둥이)일지도 모릅니다. 그러나 나는 우리 어머니를 클레오파트라와 바꾸지 않겠습니다.』

『오오, 그러리라!』

그는 자못 심각하고 침통한 표정으로 내 손을 쥐었습니다. 그러나 이 말을 그날 내가 처음 한 것은 아닙니다.

1939년 11월 호 《부인공론》에 〈보오노하나〉(박꽃)란 수필 하나가 실려 있습니다. 향토에 대한 내 애정과 신앙을 고백한 글입니다.

『향토는 내 종교였다…….』거기 쓴 이 한마디 말은 목숨이 다할 날까지 내 가슴에 지닐, 괴로우나 그러나 모면치 못할 십자가입니다.

문둥이의 조국! 그러나 내게 있어서는 어느 극락정토보다도 더 그리운 어머니의 품입니다.

64

가마쿠라鎌倉 하세長谷의 내 살던 집에 무궁화 한 그루가 있었습니다. 수필집 이름을 〈목근木槿의 뜰〉이라 지었다가 그 책은 마침내 나오지 못한 채, 종전되던 해 2월, 손가방 하나를 들고 고국으로 돌아왔습니다. 그리고 6년이 지났습니다.

육군의 비밀공장 기지로 들어가 그 집이 헐렸다는 소식을 내가 떠난 월여 후에 들었습니다. 내 살던 집은 없어지고, 뜰에 섰던 무궁화도 지금은 아마 피지 않을 것입니다. 그러나 그 흰 꽃 모습은 언제나 눈만 감으면 내 앞에 있습니다.

여러분에게 보내는 이 편지에 〈목근통신〉이라고 이름 지은 쑥스러운 애상哀傷(슬퍼하고 가슴 아파 함)을 웃어 줍시사 하고 이 글을 끝맺습니다. (일문전재, 1951年 11월호 《중앙공론中央公論》)

65

붉은 튤립

— 일본의 지식인 Y씨에게

게이오慶應대학의 교수요, 일본사학연맹私學聯盟의 사무국장인 당신을 동경서 처음 만난 지도 벌써 10년이 되나 봅니다. 정확히로는 9년 5개월, 이렇게 명백히 날짜를 헤아릴 수 있는 것은 당신과 만난 직후 어느 일문日文 잡지에 글 하나 쓴 것이 있어, 그 글의 끝에 「1957년 3월」이라고 부기附記되어 있기 때문입니다.

10년 전의 묵은 글이기는 하나, 거기서 이 사람이 지적한 문제 하나는 한·일 두 나라 사이에 국교가 정상화되었다는 이 날까지도 시정되지 않은 채 여전히 존재하고 있는 것 같습니다.

당신이 일본의 지식인이 아니고 무지몽매한 시정배였더라면 그저 기가 막히다고 해서 웃어 버릴 수도 있는 지극히 사소한 문제입니다. 그러나 당신은 일본의 유수한 지식인이요, 적어도 젊은 학도들의 존경을 받는 대학교수입니다.

그때 쓴 글의 내용을 여기다 다시 한번 되풀이하는 뜻은, 한국에 대해서 거의 무지에 가까운 당신네들 일본 문화인들에게만이 아니라, 일본의 수심水深을 모르는, 한국에 대한 일본의 인식의 한계를 아직은 잘 모르는 우리들 한국의 젊은 세대를 위해서도 하나의 측정 자료가 되리라고 생각하기 때문입니다.

개인적으로 나와 친한 규슈九州의 어느 일본인 한 분이 그 아들을 게이오대학에 입학시키느라고 도쿄로 와서 그 일을 두고 내게 협력을 청했습니다. 그 N씨의 부인은 내 아내와 여학교 시절의 동창이오, 서로 고향을 같이한 절친한 사이입니다. 한국 부인으로 일본인의 아내가 된다는 것은 극히 드문 예입니다만 이분들은 그중에서도 드물게 보는 성공한 부부라고 합니다.

처자를 고국에 두어 둔 채 혼자 일본에 발이 묶여 살면서, 언제나 내 생각은 가족들을 떠나지 못했습니다. 내 집안과 인연이 깊은 그분들의 청을 저버리지 못했고, 되도록이면 그들을 돕고 싶었습니다. 나는 그 청을 친구인 K에게 상의했고, K는 다시 나를 사학단체의 요직에 있는 당신에게 소개해 주었습니다. 이래서 K와 나와 그 일본인 N씨가 동도同道(길을 같이 감)해서 당신의 사무실을 찾게 된 것입니다. 당신과 서로 초면 인사를 나눈 것이 바로 이때입니다.

K가 나를 소개하면서 한국의 시인이라고 하자, 당신은 『시인이시라구요. 이 사람 도시는 무척 좋아하는 편입니다』하고 아주 반갑게 내 손을 쥐었습니다. 그것이 진심 이든 한갓 사교 사령辭令이든, 인사만으로 그치고 본론으로 들어갔던들 〈붉은 튤립〉을 나는 안 썼을 것이오, N씨도 아마 허행盧行(헛걸음)을 하지는 않았을 것입니다. 그러나 사고는 예기치 않은 곳에서 생겨지기 마련입니다.

시를 좋아한다는 당신에게 나는 일역日譯 《조선시집》 한 권을 드려야 하겠다고 생 각했습니다. 그 자리에서 당신 사무실의 사환을 시켜 책가게에서 내 역서譯書인 암파 문고岩波文庫 판 《조선시집》을 사 오게 했습니다. 사 온 그 번역 시집에다 서명을 하고는 당신 앞에 그 책을 내놓았습니다.

『감사합니다. 「이와나미문고」에 이런 책이 있었구면요.』

그러면서 당신은 책장을 뒤져 몇 편인가 그 역시譯詩를 읽어 갔습니다.

『훌륭한데요. 놀랐습니다. 이게 모두 일본말로 쓴 시지요?』

『아니올시다. 한국말로 쓴 시를 일어로 번역한 것입니다.』

68

내 대답을 듣더니 당신은 자못 뜻밖이라는 표정을 지었습니다.

『그랬던가요. 난 또 한국 사람은 일본말로만 시를 쓰는 줄 알았지요. 모두 한 집안이란 그런 생각으로 살아 왔으니깐요.』

나는 일순一瞬(아주 짧은 동안) 내 귀를 의심했습니다. 명색이 학식자學識者라는 분의 입에서 이런 어처구니없는 말을 듣는 것이 너무나 놀라웠기 때문입니다. 그러나 이런 비뚤어진 인식을 가진 이가 Y씨 당신 하나가 아닌 것을 다음 순간에 상기想起했습니다.

『그건 좀 인식 부족이신데요. 한국인에게도 제 나라 국어라는 건 있습니다.』

고소苦笑를 지으면서 내가 이렇게 말하자, 당신은 뱉어내듯 내 말을 가로질렀습니다.

『그런 좁은 생각에는 찬성 못 하겠는데요. 이쪽은 무슨 딴 뜻이 있어서 한 말이 아니구요, 인도적인 우애 정신이라고나 할까요, 모두 내 동포, 내 형제란 그런 교육을 받아왔으니깐요. 대다수의 일본인들은 그런 선의를 가졌지요. 일본이나 한국이나 모두 한 집안이란……』。

이쯤 되고 보니 나도 정색을 아니 할 수 없게 되었습니다.

『실례지만 그건 당신의 독단입니다. 대다수의 일본인이 그렇든 아니든은 둘째로 돌리고, 적어도 선의란 그런 것이 아니라고 생각하는데요.』

당신은 금시에 표정이 굳어지면서 한마디로 내갈겼습니다.

『그건 당신의 편견입니다!』

그 「편견」이란 역어¹는 이 경우에 적절하지 못합니다. 그때 당신이 쓴 말은 『そ れはあなたのヒガミというものです!』、「히가미僻み」란, 일본인이 내 민족에 대해서 곧 잘 쓰던 귀 익은 문자였습니다.

『유출유괴 愈出愈怪²로구먼요. 당신이 무슨 상전이라고 내가 「히가미」를 가진단 말 입니까? 그건 당신의 실언입니다. 요컨대 내가 하자는 말은, 상대편의 개성이나 처 지는 무시해 버린 채 그 상대도 저와 같다고 속단하는 그런 선의라는 것을 나는 믿지

1   비뚤어지는 것. 비틀리는 것.
2   갈수록 더 괴상함.

70

못한다는 겁니다.」

　내 쪽에서 청을 드릴 일이 있어 찾아가기는 했지만, 벌써 내 감정은 그 소관에서 멀어졌습니다. 친한 이의 자제 하나가 대학에 들어가고 못 들어가는 그런 개인적인 문제를 떠나서, 소위 지식인이라 하고 문화인이라 하는 일본 지도층의 어처구니없는 무지와 독단의 도그마에 맞대결을 하는 그런 기분이었습니다.

　「대다수의 일본인의 선의를 당신은……。」

　「잠깐만……, 내 말을 먼저 들으세요. 당신은 다짜고짜 선의를 치켜들지만 그런 건 선의가 아니라 가공할 무지요, 독선입니다.」

　「한 집안」이니 「선의」니 하는 그 말 속에는, 『우리는 우월감으로 낮추어 보지 않는 다」『대등으로 보아준다」『우리는 이렇게 공평무사하다」 그런 자의식이 숨어 있습니 다.

　대등(對等)으로 한 집안같이 대접해 주었다고 해서 오늘날의 한국인이 고마워하고 감격하리라고 생각했다면 이것은 가소로운 망상입니다. 당신네들은 영·미나 독일·프랑스 사람들 앞에서 이런 말을 쓰지는 않습니다. 그 선의란, 일찍이 당신네들이 내 동족을 멸시하고 내려다보았던, 그리고 지금도 독립 국가인 이웃에 대해서 품고 있는 그 오만, 그 존대^{尊大 3}의 또 하나 다른 표현에 지나지 않습니다.

『한국 시인은 일본어로만 시를 쓰는 줄 알고 있었다. 그렇지 않다는 사실을 알았거든 한바탕 웃어 버리고 왜 그 미스테이클을 솔직하게 인정 못 하는 겁니까? 옳으니 그르니는 제쳐두고 우선 그 착오부터 시정하는 게 선결문제가 아닐까요?』

당신과 마주 앉은 그 테이블 위에 빨갛게 편 튤립이 꽃병에 꽂혀 있었습니다. 나는 그 꽃병을 손으로 가리키면서 말을 이었습니다.

『여기 붉은 튤립이 있지요. 또 하나, 저쪽에 백합꽃이 있다고 합시다. 하나는 붉은 꽃, 하나는 흰 꽃, 빛깔도 향기도 서로 다른 것은 물론입니다. 어떻게 서로 다르다는 점을 알려고는 하지 않고, 튤립이 저쪽 꽃도 저와 마찬가지 튤립이오, 향기도 빛깔도 저와 똑같다고 우긴다고 합시다. 그나 그뿐인가, 그 독단을 선의라고 자꾸만 치켜세운다면 백합은 어떻게 되는 겁니까? 그러나 백합이고 튤립이고 간에 꽃이란 이름은 필경 한 가지입니다. 때로는 같은 화단에 필 수도 있고, 같은 꽃병에 담겨서 사람의 눈을 즐겁게도 할 수 있겠지요. 그렇다고 해서 튤립이 백합일 수도 없고, 백합이 튤립일 까닭도 없지 않아요?』

『그럼 당신은 어디까지나 일본은 일본, 한국은 한국이라야 한다는 겁니까? 좀 더 인간적인 연결을, 「아시아는 하나」라는 그런 생각에는 끝내 반대한다는 겁니까?』

당신이 그때 한 말은 일본의 소위 지식인들이 걸핏하면 내세우기 좋아하는 손쉬운 인간론, 인도론이었습니다.

『천만에 말씀. 정치보다, 헌법보다 인간이 앞서야 한다는 것이 내가 준봉(遵奉)하는 표어랍니다. 그렇다고 해서 인간이기만 하면 그만이라는 것이 아니구요. 서로 서로가 상대편을 존중하고, 서로의 처지와 감정을 올바르게 이해하는 것 그것 없이는 인간이 앞선다는 논리는 성립되지 않습니다. 문화 교류의 진정한 의미가 여기 있는 것이 아닐까요? 당신이 말씀하는 선의라는 것, 그런 류의 성급한 독단에다 아시아니 세계니 해서 터무니없이 문간을 넓히는 것은 이를테면 터전을 다지지 않은 진창 구렁에

73

빌딩을 세우는 것과 다를 바 없습니다. 무모라기보다 위험하기 그지없지요.

〈붉은 튤립〉이란 글에서 나는 이 대화를 다음과 같이 끝맺음했습니다.

『Y씨 같은 의젓한 인물 앞에서 무슨 설법이리오마는 내 말에 Y씨도 어느 정도 귀를 기울여 준 것 같았다. 흥금을 토로할 후일을 기약하면서 우리는 자리를 일어섰다.』

그러나 사실은 이와는 달랐다는 것을 Y씨 당신이 누구보다도 잘 아십니다. 당신은 마침내 석연釋然치 4 못했고, 나 역시 소태 5를 머금은 것 같은 쏩쓸한 뒷맛을 남긴 채 당신의 사무실을 물러 나왔던 것입니다. 찾아갔던 용무가 뒷전이 되어 버린 것은 물론입니다.

그날의 이 웃지 못할 일막극! 그러나, 이것은 당신 하나의 인식 문제로만 그치는 것이 아닙니다. 각도와 시점이 다소 다르다 할지라도 이와 비슷한 독단, 대동소이의 도그마는 어느 일본의 지식인에게도 거의 예외 없이 찾아낼 수 있다는 것을 전후 30

4 미심쩍거나 꺼림칙한 일들이 완전히 풀려 개운하다.

5 소태나무의 껍질.

여 년의 일본 생활을 통해서 나는 잘 알고 있습니다.

우호와 인도를 앞장세우는 일본인일수록, 남달리 이해와 동정

을 가졌다는 지식인일수록, 이 자가도취의 독선을 훈장처럼 가슴에 달고 있는 것이

통례입니다. 그 가장 극단의 예는 한국을 가리켜 「나의 조국」이라고 외치던 가토加藤

八千代 씨의 시집 《사랑과 죽음의 노래》에서 봅니다. 그 양심, 그의 협의 정체가 무엇인

가를 두고는 내 일문 수필집 《아시아의 4등 선실船室》 속에 긴 글 하나가 실려 있습

니다.

당신을 만난 지 10년, 일본이 한국에 대한 편견과 무지를 지양했다는 소문을 듣

지못한 채 나는 은원이 얽힌 일본 땅을 하직하고 지난해 가을 십수 년 만에 조국으로

돌아왔습니다. 이어서 두 나라 사이에 국교가 정상화되고, 한때 억눌렸던 금기의식

이 풀려지면서 온통 내 조국은 지금 일본색이 범람입니다. 일서日書를 전문으로 하는

책가게들이 거리마다 번창이오,「일제」라는 구호는 우수품의 대명사로 통용되는 것

이 오늘날 우리 생활의 실정입니다.

〈한국인들아, 우는 소리 그만둬라 ─!〉 몇 달 전 《요미우리신문》에 실렸던 이시하라

신타로石原愼太郎6의 이런 오만, 이런 것은 차라리 전후 일본의 젊은 세대가 멋모르고 지껄이는 철없는 잠꼬대라 해서 흘려 버리기도 하려니와, 그러면 전후파(아프레게르) 아닌 일본의 문화인, 지식인들의 한국에 대한 오늘날의 인식은 과연 어떠한지요? 일본의 문화인 명부에 이름이 실려 있는 3천 명 중 한국의 문화나 민족 감정에 대해 서 단 5분 동안 편견 아닌 진정한 의견을 교환할 수 있는 인물이 전체의 1퍼센트에 미치지 못한다는 내 단정을 아마 당신네들은 부정치 못할 것입니다.

한국의 시인은 일본말로 시를 쓰는 줄만 알았다, 이 말은 그냥 그대로 한국에 대한 당신네들의 인식의 깊이를 증명해 주는 한마디입니다. 당신네들이 모르는 것은 시를 어느 말로 쓰느냐는 그런 국한된 문제가 아니오, 반세기의 긴 세월을 두고 일본이 저질러 온 정복자로서의 가지가지의 죄업에 대해서 우리들 한민족의 가슴속에 뿌리 깊 이 새겨진 일본에 대한 씻을 수 없는 민족 감정, 그것을 하나도 인식하지 못하고 있다 는 반증이오, 자가 폭로입니다.

6 ─── 1999년부터 2012년 10월까지 도쿄도 지사를 지낸 일본의 작가이자 우익 정치인.

76

당신네들의 그 그릇된 인식, 태만한 안목을 책하기 전에, 우리 자신이 먼저 반성해야 할 허다한 과오를 이날까지 거듭해 왔다는 것도 숨길 수 없는 사실입니다. 우리들의 터트리지 못할 분노는, 실로 제 가슴을 제 손으로 쳐야 할 이 모순 속에 연유한다고 하겠습니다.

유형, 무형으로 침투해 들어오는 일본 자본의 공세, 무절조·몰염치하게 맞아들이는 그나마 거죽만의 일본 문화, 이 몇 달 동안 한국의 독서계에서 베스트셀러의 1, 2위를 독차지해 온 것이 《아사히신문》 당선 작가 미우라 아야코三浦綾子[7]의 번역소설이라면 다한 말입니다.

이 일본 여성의 작품은 나오는 족족 뒤를 이어 몇몇 출판사에서 경역競譯(다투어 번역함), 간행되고, 일문인 그 원서만도 벌써 수천 부가 한국 내에서 팔렸다는 얘기입니다. 일본서는 일본인 노릇, 한국에 와서는 한국인 행세를 하는 편리한 귀화족歸化族들의 자본 진출이며, 기술 제휴란 미명 아래 별의별 일본의 경제 공세가 한반도의 가

7 일본의 여성 소설가(1922~1999). 1964년 출간된 대표작 《빙점》으로 국내에서도 큰 인기를 모았다.

난하고 군색한 구매력을 노리고 있습니다. 이토추伊藤忠가、마루베니 이이다丸紅飯田가、파일로트 만년필이, 우리들의 정확한 오리엔트 손목시계가……

패전 20여 년, 일본은 일찍이 반도 강산을 유린하던 총검을 대신해서 또 하나 다른 무기로 이미 이 땅을 정복한 느낌입니다. 「터트리지 못할 분노」의 연유를 이 이상 더 설명할 필요는 없을 것 같습니다.

쓰고 싶은 사연들을 모두 줄여 버리고 끝으로 한마디 말을 당부해 두려고 합니다. 문화란 그 민족 그 국가의 눈이오, 마음입니다. 그렇지 못하다면 그 문화는 한갓 장식이오, 치레에 지나지 않습니다. 메이지 개화에서 백 년, 그 개화기에 일본은 재치 있게, 재빠르게, 서구 문명을 섭취해서 「아시아의 선진국」이 됐습니다.

한편, 갖은 구실 갖은 명목 아래 남의 민족을 침략 겁탈해서 국력을 신장하고 영토를 확대해 갔습니다. 일본의 문화인, 지식인들은 그때 무엇을 하고 있었나요? 국권의 강대화란 날개 아래 안여자락晏如自樂[8]했거나, 그렇지 않으면 그저 남의 굿을 보

78

듯 앉아서 보고만 있었을 뿐입니다.

일부 양심과 용기를 가졌던 문화인들, 우치무라 간조內村鑑三9、도쿠토미 로카德富蘆花10 같은 이들의 군국 일본에 대한 과감한 비판이며, 망국 조선의 신음 속에서 작품의 테마를 찾으려고 한 몇몇 작가들이 있기는 했으나 필경은 개개의 문필 작업에 그쳤을 뿐, 그 것이 일본 문단이나 일본 문화의 주류에까지는 영향을 주지 못했습니다.

인도주의를 표방하고 나선 시라카바파白樺派11의 일군一群(한 무리) 문화인들도 제 나라의 비인도적 정치악에는 외면을 하고 지나 버렸습니다. 개인의 인권이나 자유에는 인도를 부르짖으면서도 어느 한 민족, 한 국가가 송두리째 주권을 빼앗기고, 총검 아래 짓밟혀 수많은 백성이 목숨을 잃어도, 거기에는 눈감고 귀를 막는 지극히 편리하고 안전한 양심이오, 인도人道였습니다.

9 우치무라 간조(1861~1930). 무교회주의를 설파한 일본의 개신교 사상가.

10 도쿠토미 로카(1868~1927). 일본의 소설가로 대표작은 《불여귀》.

11 일본의 근대문학운동의 한 유파. 세도가 자체 출신이 중심이 되어 신이상주의를 내세웠다.

79

『일본은 세계를 괴는 3대 지주支柱의 하나』라고 이케다池田 전 수상이 의회에서 호기를 뿜낸 것은 4년 전 일입니다. 세계를 괴는 3대 지주의 하나, 패전의 굴욕에 덩굴던 일본이 20년이란 세월 동안에 국력을 회복하고 자신을 다시 찾아서 정치의 대표자 입으로 이런 말이 나오도록 쯤 된 것은 이웃된 자로서 부러울 뿐입니다.

그러나 이것은 분명 자신 과잉이오, 허장성세입니다. 이 가소로운 발언에 대해서 일본의 어느 문화인 한 사람이 비판이나 의견을 말한 것을 듣지 못했습니다. 정치인의 이 오만과 존대가 이웃 나라와의 모든 트러블의 근원이오, 나아가서는 군국 일본의 과오와는 또 하나 다른 정치악의 온상이 될 것을 우려합니다. 그 과오를 미연에 방지하는 것이 당신네들 일본 문화인의 책임이오, 임무라고 생각합니다.

그릇된 힘과 대결하기에는 문화 그 자체란 너무도 연약하고 무력하다는 패배의식은 전근대적인 낡은 관념입니다. 다시 한번 되풀이합니다. 문화는 그 민족 그 국가의 눈이오, 마음입니다.

한국에 대해서 일본 문화인들이 취하고 있는 태도, 그것을 한마디로 요약하면, 오로지 「무관심」하나로 그칩니다. 그 증거로는 《문예춘추》나 《중앙공론》 같은 지식 대

80

중을 독자 대상으로 하는 잡지들은 한국과 한국인에 관련된 기사를 되도록이면 싣지 않으려고 합니다.

『아도가 우루사이』(나중이 귀찮다) 이것이 그 이유입니다. 이런 소극적인 태도를 버리고 한국에 대해서 좀 더 진실되고 성의 있는 눈을 가져달라는 것, 이것이 충심으로 바라는 내 부탁입니다. 원컨대 한국 시인은 일본말로 시를 쓰는 줄만 알았다는 그런 소박한 단정을 앞으로는 단 하나의 일본 문화인도 되풀이하지 말아 주었으면 합니다.

고려나 이조의 도자기에 수십만 수백만의 후한 값을 치르는 것만이 이웃 나라를 진실로 이해하는 연유가 아니란 것은 덧붙일 필요도 없는 말입니다. (1966)

81

민족문화의 순결을 위하여

그리운 옛 노래

묘하고 묘하다 우리 대한은
삼천리 강산이 기묘하도다
대대로 성군(聖君)은 우리나라요
학문을 겸전함은 우리 학도로세

대대로 성군(聖君)은 70퍼센트 거짓말, 문무(文武) 아닌 「학문을 겸전」도 우스운 문자이지만, 우리들 어린 소년들은 그것 저것을 가릴 나위도 없이 「대한」이니 「우리나라」니 하는 글자, 거기에 하나의 신앙을 기울였다. 물론 기미(己未) 이전 이야기요, 여기서 대한이

82

라는 것은 대한민국이 아니오, 대한제국을 두고 하는 말이다.

슬프도다 우리 민족아
4천여 년 역사국으로
자자손손 복락하더니
오늘날 이 지경 웬일인가,

철사 주사로 결박한 줄을
우리 손으로 끊어버리고
독립 만세 우레 소리에
하늘이 울고 땅이 동動켓네

이런 류의 가사가 수두룩이 적힌 공책 한 권을 무슨 보물이나 간직하듯 남의 눈이 안 가는 데다 숨겨 두고는 헌병이 알면 잡아간다고 뒷방에 숨어 목소리를 죽여가면서 부르던 그 흥분, 설레던 그 가슴, 반세기의 낡은 기억인데도 어제 일같이 역력한 회상이다.

이보다는 훨씬 뒷일이지마는 춘원春園의 작사인 낙화암의 노래, 『사비수泗沘水 나리는 물에 석양이 비낄 때……』이것도 잊지 못하는 그리운 노래의 하나이다.

왜 말이 없느냐……

낙화암 낙화암

맘 있는 나그네의 창자를 끊노나

모르는 아이들은 피리만 불건만

……

애절한 가사, 구비구비 가슴을 저미는 그 곡조, 한때 경향을 통해서 젊은이들이 애창한 노래의 하나이다.

가사도 가사려니와 곡조인들 좀 좋으냐. 이 노래를 인쇄한 악보에는 작사 이광수李光洙와 나란히 작곡 양전정梁田貞이라고 찍혀져 있었다.

84

양 씨라는 작곡자의 이름을 들은 적은 없지만, 필시 숨은 천재거나 해외에서 공부하고 돌아온 젊은 음악가려니……, 나올 것이 마침내 나왔다는 흐뭇한 자긍에 이 곡조를 읊을 때마다 젊은 가슴이 부풀었다.

옛 노래, 옛 친구, 40여 년 전 영자지 《서울프레스》에 있었던 박상엽朴祥燁 군도 취하면 으레 목청을 돋우어 『사비수 나리는 물』을 한 곡조 빼는 것이 버릇이었다.

장한몽 長恨夢

커케묵은 낡은 노래를 여기다 내세운 것은 무슨 기억력 자랑이 아니다.

『묘하다 묘하다 우리 대한은……』 어린 가슴에 망국의 슬픔을 인印 찍어준 노래, 절치부심切齒腐心 1의 「원수 나라」 일본을 의식에 새겨준 이 학도가가 바로 그 일본의

1 이를 갈면서 속을 썩인다는 뜻으로, 매우 분하여 한을 품음을 이르는 말.

철도 창가 『기테키 잇세이 신바시오(汽笛一聲新橋を)……』와 같은 한 곡조인 줄을 어찌 알았으리오! 〈낙화암〉의 작곡자가 양씨 아닌 야나다(梁田 씨요 그의 작곡인 일본 노래 곡조를 〈낙화암〉이 무단 차용했다는 것을 안 것도 이 노래가 입에 익은 지 십수 년 뒷 일이다.

얼굴 뜨거운 이런 기억은 그러나 노래로만 그치지 않는다. 장편소설 《장한몽長恨夢》[2], 『대동강 연안을 산보하는……』 심순애 이수일의 애련哀戀이, 13도 방방곡곡 젊은이들의 가슴을 울린 이 명작(?)이 알지 못괘라, 오자키 고요尾崎紅葉의 《금색야차金色夜叉》를 송두리째 따온 도작盜作일 줄이야! 대동강 능라도가 「아타미노가이강」으로, 수일守一, 순애順愛가 간이치貫一, 오미야お宮로 바꿔진 이 일본판 《장한몽》을 활동사진에서 처음 보았을 때 스토리를 일본인이 훔쳐 간 걸로만 알고 「흠! 일본인도 역시나 명작은 알아보는군……」하고 혼자 어깨가 우쭐했던 기억은, 무색하다느니 부끄럽다느니 하는 정도로는 설명할 수 없는 비애요 환멸이었다.

2 일본 소설가 오자키 고요의 작품을 조중환이 번안하여 1913년 펴낸 소설.

부질없이 묵은 옛 문서를 뒤져서 겨레의 수치를 드러내자는 것이 아니다. 모방이란, 문화 성장에 있어서 하나의 불가피한 과정이라고 볼 수도 있다(백 불을 물러서서 이것을 모방으로 본다손 치더라도). 그러나 한편에 망국의 한을 품고 자결한 민충정공閔忠正公 같은 분을 민족혼의 신상神像으로 모시는 백성이, 한편으로는 꿈에도 잊지 못하는 그「원수」의 문화 소산所産을 거침없이 삼키고 받아들일 수도 있다는 이 진기한 사실(학도가는 합방 당시요, 《장한몽》의 출현이 겨우 5, 6년 후), 결코 반세기, 1세기 뒷일이 아니다.

한토漢土(중국)의 선비들이 백의족白衣族(한민족)을 일컬어「호양불쟁好讓不爭」[3]이라고 했다니 원수를 용납하는 아량에서 네 것 내 것을 구태여 가리지 않았다고 볼 것인가? 아니면 신문명에 지참遲參(늦게 참여함)한 백성인지라 그때 그 당시 사정으로는 도천盜泉[4]이라도 마셔서 기갈飢渴(굶주림과 목마름)을 면할밖에 도리가 없었다고 볼 것인가?

3 양보하기 좋아하고 다투지 않는다는 뜻으로 중국 고전『산해경』에서 동이족을 평하는 말이다.

4 이름이 옳지 않아 공자가 목이 마르면서도 마시지 않았다는 샘물.

입맛 쓴 실례들

그러나 이것이 결코 「그때 그 당시」 사정만이 아닌 것은 해방 17년 동안에 우리가 겪은 가지가지의 내력이 증명해 준다. 이를테면 꼬리를 물고 연면連綿히(계속 이어진 상태로) 계승되어온 「겨레의 숙명」이라고나 할까.

야미[5] 시장에 일본 상품이 산더미 같이 쌓였다고 해서 그것을 탈 잡자는 것이 아니다. 서울 거리 부산 거리에 스시, 뎀뿌라[6]가 횡행한다고 해서 비분강개하도록 나는 그런 국수주의자도 아니다. 그러한 현상, 먹고 입는 문제를 논의할 단계는 아직도 멀다. 그러나 적어도 민족의 생활 정서에 직결되는 문화면, 문학·미술·음악 등속의 분야에 있어서는 그럴 수 없다. 최소한으로나마 그 순결만은 지켜져야 되겠다는 것이다.

---
5 뒷거래의 비표준어.
6 튀김의 비표준어.

부산 어느 일간지에 연재된 장편소설이 일본 누구의 표절이라는 소식을 귀에 담은 지 2, 3년이 채 못 되었다. 어느 대학교수의 저서란 것이 다이쇼大正 7 연간에 나온 신조사新潮社 판 《근대 사조 12강講》을 그냥 베껴낸 것, 이것은 필자의 눈으로 직접 본 예이다.

모 일간지 독자란의 제목이 가로되 〈문답유용問答有用〉, 누구나 알다시피 《주간아사히週刊朝日》에 5、6년을 두고 연재되었던 도쿠가와德川夢聲의 대담란對談欄 제목이 이것이다. 일본인의 한자에 대한 감각은 기상천외해서 화차貨車에 실리는 짐짝에다 「천지무용天地無用」이라고 쓴 것은 짐을 뒤집어 놓지 말라는 구호, 「소변무용小便無用」은 어수룩한 골목길에서 흔히 보는 글자이다. 적수끼리에 최후통첩이 「문답무용問答無用」, 이 문자를 뒤집어서 한술 더 뜬 것이 「문답유용」이다. 남의 것을 집어삼켜도 분수가 있지, 도대체 「문답무용」이 없는 나라에 「문답유용」이 있다니 이 어찌 귀신 이 곡할 노릇이 아닐까 보냐.

7 다이쇼 일왕이 다스린 1912~1926년을 가리킨다.

해방에서 6·25를 걸쳐 한국 출판계에서 제일 많이 팔렸다는 책이 《내가 넘은 38선》, 후지하라 데이藤原貞라는 일본 여성의 수기를 번역한 것이다(일본 판 원명 《흐르는 별은 살아 있다》). 38선을 넘어온 동포는 수백만으로 헤일 것이오, 그중에는 응당 글줄이나 쓴다는 이도 기백 명쯤은 있었으련마는…….

입맛 쓴 이런 데이터를 이 이상 더 열거할 필요는 없을 것이다.

영리한 베르나르

어느 화가가 친한 벗의 초상화를 그리는 데 매양 왼쪽 얼굴만을 그렸다.

『왜 바른 편은 안 그리나요?』 묻는 이에게 화가가 낮은 목소리로 대답했다.

『바른쪽 얼굴에는 새까만 점이 있답니다. 친구 화상에 흠점을 그리고 싶지 않아서요.』

소년 적에 읽은 이 짧은 이야기에 적지 않은 감동을 느꼈다. 물론 이 소화小話(짧은 이야기(이야기)의 주제는 초상화가 아니다. 사랑하는 자의 결점이나 단처短處(모자라는 점)는 숨겨 주고 덮어주라는 처세의 교훈이리라. 또 하나 이와는 다르지마는 불란서(프랑스) 소화笑 話(우스운 이야기)에 이런 것이 있었다.

폴과 베르나르가 신경통으로 한 병실에 입원했다. 언제나 마사지를 받을 때마다 폴은 소리를 지르면서 아프다고 야단인데 베르나르는 태연자약 눈 하나 깜박하지 않는다. 마사지사가 병실에서 물러간 다음 폴이 물었다.

『여보게 베르나르, 자네 다리는 도대체 무쇠냐 나무토막이냐? 어쩌면 그렇게 천연 스럽게 그 아픈 마사지를 견뎌내누…….』

코웃음을 띠면서 베르나르 대답이,

『이 천치 같으니라구. 내가 그래 아픈 쪽 다리를 내놓도록 그렇게 바보 멍텅구린 줄 아냐? 흥―!』

조국의 오늘날의 문화가 하나에서 열까지 모두 모방이오, 가작假作이란 것이 아 니다. 일생을 동요 작곡에 바친 이가 있다. 곤충 연구로 세계에 이름이 알려진 이도 있다. 가난하고 군색한 처지를 견디면서 문학의 외길을 진지하게 걸어온 이도 없는

91

바가 아니다. 내 조국에도 초상화의 왼쪽 얼굴은 있다.

그러나 조국은 한 폭의 초상화가 아니다. 누구라 제 조국을 사랑하지 않으랴. 누구라 제 어머니의 흠점을 치켜들어서 쾌快하다 할 자 있으랴. 절름발이 병신이라도 제 어머니처럼 따사롭고 소중한 어머니는 없다.

그러나 인제는 이런 고식적姑息的[8]인 조국애, 혈액의 조국애는 지양할 때이다. 아픈 쪽 다리를 숨겨 두고는 베르나르의 신경통은 마침내 나을 날이 없으리라.

인형 모가지

신아통신이 전하는 뉴스 하나가 지난 3월 28일부 《아사히》, 《요미우리》, 기타 일본 여러 신문에 실렸다.

8 ──── 일을 근본적으로 해결하지 않고 임시로 둘러맞춰 처리하는.

일본의 「경인형京人形」이 서울 김포공항에서 모가지를 잘렸다. 인형 임자는 홍콩의

극동 지역 골프 대회에 한국 대표로 출석했던 김복만金福滿 선수. 귀로에 동경 친지

로부터 선물 받은 것인데 세관 관리는 일본 인형의 통관을 인정할 수 없다는 이

유로 인형의 모가지를 자르고 의상까지 가위로 모조리 끊어 버렸다. 곁에서 그 광경

을 목도한 외국 신사는 『가엾어라(미제라블)』를 연발, 당국에서는 사실 조사에 착수

했다고 ××일보가 보도하고 있다.

이 기사를 읽고 연상되는 것은, 해방 이후 6·25에 걸쳐 경향 각지에서 사쿠라櫻花

(벚꽃) 나무를 벌채하는 애국자들이 뒤를 이어 배출한 사실이다. 근본을 따지고 보면

일제 시절에 민족의식을 조장한다고 해서 무궁화를 잘리운 그 보복인데, 요절할 노릇

이 사쿠라란 사쿠라가 왜장倭將 청정淸正이 목 자르듯 잘리던 시절에, 서울 창경원「요

자쿠라夜櫻(밤 벚꽃놀이)」는 구경꾼이 물밀듯 밀려들어, 6·25의 바로 그해 봄 어느 일요

일은 입장자가 20만이라고 신문에 커다란 사진이 실렸던 것을 기억한다.

약이며 화장품, 의료, 잡화 할 것 없이 일본서 온 것이라면 눈에 불을 켜고 사족

을 못 쓰는 그 백성이, 말 없고 죄 없는 꽃나무 한 그루 베어 버리고는 애국자연도가 소롭거니와, 같은 사쿠라가 구왕궁 舊王宮의 뜰에 피면 하루에 20만 명이 모여든다니 이 수수께끼, 이 캐리커처(회화戲畵〈우스꽝스런 그림〉)에는 도대체 어떤 제목을 붙여야 좋으랴.

비록 인형 하나라도 「원수 나라」의 냄새를 허용할 수 없다는 이 세관 관리의 준열한 애국심은 과연 훈장감이다. 모름지기 국민이 갹출해서 김포공항에다 동상이라도 세워 주어야 할 이치지마는, 필자는 양심에 물어서 오늘날 우리 겨레의 생활 정신이 「이렇게 결백했다」고 양언揚言[9]치 못함을 슬퍼하는 자이다.

9 목청을 돋우어 가며 거리낌 없이 말함.

94

깨끗한 소복 素服

남에게 나눠 주고도 남을 찬연한 문화가 일찍이 우리 조상의 손으로 이루어졌다. 석굴암을, 팔만대장경을 손꼽지 않더라도 이것은 세계가 아는 사실이다. 더욱이나 경이라고 할 것은 대장경의 그 방대한 사업이, 고려자기의 최고품이, 몽골에 쫓겨서 30년을 두고 강화도에 칩거蟄居했던 그 고난시대에 이루어졌다는 사실이다.

이렇게 강건하고 이렇게 창의에 넘치던 우리 민족이, 언제 어느 때부터 창의를 상실한 허수아비가 되었던가. 대원군의 척이정책斥夷政策으로 해서 개화에 뒤떨어진 것이 원인일까. 더 소급해서 선조宣祖 이래 2백 년을 당쟁에 광분하던 그 역사의 암흑이 원인遠因(간접적인 원인)이라 할까. 찾으면 구실은 얼마라도 있다.

근세에서 현대에 걸쳐 우리 민족이 겪은 역사의 고난은 이루 형언할 수 없으리만치 가혹했다. 나라가 있고 민족의 씨가 남아 있다는 것이 어떻게 생각하면 하나의 기적 같기도 하다. 그러나 역사의 불행을 빙자함으로 해서 민족의 긍지가 지켜질 리 없다. 눈보라 속에서 꿋꿋 언 지각地殼(땅거죽)을 뚫고 보리알이 움을 트듯 우리는 역

95

사의 고난을 견디어 왔다. 우리의 슬기나 재간이라기보다 이것은 「민족의 지열地熱」이

다. 이 지열이 우리를 지켜 주었다. 섣사리 진흙 속에 묻혀 버릴까 보냐!

어느 고관 한 분이 침을 뱉듯이 입 밖에 내놓은 말이 있다.

『공산당하고 죽자 살자 싸우는 판국에 문화가 다 뭐요!』

여기도 가탄可嘆(탄식할 만한)할 「애국자」가 있다.

남의 것을 훔쳐 먹어도 부끄러워할 줄 모르는 민족이 싸워서 이길 까닭이 없다. 문

화의 순결은 민족의 정조貞操인 동시에 그 민족의 힘이오, 방패이기도 하다.

거짓 역사, 거짓 애국, 거짓 문화, 이 거짓과 인연을 끊어 버리는 날, 우리 겨레에

잃어진 창의는 다시 돌아올 것이다. 민족의 긍지, 민족의 위신을 지켜나가는 길은

오직 이 길 하나밖에 없다.

지리적 조건으로 보나 역사의 과정으로 따져서 우리는 결코 웅대하고 거창한 민족

이 아니다. 아담하고 조촐한 것 그것이 우리의 본바탕이오, 제격이다. 그러길래 여기에

는 작은 흠점도 있을 수 없다. 얼룩진 비단옷보다 깨끗하게 다듬은 무명옷, 그것이 우

리들의 소망이다. (1962·동아)

일본말과 민족 감각

등대지기

8·15 후의 어느 소학교 교실, 선생님이 출석을 부른다.

『이 아무개……。』

『네……。』

『박 아무개……。』

『네……。』

『김 아무개……。』

네……가 아니고 이번 대답은

『하이……。』

선생님이 노려보면서,

『이놈아 「하이」가 뭐야……, 「네」라고 못 해?』

『네……。』

선생님 흔연欣然(기쁘거나 반가워 기분이 좋음) 왈,

『요시……。』

글자로 쓰면 이렇게 무쩝쩝해 버리지만 이 소화笑話에는 풍자와 재담의 요소가 갖추어져 있다. 해방 직후라는 시대성도 한몫 거든다. 어느 익살꾼이 만들어 낸 이야긴지는 모르나 8·15 당시로는 족히 있음직한 풍경이기도 하다.

폴란드의 작가 시엔키에비치《쿠오바디스》의 작가)가 〈등대지기〉란 주옥같은 단편을 남겨 놓았다.

모국을 떠나 반생은 이역異域(다른 나라의 땅)에서 방랑하던 홀몸의 노인 하나가 길지 못한 여생을 어느 고도孤島(외딴 섬)의 등대지기로 외롭게 지낸다. 식량은 한 달에 두어 번 보급선이 실어다 준다.

98

어느 때는 병정 노릇, 어느 때는 선원, 또 어느 때는 농원의 원정園丁, 이렇게 별별 경력을 거쳐 온 노인은 이제는 인생에 패잔敗殘한 의지가지없는[1] 몸이다. 찾을 사람도 찾아 올 사람도 없다.

어느 날 보급선이 식량을 실어오면서 등대에다 소포 하나를 던지고 간다. 편지니 소포니를 받는다는 것은 몇십 년을 두고 없었던 일이다. 물기슭에 내려와 노인은 의아한 표정으로 그 소포를 풀어본다. 폴란드어로 찍혀진 책 몇 권이 나타난다.

많지 않으나마 월급이라고 받는 것을 쓰려야 쓸 곳이 없었다. 그 돈을 노인은 등대 국등대국國燈臺局을 거쳐서 고국인 폴란드 적십자사에다 기부한 적이 있었다. 그 기부에 대한 치사와 예물이 이 소포이다.

오래도록 잊어버렸던 고국의 말과 글, 노인은 복받치는 그리움에 책장을 펴자 몇 줄을 소리 내어 읽어 간다. 노인의 두 뺨에 눈물이 내린다. 그 자리에 주저앉아서 노인은 흐느껴 운다. 그리움 서러움이 뒤섞인 눈물. 어린 시절에 듣던 어머니의 목소리

<hr />

1 의지하거나 부락할 곳이 전혀 없다.

99

가 책장 속에서 들려온다. 눈물에 젖은 얼굴을 책장에 대고는 노인은 어느새 황홀에 잠긴다.

등대에 불을 밝힐 시간이 훨씬 지났다. 단 한 번이라도 제 시간에 불이 켜지지 않으면 등대에서 내쫓기기 마련이다. 그러나 노인은 다시 두 번 쫓길 리가 없다. 가슴에 책을 껴안은 채 날이 밝기 전에 목숨의 등불마저 꺼져 버린다……。

국어에 대한 애정과 신앙을 이토록 단적으로 고양한 작품은 없으리라. 국토를 잃고 국어를 빼앗기기를 수없이 반복한 폴란드 같은 나라가 아니고는 이 작품의 통곡을 이해하기 어려울 것이다.

폴란드에 비할 나위는 없지마는, 우리도 일찍이 말(국어國語)의 주림을 겪어온 민족이다. 총독정치가 강요해온 소위 「국어 상용國語常用」, 이 국어란 물론 일본어를 의미한다. 만일에 태평양 전쟁에서 일본이 승리를 거두었다 하자. 오늘날 우리말은 그 흔적을 밝히기도 어려웠으련는지 모른다.

「긴 상」「복 상」

8·15의 바로 다음 날 《매일신보》《서울신문》의 전신) 경남지사(부산)의 젊은 기자가 서울

본사에다 전화를 걸었다(전화는 그날 비로소 소통했다). 전화에 나온 것이 편집국장인 R군(뒤

에 중앙청 공보국장, 6·25 때 도미渡美를 사흘 앞두고 이북 납치).

전화를 받으면서 R군의 첫소리가 『여보세요……』.

이렇게 쓰면 그게 무엇을 의미한 것인지 알아낼 이가 없을 것이다. 이 R군은 배재

培材 출신의 스포츠맨으로 쾌활 명랑한 성격이 누구에게나 호감을 주는 위인이면서 한

편 어린 자식에게까지 일본말로 인사를 시킬 정도로 철저한 「국어 상용」파였다. 지사

의 그 젊은 기자가 전화를 마치고 돌아와 한단 말이,

『목소리는 정녕 R씨인데 「모시 모시」가 아니고 「여보세요」지요…… 아이구머니나,

과연 역사가 뒤바뀌었구나 하는 실감이 절실히 느껴지더구먼요……』.

어버이를 잃은 그의 아들, 딸, 지아비를 잃은 그 부인을 나는 잘 안다. 6·25 후 그

들이 부산으로 내려와 어느 창고에서 고생 고생하면서 부인은 고춧가루 장사를 한다는

소문을 듣고 가슴이 아팠다. 북쪽으로 끌려간 채 상금尙今(지금까지) 생사를 알 길 없는 그 R군을 두고 상서롭지 못한 이런 화제를 희롱삼아 들추자는 것이 아니다. 우리가 겪어온 시대상, 국어의 상실이 빚어낸 갖가지 희비극을 이런 실례를 들지 않고는 설명할 수 없기 때문이다.

상대편을 부를 때 「아무개 상」하는 것도 거의 보편된 풍속이었다. 「긴金 상」「사이崔 상」「복朴 상」……。

지식층은 이럴 때 대개 「형兄」이란 말을 썼다. 김 형, 이 형, 박 형……(일어로는 군君에 해당하는 호칭인데 우리 사람들은 이 「군」을 싫어한다. 나이를 자랑하는 폐습이 원인이리라). 그러나 「형」도 동년배나 수하 사람에게 쓰는 말이오, 상대편을 존경할 경우면 「선생」이라고나 부를밖에 이렇다 할 명사名詞가 없다. 「인형仁兄」이니 「대형大兄」이니 「정형情兄」이니 하는 문자가 있으나 편지문들에 쓰는 전용어專用語요, 「노형老兄」도 글자로는 경의를 표한 것 같지만 실상인즉 초면 인사나 시비를 걸 때밖에 못 쓰는 말이다. 한 시대 전까지는 「김 주사金主事」니 「이 석사李碩士」니 「박 도령朴道令」이니 하는 호칭이 있었지마는(경상북도에서는 남의 집 머슴살이 하는 총각은 모두 「도령」으로 불렀다. 이 대롱, 박 대롱 식으로), 그러나 상대편을 일일이 구별하기도 번거로운 데다가 주사 아닌 주사, 석사 아닌 석사가 생활어로서의 실용성을 길게 유지하기는 어려웠다.

「긴 상」「복 상」을 구축驅逐(물리쳐 몰아냄)하자는 의도에서 한때 지도층이 「아무개 공소」「아무개 님」을 쓰기로 합의한 적이 있었다.

『김 공, 어딜 가시오?』 『그럼 박 님, 또 만납시다.』

이 「공」자, 「님」자를 보급시키느라고 무척 애를 쓴 이들이 있었지만 필경은 탁상공론으로 마치고 말았다. 말이란 단순히 하나의 부호가 아니라는 것을 실증했을 뿐이다.

거기 비하면 일본식 호칭인 「아무개 상」은 확실히 편리한 만능어이다. 상대편을 일일이 분간할 필요도 없거니와 부인네가 남자를 부를 때도 무난히 통한다. 더욱이 나 시골 사투리로 앞뒤에 한두 마디 꽂아지면 애교는 백 퍼센트다.

『보이소, 긴 상요, 먼저 한 잔 드시이소.』

『자, 사이 상, 우리 왕사往事(지난 일)는 막설莫說(말을 하다가 그만둠)하구요.』

피로 연連한 「어머니의 말」

물론 서민층을 두고 하는 말이오, 이것은 지식인을 표준한 것이 아니다. 그러나 서민이란 언제나 절대다수다.

서민층이 무심코 쓰는 말 중에는 지식인들이 의식적으로 기피하는 어구가 더러 있다. 「내지內地」란 것도 그런 류의 하나이다. 일본인으로 보아서는 일본 본토가 내지일지 모르나 민족 감정으로는 일본은 어디까지나 일본이오, 우리들의 「내지」일 수는 없다는 소극적인 저항이다. 사실 신문이나 잡지 기사에 「내지」라고 쓰지 않고 「일본」으로 썼다는 이유로 해서 편집 책임자가 시말서를 쓰는 경우가 없지 않았다.

지식인들의 이런 저항의식도 그러나 일본식 용어를 완전히 막아내지는 못했다. 지식인 자체가 어느새 「의도」니 「입장」이니 하는 문자를 예사로 쓰게끔 되었다(이 글 속에도 찾아보면 그런 글자가 한둘이 아니다).

정치 환경의 불행으로 인해서 우리 민족의 대다수는 일본말을 하나의 외국어로 배웠다기보다 생활어로 맞아들였다. 권위 있는 정확한 일본말을 한 개의 지식으로 몸에 지니기보다는 생활에 적응할 최소한의 필요성이 언제나 우선했다. 엄정한 의미에서 사람마다 지닐 수 있는 「말」이란 하나밖에 없다. 어머니가 하나밖에 없는 것처럼, 생활의 전통에서 우러나온 말, 피로 연連결한(이어진) 어머니의 말-영어로는 어머니의 혀舌, 이것만이 정신에 직결된 진정한 「내 말」이다.

어디까지나 하나의 외국어라야 할 일본말이 우리의 생활 속에 자리를 잡고 들어왔다. 외부(정치)의 압력도 있었거니와 생활의 내면에도 그것을 요구하는 소인素因이 숨어 있었다. 가지가지의 모순당착矛盾撞着2이 배태胚胎되지 않을 수 없었다.

부산은 지리적 조건으로 해서 일본에 가장 가깝고 따라서 일본인과의 접촉이 어느지 방보다도 많은 곳이다. 부산 사람이라면 남녀노소 없이 일본말 몇 마디 못한다는 사람이 없다(이 현재형은 물론 오늘의 현재가 아니다).

비단 말뿐이 아니라 일본식의 생활 풍습도 부산 사람은 섭사리 섭취하고 모방한

말이나 행동이 앞뒤가 서로 맞지 않고 모순이 됨.

105

다.「유카다浴衣」에「게다下駄(왜 나막신)」를 끌고 행길에 나서면、서울쯤이면 으레「망할
자식」이오、「미친 놈」이다. 부산서는 그런 것을 구태여 탈 잡지 않는다.

그런데도 일본인에 대한 저항의식은 국내의 어느 지방보다도 준열하다. 동래고보東萊高
普는 천장절天長節3、기원절紀元節4이면 교정의 국기탑에서「히노마루」5를 끄집어 내리
가 일쑤였고 마침내는 학생 백 수십 명이 투옥되는 사건까지 일으켰다. 일인이 경영하
는 시가 전차를 청년들이 모여들어 궤도 위에 넘어뜨리는 것도 부산 명물의 하나이다.

그런 대사건은 제쳐두고라도 일인 상점에 고용살이하는 소년、일본「하삐」6、일본
「게다」를 신은 꼬마 점원까지라도 소위「왜놈」에게는 지지 않는다는 강렬한 자부가
있다. 시비라도 붙는 날이면 일본인 점원을 해내는 광경이란 가히 볼 만하다. 이럴
때 그들의 무기는 편편 문장인 그 일본말이다. 서울 같은 데서는 이런 광경은 눈을 부

3 일본 천황의 탄생을 기념하는 날.
4 일본 건국 기념일. 매년 2월 11일이다.
5 일본의 국기 이름.
6 半被. 일본 직공 등이 입는, 상호가 적힌 걸옷.

비고 보아도 구경할 수 없다.

언어 감각은 때로는 그 정신을 지배한다. 총독 정치가 기를 쓰고 조선말을 없애려고 든 것도 그 까닭이다. 그러나 부산 거리에서 보는 이런 광경은 말의 감각과 민족 감각 이 완전히 분리된 호개好個[7]의 표본이다. 그들의 민족 감각은 식견이나 교양에서 생겨 진 것이 아니오, 이를테면 원시적이오, 동물적인 본능의 감각이다. 그러길래 어느의 미론는 오히려 순수하기도 하다.

뒤죽박죽인 언어생활

8·15 광복으로 해서 도로 찾은 것은 국토나 자유만이 아니다. 잃었던 말(국어)을 다시 찾았다. 아무리 편리한 만능어기로서니 이제는 내 나라에서 [복상][긴상]이 통

---

7   적당함, 알맞음.

용될 리 없다. 일본말이 하나의 외국어로서의 본래의 면목을 찾는 셈이다.

그러나 문제는 이것으로 그친 것이 아니다. 수십만이란 동족이 일본에 산다. 때로는 일본말, 때로는 우리말, 뒤죽박죽인 언어생활이 과거 시대의 유령처럼 꼬리를 물고 계속된다. 일본말과 민족 감각, 이것은 재일교포의 생활에 있어서 완료된 과거의 문제가 아니오, 분석하고 검토해 보아야 할 「오늘의 과제」이다.

도쿄, 오사카를 위시해서 요즈음 일본에 늘어가는 것이 「불고기집」이다. 조선 요리, 한국 요리, 경성 요리 간판은 가지각색이나 실질인 즉 하나이다. 일본 손님이 많은 것도 사실이지만, 설혹 같은 한 동족이 손님이 된 경우에도 주인이나 점원이 우리말을 쓰는 법이 별로 없다. 여기서는 『김치 주시오』하는 것보다 『기무치 구다사이』가 격에 맞는다. 이런 현상은 비단 요릿집에만 한한 것이 아니다.

다방 같은 데서 동족끼리 마주 앉아서도 십중팔구는 일본말이다. 같은 일본 생활이면서도 중국인의 사회에서는 볼 수 없는 풍습이다. 그네들이 우리만치 일본말을 못해서가 아니라 일본말을 순전히 하나의 외국어로 쓰는 까닭이다. 외국인이 동석치 않은 자리에서 외국어인 일본말을 쓰지 않는 것도 당연한 상식이다.

어느 교포단체의 회관, 거기는 일본인의 출입이라고는 없다. 그런데도 변소 문간에 커다랗게 써 붙인 글자가 「어수세御手洗」. 그런 단체에 전화를 건다. 대개는 『모시 모시』인데 때로는 여성의 목소리로 『여보세요』하고 전화를 받는다. 기특하고 반가우나 이쪽은 외국어인 일본말을 쓸 필요가 있어 전례대로 『모시 모시』한다. 저쪽은 한결같이 『여보세요……』.

「아마 전화는 우리말로 받으라는 윗사람의 지시가 있었나 보다」 생각하고 「외국어는 단념하고 이번에는 우리말로, 『아무개 씨 계십니까?』

서울이나 부산서 전화를 거는 기분인데 정작 이렇게 물으면 인제는 저쪽 대답이 일본말이다. 『이랏샤이 마세……』 귀 요기는 겨우 『여보세요』 한마디뿐이다. 말을 몰라서라기보다 실제적인 회화에서는 입에 익은 일본말이 손쉽게 튀어나온다고 보아야 할 것이다. 이런 혼란은 교포 생활의 도처에서 목격하고 경험하는 바이다.

이와는 반대로 지나치게 국수주의를 발휘하는 이가 가끔 있다.

『엇저녁에 지대에서 한잔했는데……』

『품천에 볼일이 있어서요……』.

한문에 유식한 이가 아니면 귀로 들어서는 쉽사리 알아내기 어렵다. 「지대」는 이케부쿠로池袋, 「품천」이 시나가와品川라는 것을 이해하기에는 2, 3초의 시간이 필요하다.

이런 혼란 중에서도 더욱이나 중대한 관심사는 일본에서 나서 자라는 2세들의 언어 감각이다. 그들의 실생활의 장래는 별문제라 하고라도 어느 가정 없이 대개는 어린이들이 일본말 속에서 자란다. 「하나밖에 지닐 수 없는 말」은 그들에 있어서는 일본말이다. 뒷날 자라서 국어를 배운다 하더라도 그 국어는 실질에 있어서 하나의 외국어요 「피로 연連한 어머니의 혀舌」일 수는 없다.

『오레와 닛뽄진다』

몇 해 전 일이다. 고베神戶에 들렀을 때 P라는 청년이 단골인 어느 바에 나를 인도해 주었다. P군은 일본서 나서 일본서 자란 2세이다. 우리말은 겨우 흉내를 낼 정도인데 일본말은 진짜배기 이상으로 유창하다.

구석진 자리에 P군과 마주 앉았노라니 소언少焉(잠깐 동안)에 한잔 거나하게 된 친구가 서투른 일본말로 무어라고 지껄이면서 비틀걸음으로 들어온다. P군과도 면식이 있는 모양이다.

『여보게, 이리로 오게. 내 술도 한잔하세』

번역하면 이렇게 되는데 이게 미안할 정도로 어색한 일본말이다. P군이 난처한 듯이 낮은 목소리로 내게 일러준다.

『형의 친구인데요. 돈푼이나 모아 요즈음 일본인으로 귀화를 했답니다.』

이 P군의 설명도 물론 일본말이다. 그러는 중에도 어서 오라고 빗발 같은 재촉이다.

P군이 마지못해 일어서서 그쪽으로 간다.

『손님이 있어서 오늘은 실례합니다.』

P군이 맥주 한잔을 따르면서 타이르듯 달래는 말이 내 귀에 들린다.

『손님? 어떤 손님인데, 그 손님 나도 좀 보자꾸나.』

P군이 좌석으로 돌아오자 뒤꼭지를 밟아 그 친구도 비틀거리면서 맥주잔을 손에

들고 이리로 온다. P군이 다시 일어나 가로막으면서, 『다음날 소개하지요. 오늘은 좀 사담私談도 있고 해서요……』하고 제자리로 돌려보내려고 애를 쓴다.

P군이 팔을 잡자 그 친구가 뿌리치면서 손에 들었던 유리잔이 떨어져 쨍하고 깨어진다.

『코라 란보오수루카』

귀화씨歸化氏가 노기충천해서 덤벼든다.

P군은 혈기 방자한 청년이다. 게다가 힘깨나 쓴다는 아마추어 권투선수다. 『와카랑 오도코다나』하면서 그 친구의 콧대에 P군의 주먹이 한 대 들어갔다. 코피를 흘리면서 그 친구가 나자빠진다. 여기까지가 희극의 서막이다.

『키사마…… 조오센징노 쿠세니…… 요쿠 모 오레오 나굿다나. 오레와 닛뽄진다 조……、 키사마 고노 조오센징노 빠가야로……닛뽄진오 나굿데 수무토 오모우카, 키사마…… 고노 조오센징노……』。

돼지 목 자르듯 고래고래 고함을 지르면서 덤벼드는데 이 친구의 배운 문서가 『키사마 조오센징……』『오레와 닛뽄진……』。 이것뿐이다. 그나마 그 창피막심한 일본말,

112

그런데도『오레와 닛뽄진』(나는 일본인)이오, 한쪽은 유창한 진짜배기 일본말인데도『조오센징노 빠가야로』(조선인 바보)라니 도대체 이 구구九九[8]는 어디서 맞춰져야 할 것인가.

언제인가 이 장면을 일본글로 쓴 적이 있었다.『가엾은 이 빈대 벼룩은 어느 DDT로 쓸어버리란 말인가.』이 글에 쓴 결구結句가 이것이다.

연륜을 거듭한 민족 체질

민족 감각이란 말을 이 글에서 자주 썼다.

민족이니 민족주의니 하는 말의 정의定義가 한 시대 전과는 아주 달라졌다. 유아독존唯我獨尊[9], 독야청청獨也靑靑[10] 그런 민족의식은 역사의 이 단계에서는 이미 통용되

8 구구법으로 셈을 하는 일.
9 세상에서 자기만 잘났다고 뽐내는 태도.
10 홀로 절개를 굳세게 지키고 있음을 비유적으로 이르는 말.

지 않는다. 세계는 불과 십수 년 동안에 10분지 1로 축소되었다.

한 나라라도 더 알고 싶다. 한 이웃이라도 더 깊이 이해하고 싶다. 그것만이 오늘날에 허용된 민족 신장伸長(길게 늘리다)의 길이다. 하물며 지리적으로 가장 가까운, 하물며 내 동족이 수십만이나 깃들어 사는 일본에 대해서랴.

그러나 이것은 동화 내지 굴종을 의미하는 것은 아니다. 민족의 개성은 자연의 조건, 풍토와 기후에서부터 시작된다. 오랜 세월을 두고 풍설을 겪고 연마를 거듭하면서 하나의 민족 체질이 이루어진다. 진보향상은 물론 있어야 할 것이나 연륜을 거듭한 민족의 체질이 인위적으로 일조일석에 바꾸어질 수는 없다(병은 고쳐야 할 것이오, 체질은 개선해야 할 것이다. 그러나 이것은 또 하나 별다른 과제이다).

민족의 체질, 그 체질에는 독자의 감각이 있다는 것도 당연한 이치이다. 비 오기 전 청개구리가 우는 것은 대기에 감응하는 특이한 피부 감각의 탓이라고도 한다. 언어·풍속·생활의 전통을 거쳐서 이루어진 민족의 피부 감각, 그것을 줄여서 「민족 감각」이라고 불러본다.

부질없이 상대를 적대시하는, 이기적이오 독선적인 민족 감정, 그것과 민족 감각과는 판연히 다르다. 감정에는 대립이 있되 감각에는 그럴 여지가 없다.

이 감각을 다듬고 윤냄으로 해서 진정한 의미의 민족 문화가 길러질 것이라고 믿는다.

일본말 그 자체는 문제가 아니다. 요는 그 일본말 속에 민족 감각이 매몰될 것이냐 아니냐에 달렸다. 외국에 살면서 외국어를 쓴다고 탓할 까닭은 없다. 「되도록이면 능숙한 말을, 되도록이면 정확한 어감으로」 이렇게 바라고 싶다. 그러나 되풀이하거니와 어느 외국어의 감각이 독자의 민족 감각과 혼연일치渾然一致 내지 동화작용을 일으킨다면 이것은 예속이오, 굴종이다.

이 굴종의 정신이 한 걸음 나아가서는 「오레와 닛뽄진」식의 정신적인 무국적자를 만들어 버린다. (1962·東京)

115

대일 감정의 밑뿌리

구미에 맞춘 양념

회사에서 돌아온 남편이 아내와 식탁에 마주 앉아서,

『반찬은 뭔데?』하고 저녁상을 들여다본다.

『얏코(냉두부)예요.』

『얏코? 그거 됐다. 얏코가 먹고 싶었거든……。』

좋아 날뛰는 사내를 보고 아내가,

『참 당신두……어쩌면 얏코를 그렇게 좋아해요? 역시나 닛본징이로구먼요。』

그 소리에 사내가,

『닛본징이지, 그럼, 산고쿠징三國人으로 알았나……。』

116

『얼굴 맵시가요……』

『뭐 어째?』 핫, 핫, 하……, 호, 혹, 호…… 하고 한바탕 홍소哄笑(입을 크게 벌리고 웃음)가 요란하다.

오늘(6월 22일) 낮에 들은 동경 TBS방송, 10년 넘어 연속인 홈드라마〈ウッカリ夫人とチャッカリ夫人〉(아차부인 재치부인)의 한 토막이다.

행복스런 샐러리맨의 가정 풍경, 라디오를 듣는 청취자들도 극중 인물의 웃음소리에 끌려서, 응당 따라 웃었으리라. 그러나 무심코 웃어 버리지 못하는 민족이 이 일본에 산다. 그나마 자그마치 수십만이. 「삼국인三國人」이란 기연미연1한 명사는, 중국인을 포함한 특수한 경우가 간혹 있기는 하나, 요즘 와서는 열에 아홉, 「조센징朝鮮스」을 두고 쓰는 문자다.

대본의 작자는 아마 무심코 이 문자를 꽂아 넣었으리라. 이렇다 할 악의는 아닐 것이다(계획적인 작위라면 너무도 치졸한 솜씨이다). 심상尋常(대수롭지 않고 예사로움)한 대화, 부지중

<hr>

1 그런지 그렇지 않은지 분명하지 않은 모양을 나타내는 말.

117

에 튀어나온 한마디 말, 젊은 아내가 제 남편의 얼굴 모습을 「삼국인」 닮았다고 놀려도 농담으로 구애 없이 통할 수 있는, 그렇게 상식화된 용어요, 감정이 길래, 여기 문제가 있는 것이다.

한국 진해에서 출생했다는 일본의 유행작가 가지야마 도시유키梶山季之가 《소설신조小說新潮》 1963년 7월 호에 실은 〈카드는 다시 한번 되돌아온다〉란 추리소설 한 편, 그 중에 살인범의 인상을 「조센징」 같다고 두 번씩이나 되풀이한 대문을 두고는 이미 글 속에다 인용한 것이 있다(《가깝고도 먼 이웃》 참조).

하나는 바로 오늘 낮에 들은 라디오, 또 하나는 며칠 전 차 중에서 읽은 잡지 둘 다 우연히 필자의 이목에 띄었달 따름이오, 일부러 찾아낸 것이 아니다. 일삼아 찾기로 들면 얼마나 될까……. 그보다도 이런 류의 PR로 해서 속사포처럼 쉴 새 없이 「조센징」에 대한 선입견이 함양되고 조장돼온 청취자며 독자들의 수효는 얼마나 될 것인가? 그 통계에는 아마도 전자계산기가 필요할 것 같다.

민족과 민족의 상극 相剋 2

속담에도 「오는 말이 고와야 가는 말이 곱다」고 한다. 이웃에서 사는 두 민족의 한쪽의 감정이 이럴 때, 상대편인 또 한쪽의 감정이 고울 수는 없다. 여기 한국과 일본이 제각기 자국민의 대외감정을 여론조사 앙케트 방식으로 집계한 통계숫자가 있다. 일본 쪽은 시사통신사의 전속기관인 중앙조사사 中央調査社가 일반 국민을 대상으로 집계한 숫자요, 한국 쪽은 경향신문사와 한국사회통계센터가 이번에 시행한 전국 여론조사의 데이터이다.

다 추려 버리고 주요점만 적기 摘記(요점만 뽑아 적음)하면 다음과 같다(비례를 참작하기 위해 서로 다른 나라 숫자도 몇 개만 병기 併記(함께 적음)).

119

일본인의 대외감정

〈좋다〉

미국 44.0
중공 43.0
소련 38.0
한국 2.0

〈싫다〉

소련 42.2
중공 23.0
한국 29.4
미국 5.9

한국인의 대외감정

〈좋다〉

미국 43.0
서독 15.4
일본 8.8

〈아주 좋다〉

미국 28.7

〈싫다〉

일본 23.7
소련 19.9
미국 0.4

〈아주 싫다〉

소련 44.2

서독 4·5　　　일본 5·8

일본 1·2

통계방식이 무엇이건 이런 숫자란 정확을 기약하기는 어려운 법이다. 그러나 우선은 이 통계를 신빙할 수밖에 없다.

한국 쪽 통계는 전국적인 것이 이번 처음이지만, 일본 쪽은 2, 3년 전부터 반복해 온 앙케트이다. 〈싫다〉에서는 한국과 중공이 자리를 바꾸어 가면서 2위 3위를 다투어 왔다. 이번 숫자는 주간 《시사통신時事通信》 7월 7일 호에 실려진 것(발행 전, 편집부에서 얻은 자료)이나, 그 전 6월 초의 발표로는 한국이 〈싫다〉의 2위를 차지하고 있다. 중공·소련이 〈좋다〉 〈싫다〉에서 서로 대등한 비례라는 것도 우리와는 다른 일본의 국정國情을 설명하고 있다.

또 하나 주목할 것은 〈싫다〉에서 한국 29·4인데 한국 쪽도 일본에 대한 〈싫다〉 〈아주 싫다〉의 도합이 29·5%, 우연의 일치로 보기에는 너무도 가까운 숫자이다. 서로 다른 것은 한국에 대한 일본의 호감 2%에 대비해서 일본에 대한 한국의 〈좋다〉

121

는 8·8, 〈아주 좋다〉의 1·2를 합하면 10%나 된다는 격차이다. 한국과 일본이 지리적으로 가까우면서 감정적으로는 서로 먼 거리를 두고 있다는 것을 이 통계 숫자가 설명해 준다. 그런데도 일본에 사는 교포들 중에는 이 감정 거리에 대해서 아주 낙관하는 이들이 있다. 그 낙관의 근거도 생활환경에 따라 저마다 다르다.

A씨, 민족 감정이라니오, 그런 건 모두 옛말입니다. 지금 그런 걸 문제 삼는다는 게 우습지요(어느 껌 회사 사장).

B씨, 염려 없어요. 경제적으로 그네들과 어깨만 겨누어 보아요, 민족 감정이니 무어니 다 일소됩니다. 돈 하나면 만사 해결이지요. 일본이란 그런 나라지요(관서관서 어느 공장 경영자).

C씨, 남의 나라에 살면서 어쩝니까. 그 사람들하고 의좋게 지내면서, 내 실속이나 차리고 계집자식이나 먹여 살리면 되는 거지요(고철상).

122

필자가 직접으로 아는 실재 인물 중에서 이렇게 A、B、C로 추려 본다. 이분들의 윤곽

을 좀 더 구체적으로 설명하자면,

A씨, (편의상 이렇게 불러둔다)교포 출신의 유수한 성공자로 수백 명의 일본인 사원·종업원을 거느리는 분이다(일본 국적 취득. 귀화인지 「양자 결연養子結緣」인지는 미상). 여기서 「우스운 일」이란 것은 한·일 두 민족의 숙명적인 마찰을 두고 쓴 필자의 저서를 가리켜 한 말이다. 부인도 그 책을 읽고 같은 의견이었다고 부언附言(덧붙여 말함).

B씨, 관서의 교포사회에서는 중진 격인 인물, 돈 하나면 민족 감정 따위는 손쉽게 해결된다는 이 경편輕便(가볍고 편리함)한 논리는 교포사회, 특히 관서 지방에 있어서는 압도적인 다수 의견이기도 하다.

C씨, 노자 20원으로 현해탄3을 건너왔다는 분인데 지금 동경도 내에서 「요세바」

3
대한 해협의 남쪽과 일본 규슈 북서쪽 사이에 있는 바다.

（폐품 회수업）를 경영하는 한편 주택지 6백만 평의 지주이기도 하다. 「계집자식이나 먹여 살릴」정도는 훨씬 넘은 셈이다. 대학 다니는 아들에게 『조국의 위인으로 이순신이란 분을 아느냐?』고 물었더니 모른다는 대답이다.

물론 만족할 데이터는 못된다. 이상의 분류 외에도 『민족이니 목딱이니, 그까짓 것 우리가 알 게 뭐요……』하는 무관심 초연파가 있고 『그저 하루빨리 일본인이 되어 버리는 게 일쑤지』하는 무조건 항복파도 있다. 그러나 이런 분은 속으로는 그렇게 생각하면서도 좀처럼 그런 티를 내지는 않는다. 그런 이의 하나를 몇 해 전 어느 일본 목사님의 소개로 만난 적이 있다.

원자폭탄으로 해서 세계적으로 유명해진 히로시마広島, 거기서 「무시카」란 다방을 경영하는 교포 R씨는 「국제문화 무슨 협회」라는 간판을 문간에 내걸도록 지식인으로 자처하는 인물이다. 사실 그 지방의 일본인 지명인사知名士4들이 자주 드나들기도

4 이름이 세상에 널리 알려진 사람.

124

한다. 구구한 민족 감정은 거기서는 조금도 눈에 띄지 않는다.

여행 중 나는 R씨의 초대로 그의 가정에서 저녁 대접을 받게 되었다. 부인도 물론 우리 사람인데 교포사회의 상례로 이 댁 가정에서도 일본말 전용이다.

식탁에 같이 앉았던 R씨의 아들, 소학小學 4년생이라는 어린놈이 무어라고 아버지를 보고 지껄이다가 문득 질문을 한다.

『오토오상, 조센징데 와루이 야쓰다로. 와타나베궁가 보쿠노 코또오 조센징 다테. 지가우요네. 조센징쟈 나이요, 네? 소오데쇼, 네에, 오토오상.』_{아버지, 조센징이란 나쁜 놈이지. 와타나베 군이 나를 조센징이래. 아니지요, 난 조센징 아니지, 네? 그렇지요, 아버지}

R씨는 약간 무색해 하면서,

『오샤베리 시나이데 하야쿠 다베나사이!』_{딴 소리 말고 어서 먹어!}

하고는 어린놈을 노려본다.

R씨는 문화인이다. 문화인인 R씨는 흐지부지 살아가다가 「흐지부지」 넛본징이 먹고 살기에 시달려서 그날그날을 보내는 이라면 혹시나 몰를 일이다. 그러나 적어도 R씨는 문화인이다. 문화인인 R씨는 흐지부지 살아가다가 「흐지부지」 넛본징이 될 수도 있다. 때로는 「나는 국적이니 민족이니를 초월한 코스모폴리탄입네」할 수도

있다. 하지만 그 어린 것, 남의 나라에서 자라면서 제 근본조차 모르는, 모른다느니보다 『조센징와 와루이야쓰』(조선인은 나쁜 놈로) 가슴속에 새긴 그 어린 「피에로」가 그지없이 가련하고 불쌍할 뿐이다.

가지각색의 낙관론 중에서도, A는 문제 외요(일본 쪽 앙케트가 이미 거기 대답하고 있다), C도 하나의 생활 철학으로 해석 못할 바가 아니다. 그러나 B씨에 있어서는 몇 마디로 인식을 수정해 둘 필요가 있다고 생각한다.

『경제적으로 어깨만 겨누게만 되면……』 이것은 비단 B씨만의 신조가 아니다. 그러나 여기 하나의 오산이 있다. 어깨를 겨누기는커녕(그것도 실상은 어려운 노릇이지마는) 설혹, 록펠러의 자력(資力(경제적인 능력)이 우리 사람의 손에 장악되는 날이 온다 하더라도 그것으로써 민족 감정의 뿌리는 제거되지 않는다. 거기 대한 최단 거리의 회답이 있다.

아이히만[5]이 사형대에 오른 지 겨우 한 달 남짓이다.

5 제2차 세계대전 때 나치의 유대인 집단학살 정책 가담자. 1962년 이스라엘에서 교수형 되었다.

126

『왜 사형이냐?』

『유대인 수백만을 학살한 죄로……』

『유대인을 왜 죽여?』

『히틀러의 광신적인 민족 감정으로 해서……』

『그 유대인은 우리만치 가난했던가?』

『천만에, 전 세계 재력의 3분지 2는 유대 재벌이 쥐고 있다네.』

전 세계 재력의 3분지 2, 천문학적 숫자인 그 재력으로도 히틀러의 증오를 막아내지는 못했다. 민족과 민족 사이의 상극이란 이렇게도 뿌리가 깊은 것이다.

경제적으로 어깨를 겨누게 되면, 개인적으로는 신용이 확충될 것이오, 호화로운 생활이 내 것일 수도 있다. 그러나 반면에 민족 감정의 대립은 한층 더 심각화 된다. 그 감정은 한 바퀴 둘러서 개인인 「나」에게로 다시 돌아온다. 민족이란 이름이 있는 한, 어디까지 가도 이 순환소수를 모면할 길은 없다.

한국인의 경제력 증대에 대한 혐오감, 일본 측 앙케트에 나타난《매일신문》기사） 회답이 무엇을 의미하는지를 B씨는 다시 생각해 볼 일이다.

혈관 속에 설레는 「피」

어린 시절의 어느 하루의 기억이 일생토록 잊히지 않는 수가 있다. 그 기억이 때로는 그 사람의 인생 행로를 좌우하고 지배하기도 한다. 구체적인 예를 들지 않아도 이것은 어느 누구 없이 자기 자신의 경험에 비추어 보면 쉽사리 수긍할 수 있을 것이다.

그러한 어린 시절에 우리는 허다한 일본 사람을 만났다. 만났다느니보다 보았다는 것이 타당할지 모른다. 그러나 그런 것은 극히 희소한 예외로, 통틀어서 우리들의 일본 사람에 대한 개념은 「친밀하고 다정한 이웃 사람」이 아니오, 「경계하고 경원」해야 할 「반갑지 않은 손님」들이었다.

그들은 정치적인 「승리자」요, 「예를 갖추고 허리를 굽혀서 찾아온 손님」이 아니다. 그들에게는 승리자의 「특권」이 있었다. 그 특권을 그들은 최대한으로 행사했다. 다정한 이웃 사람일 수 없는 것은 당연한 사리이다. 그러나 우리들이 그런 것을 알 까닭이 없다. 논리 이전의 동물적인 감각, 잘생긴 남의 어미보다 얽고 못생긴 제 어미를 따르

128

는 그 감각 하나만으로도 그들을 기피할 이유로는 충분했다.

게다가 덧붙여서, 그들 쪽에서 쉼 없이 기피할 새 자료를 제공해 주었다. 잘생긴 남의 어미도 반갑지 않거든 하물며 그 당시의 일본인들이랴. 어느 모로 따져도 그들은 「잘생긴」 축에 들어가는 부류는 아니었다. 그러한 인물들을 본토에서 내보낸 정책의 실수를 오늘날 와서 일본인 자신도 반성하고 뉘우친다.

그러나 한편으로 생각하면 일본을 나무랄 수만은 없다. 이를테면 그들은 선발대요, 개척부대이다. 어느 나라가 제 식민지에 내보내는 개척부대에다 성현 군자를 골라 보내리오. 현해탄을 건너온 일본인들이 탁월한 식견을 갖춘 학자나 예술가가 아니었 다고 해서 일본을 탓할 노릇은 못 된다.

모든 불행이, 역사가 저지른 처음 과오에서부터 파생되었다. 그리고 과오가 백으로 천으 로 새끼를 쳤다. 말하자면 역사의 과오의 첫걸음부터 두 민족의 불행은 예약석을 마 련한 셈이다. 수동적인 위치에 있는 우리들의 불행은 더 말할 것도 없거니와, 이것 은 분명 일본 자신의 불행이기도 했다.

그 과오, 그 불행은 그릇된 시대의 종언終焉(없어지거나 죽어 존재가 사라짐)으로 막을 내린

것이 아니다. 우리들의 기억 속에 자리를 잡은 검은 그림자, 그 그림자는 불사조처럼

시들지도 낡지도 않은 채 이날까지 역력히 우리들의 가슴속에 살아 있다.

일본인으로 해서 마음의 상처를 입은 적이 한 번도 없었다는 동족이 단 하나라도

있었을까. 단언커니와 그런 이가 있을 리 없다. 「센징」, 「조센징」, 「요보」, 과거에 일본

인이 마련해 준 이 호칭은 어느 의미로는 우리의 혈통을 증명해 주는 패스포트이기도

하다. 같은 패스포트를 지닌 동족이면 누구 없이 굴욕의 쓰고 매운 맛을 뼈에 저리도

록 체험했을 것이다.

민족이 한 가지로 입은 이 상흔, 가슴속에 살아 있는 이 검은 기억은, 그러나 한갓

후천적인 우리들의 이력이오, 체험일 따름이다. 일본에 대한 또 하나의 잠재의식은

우리들의 선천 체질 속에, 의식치 않고 조상으로부터 물려받은 「피」 속에 숨어 있다.

책 런던6의 유명한 소설 《야성의 부르짖음》(일역명日譯名)개를 주인공으로 한 이 작

품은 반세기토록 계속해서 미국 출판계 베스트셀러의 1, 2위를 유지해 왔다고 한다.

6 미국의 소설가이자 사회평론가(1876~1916).

그것은 객담이거니와 이 작품의 종말은 「피」라는 것이 어떤 것인가, 무엇을 의미하는 것인가를 우리에게 절실히 가르쳐 준다.

무대는 알래스카. 뿌리치는 눈보라 속에서 썰매를 끄는 개 한 마리. 달빛 아래 이리가 울면 개의 혈관 속에 흐르는 먼 고대의 피가 잠 깨어 호수처럼 설렌다.

우리들의 혈관 속엔들 고대의 피가 없으랴! 하물며 임진왜란을 겪은 것이 겨우 4백 년 전이다. 눈 감고 그날을 생각해 보라! 싸우다 죽은 수없는 군사들의 시체, 겁탈당한 부녀들, 우물에 뜬 그들의 송장, 왜적이 지나간 곳곳마다 굽이치고 타오르는 불기둥. 이리 피하고 저리 피하면서 공포와 불안에 입술이 마른 늙은이들, 어린 목숨들.

「그날」이 전후 6년, 팔도강산이 왜적의 발자국에 짓밟혔다. 우리 민족의 혈관 속에 「그날」의 공포·증오·추저_멧殟(상대에게 재앙이나 불행한 일이 일어나도록 빌며 바람)、 또 하나 슬픔이 뿌리를 내리기에는 6년은 결코 부족한 시간이 아니었다.

일본이 한국을 싫어하고 한국이 일본을 싫어 한다고 양쪽 앙케트가 각각 통계 숫자를 내놓았다. 피장파장이오「세임 same 세임」이다. 나타난 숫자만으로 보아서는.

131

그러나 원인과 이유는 서로 같지 않다.

일본 쪽의 이유는 이를테면 렌즈를 전개(全開·완전히 열어젖힘)한 초점 얕은 인물 사진이라고나 할까. 해양선海洋線 문제, 독도 문제, 재산청구권, 한일회담에서 논의되는 이런 문제들을 시원스럽게 양보라도 한다면 이 통계 숫자는 일변할 수도 있다. 그러나 우리 민족이 일본을 경계하는 이유는 그렇게 손쉬운 단순한 것이 아니다. 이것은 적외선 필름으로 찍은 망원 사진, 초점 심도深度는 무한거리이다.

이 점을 간과하고는 진정한 의미의 친화도, 우호도 두 민족 사이에 생겨질 수 없다. 한일회담이 오늘 타결된다 하더라도…….

우호를 가로막는 장벽

지금 대만에 와 있는 가주加州(캘리포니아)대학 교수 D·H·멘델 박사가 지난번에 한국 시찰을 마치고 돌아가서 《서울신문》에다 한국의 인상기를 기고했다. 그 글 중에 『엘

132

리베이터니 전화기 등속을 모두 서독에서 사들인다는 점은 이해하기 어렵다. 가까운 우호국인 일본서 사지 않고 먼 유럽에서 비싼 물자를 사면 그만치 한국민은 자기가 낸 세금을 낭비하는 결과가 되지 않는가?」이런 일절이 있었다.

멘델 교수의 선의의 충고에 대해서는 솔직하게 귀를 기울일 필요가 있거니와, 필자가 이 글을 인용한 것은 남의 나라 사람의 눈에 한국과 일본 두 나라가 적어도 우호국으로 비친다는 점이다. 「가까운 우호국」, 아름다운 말이기는 하나 일본이 우리들의 우호국일 수 있을까? 하나의 이상理想 목표일 수는 있으나 지금 이 단계에서 우호국이란 문자를 쓰기에는 주저를 느끼지 않을 수 없다.

진정한 우호란 상호의 존경과 신뢰에서 비로소 이루어지는 것이다. 어느 쪽이 어느 쪽에 혜택을 베푼다거나 한쪽이 한쪽을 내려다보는 위치에서는 참된 우호를 바랄 수 없다.

우리와 그들 사이에는 여러 가지로 불균등한 조건이 가로놓여 있다. 공업기술의 불균등, 학술문화의 불균등, 산업경제 면의 불균등 등. 우리가 그들에게 구하는 것과 그들이 우리에게 구하는 것과의 격차는 비교할 나위도 없이 크다. 밀항선이 한국

133

에서 일본으로 가되 일본서 한국으로 오지 않는 사실이 무엇보다도 웅변으로 그것을 증명한다.

학생은 일본서 배우기를 바라고 상인은 일본 물자를 실어 오려 애를 쓴다. 화장품이며 약품이며, 심지어는 낚싯바늘까지도(우리는 그런 물자를 일본 아닌 다른 외국에서 사 올 수도 있다. 그러나 여기서 「구한다」는 의미는 그것과는 다르다).

반대로 일본이 우리에게 구하는 것은 무엇일까? 「없다」고 해도 과언이 아니나, 구태여 찾아내려면 한국의 구매력─남의 나라의 원조로 사들이는 물자를 위시해서 일반 국민의 생활 소모품─거기 일본의 기대와 「구함」이 있다고나 할까. 또 하나 생각나는 것은 전라남도 어느 섬에서 파내는 「카올린白ㅗ」, 일본 것보다 0·2%쯤 품질이 우수하다고 해서 일본의 도자기회사가 일부러 한국 것을 사서 쓴다. 고급 도자기에는 반드시 한국의 「카올린」이 들어가야 된다는 이야기다(그것을 교역하는 교포 한 분에게 농담을 한 적이 있다.『국토를 떼어다 팔다니 당신이 진짜 매국노구려』하고).

그들이 우리에게 구하는 것은 과학기술이 아니오, 문화예술이 아니오, 자연이 우리에게 끼쳐준 백토로나니 너무도 한심한 화제이다. 「구함이 있는 자는 약하다」는 고

134

언중유골(言中有骨) 옛 속담이 진리라면 우리는 분명 일본에 대해서 약한 위치에 있다고 할 것이다. 이 불균등을 그냥 두어두고 한·일 두 민족의 진정한 우호를 바랄 수는 없다.

진정한 우호를 바랄 수 없는 또 하나의 이유가 있다.

개인이나 국가를 막론하고 역경과 불우不遇(형편이 딱하고 어려움)에 처했을 때 서로의 정이 통하는 법이다. 민족 감정 속에 뿌리를 내린 상흔이 비록 깊었다 하더라도 그것을 일소하고 일신할 기회가 아주 없었던 것은 아니다.

패전이란 천혜의 기회를 일본은 흐지부지 속여 넘겼다. 그 점에 있어서는 해방의 기쁨에 취해서 패전 일본의 상처를 돌아보지 못한 일부 교포들의 무심한 행동에도 일 반一半(둘로 똑같이 나눈 것의 하나)의 책임이 없었다고는 할 수 없다.

패전, 유사 이래로 처음 겪는 침통한 체험, 거기서 일본이 배운 것이 무엇이 었던가? 강화講和까지의 일본은 그래도 비굴에 가까울 정도로 「반성병」이 유행했었다.

『천황은 상징일 뿐입니다. 기원절이니 천장절이니는 영영 잊어버리겠습니다.』

『무기는 다시 두 번 손에 쥐지 않겠습니다.』

135

『기미가요?니 군가 따위를 우리 입으로 또 다시 부르다니오……』

한편, 지식인이란 지식인이 붓대를 들면 세 나라를 욕하는 것을 지성의 간판으로 삼아 왔었다. 그러던 일본에 6·25의 한국동란은 다시없는 기화奇貨진귀한 재물 또는 보배가 되었다. 소위 「특수 경기」로 해서 경제의 위기를 벗어났고 한편 미국의 방침이란 구실을 얻어 또 한 번 무기를 공공연하게 손에 잡을 기회가 생겼다.

전후戰後 17년, 이미 일본은 전후의 고난 속에서 허덕이던 그날의 일본이 아니다. 경제력의 부흥과 더불어 자신과 오만은 날로 조성되어 갈 뿐이다. 총리대신은 국회 연설에서 「동아東亞의 미개국들을」하고 망언 소동을 일으켰다. 야당의 공격으로 이 실언만은 취소했으나 그들의 선진국 의식을 촉히 짐작할 수 있다. 그들은 세계 열강에 한 자리 차지했던 옛날 그 시대를 다시 꿈꾸고 있다.

전쟁의 배상도 치르지 못한 주제에 그들은 남극 조사에 참가하고 로켓 실험에 분망奔忙(매우 바쁘다)한다. 천장절은 천황 탄생일로 이름만 고쳤을 뿐, 실질상 군국 일본의

136

재등장은 시간문제이다.

다음 세대에다 기대를 둘 것이냐? 이에 대한 대답도 부정적일 수밖에 없다. 쓸 만한 인재는 모조리 뽑아다 이공리工 면, 기술 면에 집어넣는 것이 요즘음 일본의 경향이다. 히로시마 대학의 삼호森戶 학장은 6월 상순 나가사키시의 강연에서 자못 침통한 어조로, 인문 면의 인재 부족과 다음 세대를 지도 양성할 교수진의 고갈을 호소했다. 대학은 있으나 가르칠 사람이 없다. 적어도 문부대신을 역임한 현 대학학장의 고백이다.

그것이 사실이라면 다음 세대에 기대를 둔다는 것도 빈말이다. 오늘날의 일본이 비록 공업기술이며 산업 면에 눈부신 발전을 했기로니 백년지계로 대로를 가는 국가라고는 인정하기 어렵다.

일본인은 근면한 민족이다. 회신灰燼불에 타고 남은 끄러기나 재 속에서 다시 일어나 오늘날의 번영을 초래한 것도 결코 우연이 아니다. 그러나 그네들 자신이 인정하는 것처럼 필경은 도국島國(섬나라)의 근성을 탈피하지 못한다. 중후한 덕성, 함축 있는 금도襟度(너그러운 마음과 생각) 그런 것을 이 나라에서 찾아내기는 지난至難(극히 어려움)하다.

그런 국민이길래 역경에서는 여지없이 풀이 죽고, 순경順境에 이르면 안하무인토록 오만해 버린다. 패전 후의 궁핍 속에서 부모자식 간에 서로 먹을 것을 숨겼다는 실화와 「소득 배증」을 추켜들고 기고만장한 오늘날의 일본과, 이 양면을 대조하면 이 국민의 체질을 이해할 수 있을 것이다. 이런 이웃과 우호를 맺는다는 것은 진정 어려운 노릇이다.

장벽을 뚫는 길

그러면 우리 자신에게는 책임이 없었던가? 국력의 불균등으로 인해서 우리가 구하는 자의 위치에 있게 된 것은 이것은 일본의 책임일 수 없다. 그렇게 된 원인遠因(간접적 책임)은 설혹 일본에 있었다 하더라도. 그러나 그 외에도 우리가 져야 할 책임은 있다.

내 동족 수십만이 그 나라에 깃들어 산다. 그들을 통해서 일본인은 「한국」을 본다.

스스로 즐겨서 사는 이, 원치 않으나마 생업을 위해서 그 나라를 떠나지 못하는 이, 유식한 이, 무식한 이, 수십억의 재산을 가지고 거창한 사업을 경영하는 이, 그날 먹을 것을 걱정하는 이, 그 내용은 천차만별이다.

그러나 이 각양각색의 교포들 중에, 민족의 위신을 염두에 두고 그 땅에 머물러 사는 이가 과연 몇이나 될 것인가? 한 사람 한 사람, 떼어 놓고 보면 모두 애국자요, 피로 연連한 내 동족이다. 그러나 요는, 그 나라의 임자인 일본인의 눈에 그네들의 생활이 어떻게 비치느냐 하는 그 점이다.

민족의 위신, 말로는 쉬우나 진실 어려운 고행이다. 남의 나라에 살면서 갖은 악조건과 싸우며, 한편, 민족의 긍지를 유지해 나간다는 것은 여간 어려운 노릇이 아니다. 도대체 그들은 그런 십자가를 지려고 일본으로 간 이들이 아니다. 학업을 위한, 혹은 공적 임무를 띤 그런 사람들은 별문제라 하고, 대다수의 교포들은 생활을 위해서, 먹고 살기 위해서, 현해탄을 건너간 이들이다.

먹고 살려면 돈을 벌어야 하고 돈을 벌려면 염치코치를 돌아볼 겨를이 없다는 것도 사실이다. 그러나 그 나라의 주인인 일본인의 눈에 그런 사정 저런 사정이 이해될 까닭도 없다. 라디오에, 소설에, 양념 삼아 「조센징」이 등장하리 만큼 우리는 그들에게 위신을 잃었다. 구실은 무엇이건, 이유는 어디 있었건, 일본인이 우리를 재인식하고, 독립국가의 일원이라 해서 두려워할 수 있는 그런 생활을 우리가 못 가진 것만은 사실이다. 최근까지 교포사회에 의젓한 일간지 하나가 없었다는 것으로 미루어 모든 것을 판단할 수 있다.

그네들이 지배하던 시대의 우월감, 땅을 빼앗기고 유리流離(이곳저곳으로 떠돌아다니다) 해온 농민들이며 강제 징용으로 끌려온 노무자들을 통해서 그들이 인식한 「조센징」, 그 그릇된 인식을 시정하고 일신할 기회가 없지 않았건만 해방 17년이란 시간을 그러한 의미에서 우리는 효용效用하지 못했다. 걸으로는 매끄러운 외교사령이 오고 가면 서 속으로는 경모輕侮와 증오가 날로 짙어가는, 무한궤도를 달리는 이 악순환이 계속되는 한, 이 나라와 홍금을 털어 벗 될 수는 없다.

그러나 이 셋째 이유만은 틀림없이 우리 자신이 져야 할 책임이다. 만일에 한일 양쪽의 이 앙케트의 숫자가 신빙할 근거를 가진 것이라면, 두 민족의 우호를 운위云謂(일러 말함)한다는 것은 한갓 넌센스요, 망발일 수밖에 없다.

140

그러나 이것이 결론일까? 두 민족이 숙명적인 감정의 장벽을 무너뜨리고, 인류의 공동 목적을 위해서 제휴하고 협력한다는 것은 영영 바랄 수 없는 몽상일까? 한일 두 민족은 원시 미개인이 아니오, 적어도 문화를 지닌 민족이다. 문화라는 글자는 양식良識의 대명사이기도 하다.

일본은 이제 두 해 후에 세계 올림픽의 주최국이 되려고 한다. 한국 또한 문호를 열어서 세계와 더불어 손을 맞잡으려는 단계에 있다. 옆집과도 못 사귀는 민족이 온 세계와 우의를 나눈다는 것은 도대체 말이 안 된다. 이 장벽은 두 나라의 면목을 위해서라도 만난萬難(온갖 어려움)을 무릅쓰고 극복해야만 될 것이다. 구구한 목전의 이해 타산을 떠나, 두 민족의 양식의 총력이 이에 집중되어야만 할 것이다. 그 기초는 무엇으로 닦을 것인가?

첫째로는 일본의 겸허, 둘째로는 우리 자신의 반성과 노력, 천언만어千言萬語(수없이 많은 말)보다도 이 두 가지가 기대되느냐, 못 되느냐에 내일의 희망이 달렸다고 할 수 있다.

우리들의 다음 세대에까지 이 숙명을 물려주고 싶지는 않다. 두 민족의 감정의 장벽, 이것을 뚫는 것은 어느 정치가, 어느 문화인에게만 지워진 부채가 아니오, 두 민족의 하나하나가 뚫고 나가야 할 책임이오, 임무일 것이다. (1963·동경)

142

목근통신 木槿通信

2부

가깝고도 먼 이웃

월남月南 선생의 선학善學

「이웃사촌」이란 속담은, 멀리 사는 혈육보다도 가까운 이웃 사람이 더 미덥고 긴하다는 생활철학을 가장 평이한 한마디로 압축한 말이다. 비록 남남끼리일망정 이웃끼리 서로 돕고 협조하는 데서 인간 생활의 조화가 이루어진다.

일본이란 나라는 그러한 뜻에서 우리들의 이웃임에 틀림없다. 그나마 개인의 이웃처럼 보기 싫다고 해서 멀리 이사 갈 수도 없는, 숙명적이오 항구적인 이웃이다. 일본이란 이웃, 이 이웃이 없었던들 우리의 역사, 우리의 문화는 지금 가진 이것과는 아주 딴판으로 바뀌었을 것이다.

적게는 일개인의 생활에서부터 크게는 민족, 국가에 이르기까지 그 선악과 이해는

145

별문제로 하고 일본이 우리에게 끼친 영향은 실로 지대하다 할 것이다. 나라가 합병된 뒤에도 일본말을 안 쓰고, 일본 국기를 게양치 않고, 총독부가 어디 있는지를 모르는 것으로써 애국심의 바로미터를 삼은 시절이 있었다. 하나의 소극적인 저항이기는 하나 문제는 그것으로 해결되지 않았다. 은둔적이오, 도피적인 상대에 대해서는 교만과 전횡이 더한층 조장되는 것이 인간 사회의 통칙(通則)이다.

국기라니 월남(月南) 이상재(李商在) 선생의 일화에 이런 이야기가 있다.

아사카노미야(朝香宮)인지 누구인지, 일본 황족 하나가 서울에 온다는 날, 순사 나으리가 국기를 내걸라고 집집을 돌아다니다가 월남 선생 댁에 왔다.

『국기를 왜 안 달으우, 어서 국기를 다시우.』

월남 선생이 순사에게 물었다.

『국기를 왜 달라는 거요?』

『××궁(宮) 전하가 오늘 오신다는 걸 모르오.』

그 말이 떨어지자 월남 선생은 깜짝 놀라면서 집 안쪽을 향해 소리를 질렀다.

『얘들아! 어서 빨리 대문간 쓸고 돗자리라도 펴라. 우리 집에 오늘 ××궁 전하가 오신단다!"

수주樹州 변영로卞榮魯 씨에게 들은 이 일화가 혹시 어느 책 속에 활자로 찍혀져 있는지도 모른다. 월남 선생의 이 선학善謔[1]은 듣기만 해도 유쾌하다. 그러나 이것이 우리 민족이 일본에 대해서 할 수 있는 소극적 저항의 한계였다. 대다수의 지식인들은 되도록 경원하고 무관심을 위장하면서도, 그 자녀들은 일본말 가르치고 일본 국기를 숭상하는 공립학교에 보냈다. 그냥 보낸 것이 아니고, 그중학, 그 대학에 못 들여서 애를 썼다.

그런 변칙적인 교육으로 해서 비뚤어진 어린이들의 정서에 몇 방울 기름이나 되려고, 30여년 전, 서울서 나는 보통학교 과외잡지라는 것을 발간한 일이 있다. 지식적인 부분은 일어로, 정서적인 면은 우리말로. 일어가 섞이지 않으면 잡지가 보통학교에 들어갈 수 없었다.

그런 내 잡지에 글 하나를 쓰면 조상의 해골에 욕이 미친다고 알던 지조 고결한 분들이, 입학기가 되면 해 저물어 찾아와서 자녀들의 입학을 두고 가망 없는 청請(부탁)

147

들을 내게 한다. 총독부의 기밀비로 내가 과외잡지를 만든다는 항간의 전설을 한술 더 떠서, 그 잡지의 발행자가 들면 문제없이 입학이 된다는 이중의 오인으로 해서 이런 희극이 해마다 반복되었다.

일방적인 영합迎合 2

역사가 일전一轉한 바퀴 돌해서 그 일본의 질곡을 벗어난 지도 벌써 20년, 그러나 일본은 여전 우리들의 생활 속에 뿌리를 내리고 있다. 내린 것이 아니고 과거의 뿌리가 아직도 제거되지 않은 것이라고 생각하는 이가 있을는지 모른다. 그러나 오늘날의 이 현상은 결코 「과거의 뿌리」만이 아니다. 과거에도 그랬거니와 과거에는 없었던 새 뿌리까지 활개를 치고 우리들의 생활 속에 등장한다.

2 사사로운 이익을 위해 자기의 생각을 상대편이나 세상 풍조에 맞춤.

148

무슨 국수적인 배타주의에서 내가 이런 말을 하는 것은 아니다. 그렇다면 해결은 쉽다. 개인의 이웃끼리가 서로 주고받는 것은 당연한 상식이다. 하물며 민족과 민족끼리 오가는 것이 있다고 해서 그것을 탓할 바 아니다. 오가는 교류가 아니고, 일방적으로 한쪽에서 한쪽으로만 가는 영합이란 점에 문제는 있다.

오늘날 우리의 생활을 둘러보아, 정치·경제·문화의 그 어느 면에도, 가져온 것은 있어도 그네들에게 물려 준 것은 없다(우리 문화가 그들에게 이식移植, 전달되던 과거의 역사에 비추어서 오늘날의 이 현상은 한심이란 글자밖에 나타낼 말이 없다). 문화 교류란 말은 이 단계의 한일 간에 있어서는 실질을 잃은 한갓 공염불에 지나지 않는다.

하마다濱田庄司라는 도예가가 있다. 현존하는 일본 도예가로서 국보급으로 치는 세 사람 중 하나이다. 다른 요업자窯業者들이 풍로를 만들고 「도가마土釜」를 만드는 마시코栃木縣益子의, 그 똑같은 흙으로, 하마다 씨는 수만 원에서 수십만 원까지 가는 명기들을 구워낸다. 유명한 영국의 도예가 버나드 리치[3]도 마시코의 이 하마다 씨 댁에 몇 해를 두고 기식(寄食·밥을 얻어 먹으며 지냄)하면서 그의 수법을 연구하고 배웠다.

하마다 씨가 내게 한 말이 있다.

『젊어서는 인천에 오래 살았습니다. 내가 만들어내는 작품들은 십중팔구는 그 시절에 체득한 조선 도자기의 영향을 받은 것입니다.』

유행가의 작곡으로 일본의 서민 대중에 군림한 고가(古賀政男)가 천여 곡이 넘는 그 작곡의 원소를 조선 가곡의 티피컬 리듬에서 받아들인 것은 그 방면에 유의하는 사람이면 누구나 다 아는 사실이다.

그것과는 다르나 일본 천지 어디를 가도 〈아리랑〉 없는 곳이 없다. 그나마 제대로 된 〈아리랑〉이 아니오, 쇼와(昭和) 초년 사이조오 야소(西條八十) 작사로 한때 유행한 일본식 〈아리랑〉이다. 그 당시(1932년) 나는 《도쿄아사히》에다 3회 연재로, 민족의 전통을 「조선 엿(朝鮮飴)」, 「평양 군밤(平壤甘栗)」식으로 값싸게 남발하지 말라고 항의한 글을 실었다.

도자기를 두고도 얘기가 하나 있다. 전라남도 어느 섬에서 생산하는 「카올린」이라는 백토(白土), 신식 요법(窯法·도자기 제조법)에는 이 카올린이 들어가야 한다. 일본서도 대량의 백토가 나오기는 하나 전남 것이 0·2프로쯤 성분이 우수하다고 해서 나고야(名古屋)

150

의 동양도기회사 같은 큰 공장에서는 이 한국산 카올린을 사서 쓴다. 주로 그 백토를 수출하는 어느 친구에게 『나라 흙을 팔아먹으니 당신이 진짜 매국노로구려』하고 농담을 한 적이 있다.

해태海苔(김)니 육우肉牛니 그런 것들이 일본으로 실려 나간다. 미상불 「주는 것도 없는 바는 아니다. 그러나 그러한 어느 예를 들어 보아도 그것이 오늘날 우리들의 손으로 이루어낸 문화 소산이 아니라, 조상이 남겨 두고 간 유산이거나, 그렇지 않으면 천혜의 자원뿐이라니 얼굴 뜨거울 노릇이다.

『문학의 최종 목적은 자기의 정신 내용이 무엇이란 것을 남에게 보임으로써 남의 정신 속에 저 자신의 지기知己를 발견하는 운동, 그것이다.』

《문학을 지향하는 이에게》란 책 속에서 일본 작가 무샤 고오지武者小路實篤가 이런 말을 했다. 그것이 사실이라면 우리는 과연 어떤 정신 내용으로 남의 정신 속에 저 자신의 지기를 찾을 것인가. 창의를 상실한 시대, 창의가 결여된 생활 속에서 무엇을 남에게 내보일 것인가. 여기서 말하는 「남」이란 저자와 독자라는 단순한 거리가 아니오, 민족과 민족끼리를 두고 하는 말이다.

151

기차와 승객

남의 장점, 남의 좋은 점을 본뜬다고 해서 나무랄 수는 없는 노릇이다. 인류의 문화란 서로 주고받으면서 한 걸음씩 나아가기 마련이다. 그러나 오늘날의 우리 생활 속에 자리를 잡은 이 일본 모방의 풍조는 그런 척도로 따지기로는 정도가 좀 지나쳤다. 입으로는 사뭇 일본을 경계하고 경원하는 척 하면서도 생활의 실제에 있어서는 일본의 꽁무니를 따르는 스페이스가 날로 늘어갈 뿐, 심지어는 약 이름 하나, 화장품 한 개의 이름까지 일본 것을 따오지 않고는 못 배긴다. 구체적으로 그런 예를 찾기로 들면 책 한 권으로도 못 다 쓴다.

이 일방적인 관계를 기차와 승객의 위치에 비유해서 일문日文 수필에 쓴 일이 있다. 유럽이나 미국은 일본 쪽에서 보면 기차이다. 승객은 기차를 기다려도 기차가 승객을 기다리지는 않는다. 일본은 구미라는 기차를 타려고 줄달음질을 친다. 한국에 대해서는, 일본은 승객의 위치가 아니오, 기차이다. 기차를 타려고 플랫폼에 모여 드는 것은 여기서는 한국 쪽이다. 다방에서 행상하는 아이 놈들까지도 일제

152

를 자랑으로 내세워서 값싼 국산품과 구별한다.

그러나 이런 현상을 두고 손쉽게 시시비비를 논한다는 것은 위험하다. 섭취할 것을 섭취하고 버릴 것을 버리면서, 기차의 위치는 못 되더라도 하다못해 일본과 차를 같이 기다리는 「승객」이 되려면 여기는 긴 시간이 필요하다. 정신 면에, 물질 면에 부단의 노력이 계속되어야 할 것이다. 그런 후에라야 비로소 이웃끼리의 교류가 있고 올바른 협조가 생겨진다.

기차는 승객을 기다리지 않는다. 일본이 한국의 시나 소설을 읽으려고 애쓸 까닭이 없다.

연전에 미스터 브루노란 USIS의 직원 하나가 수십 권이나 되는 한국 서적을 서울서 도쿄까지 여객기로 날라서 내게 갖다 준 일이 있다. 도쿄 미국대사관의 일본인 직원 S씨와 동석해서 제국호텔 로비에서 나는 브루노 씨를 만났다.

『당신께 드리려고 이 책을 가져왔습니다.』

보이를 시켜서 내 옆에다 책을 옮기면서 브루노 씨는 좋은 선물이나 전하듯이 자못 쾌활한 표정이다.

153

『그건 또 어째서 내게 주는 겁니까?』

『여기서 마음대로 골라서 번역도 하고, 원고 자료로도 쓰시고요. 이만했으면 당분간은 자료 염려는 없겠지요.』

나는 어이가 없어서 또 한 번 브루노 씨에게 물었다.

『그건 누가 생각해낸 일입니까? USIS인가요, 한국 사람들인가요? 혹은 브루노 씨 당신인가요?』

『그 모두지요? 그 셋이 다 모두 그렇게 생각한 거지요.』

이 이탈리아계의 미국 청년은 유머리스트의 소질도 가졌나 보다. 그러나 듣는 나로서는 거기 맞장구를 쳐서 같은 유머리스트가 될 수는 없었다.

『고마워서 눈물이 날 지경입니다. 여기까지 실어오신다고 수고하신 것은 잘 알겠는데요, 자료가 없어서 글을 못 쓴다고 누가 그럽디까? 나는 30여 년 「쿡」 노릇을 해 온 사람입니다. 요리할 자신도 있구요. 자료니, 요리니는 문제가 아니고, 정작 원치도 바라지도 않는 손님들 입에 그 요리를 집어넣는 게 고생거리랍니다. 원고만 쓰면 책이 절로 나온다고 행여나 그런 망상은 말라고 그 고마운 분들에게 전해 주십시오.』

블루노 씨가 갖다 준 그 책을 민단 동경본부가 도서실을 만든다고 할 때 기증한 채 그 도서실은 10년이 지나도록 소식이 없다.

4 백분의 1인 「한국」

소오겐샤創元社가 《소년소녀 세계문학전집》을 낸다고 해서 〈한국 편〉 담당자로 내 이름을 인쇄물에 썼다고 양해를 구해 왔을 때 나는 쾌히 대답했다.

『좋습니다. 어린애들 일이라면 밤중이라도 나가서 거들지요. 모두 몇 권인가요?』

『쉰일곱 권입니다.』

『그중 동양이 차지할 스페이스는?』

『네 권입니다.』

57권 중에 동양이 겨우 네 권이란 말에 좀 입맛을 잃었지만, 판매정책으로 보아 그도 할 수 없으리라고 생각했다〈나중에 추가해서 다시 십여 권이 붙었다〉.

155

그 후 얼마 못 가서 내용 목록이 인쇄된 것을 보았더니, 동양 네 권 중 한 권이 《서유기》, 한 권이 《아라비안나이트》, 또 한 권이 《일본 동화집》이오, 나머지 한 권이 한국, 중국, 인도, 태국, 말레이 등 일곱 나라의 잡거雜居(잡다한 것들이 한곳에 모여 있음)라는 것이다. 전체 권수의 한 권의 7분지 1, 한국 비율은 4백분의 1이 못 된다.

『동양인인 당신네들 자신부터 동양을 이렇게 경시해서야 말이 되겠소. 안데르센, 그림을 모르는 아이는 일본에 하나도 없으리라. 판매정책도 알기는 합니다마는 한국이 세계의 4백분의 1이란 일에 나는 이름을 내놓을 자신이 없습니다.』

사장인 고바야시 小林 씨에게 나는 그렇게 말하고 협력을 사퇴했다(창원사는 그것을 후일 귀화 작가 장모에게 갖다 맡겼다).

한국이나 한국 문화에 대한 일본의 평가라는 것을 행여나 오인치 말아야 한다.

《한국은 내 혼의 보금자리》라고 교포 잡지에다 글을 쓴 일본의 인기작가, 《이조잔영李朝殘影》이란 책의 저자 가지야마 梶山李之가 한국에 와서 대환영을 받았다는 소식을 듣고 나는 입맛이 썼다.

한국을 《わが魂のふるさと(내 혼의 보금자리)》라고 한 이 일본 작가의 본심을 밝히기는 그토록 어렵지 않다.

〈カードは一度戻ってくる(카드는 다시 한번 되돌아온다)〉란 제목의 추리소설 한 편, 《소설신조》, 작자는 가지야마 도시유키. 작품 속에 등장하는 두 인물 중 하나는 출세의 장애물인 애인을 제 손으로 살해하는 통산성의 관리, 하나는 그 관리와 결탁해서 외화의 특할特割 카드를 위조하는 카드 브로커 츠카하라塚原.

『나이는 젊은데 능란한 수단꾼이라고 들었기에 키가 큼직한 미남자를 상상했더니만, 의외로 츠카하라는 키가 작은 데다 눈썹이 얇고 모가지가 짤쑥한 조센징갈이 생긴 사내였다.』

경시청에 출두한 츠카하라를 형사가 관찰하는 장면이다. 물론 악인이 아니고 존경할 수 있는 인물이라면, 설혹 「키가 작고 모가지가 짤쑥」할망정 작자는 이런 형용사를 쓰지 않는다. 이 글속에 나오는 「조센징갈이 생긴」 운운의 한마디는 무심코 쓴 듯이 보이면서 그 실은 독자 대중의 구미를 치밀히 계산한 양념이다. 이런 묘사는 이 작품의 종말에 또 한 번 나온다.

『너도 공범이지! 다케미武見를 죽인!』

츠카하라는 아연실색, 조센징 같은 뾰족한 얼굴을 씰룩거리면서 『아니에요, 천만에. 그 자가 모른 체하라고 해서 그래서 잠자코 있었어요.』

도쿄서 나오는 국문지 《한양》에다 이 글을 쓴 것은, 그 작자가 《한국은 내 혼의 보금자리》라고 쓴 바로 직전이다. 그 뒤 서울서 나온 내 수필집 속에도 이 글이 수록되었다. 읽은 이도 더러는 있으련만, 한국민은 워낙 너그러워서인지, 쓸개를 개가 물어 간 탓인지 그 가지야마를 대환영했다는 것이다. 글의 무력을 새삼스레 깨닫지 않을 수 없다. 그가 「혼의 보금자리」라고 입에 침이 마르도록 예찬한 것은, 그가 나서 자란 한국의 산천이오, 정복자로서 누려온 그 시절의 생활의 향수일 뿐, 결코 한국인이나 한국의 문화·예술을 흠모하고 존경하는 것이 아니다. 이 간단한 방정식조차 못 푼다고 해서야 말이 될 것인가? (1966)

158

일본이란 이름의 기차

―한・일협정 발효에 붙여

플랫폼 일본

양반 하나가 기차를 타려고 정거장에 왔더니 기차는 막 고동을 울리고 떠나가는 참이다. 기차를 놓친 양반, 눈을 부릅뜨고 꾸짖어 가로되,

『이놈아! 거기 섰거라. 양반이 타려는데 네가 가다니……』.

어디선가 이런 소화笑話를 들은 일이 있다. 기차가 처음 개통되었을 무렵에는 가히 그런 풍경도 있었을 법하다.

플랫폼에서 기차를 기다리는 것은 언제나 승객 쪽이오, 승객을 기다리는 기차란 있을 수 없다. 일본이란 승객은 서양이란 기차를 놓치지 않으려고 시간을 다투어 플

159

랫폼으로 달린다. 명치유신이 그랬거니와 백 년이 지난 오늘까지도 일본은 구미에 대해서 플랫폼에 쇄도하는 승객의 위치를 벗어난 적이 없다. 10여 종의 《세계문학전집》《세계동화전집》이 그 스페이스의 95퍼센트를 서양이 차지하는 것도 그러한 예의 하나이다. 일본에 있어서 「동양」의 비중은 겨우 5퍼센트에 지나지 않는다.

물론 이것은 출판문화에만 한한 것이 아니고 생활의 어느 면에서도 이 풍조는 찾아낼 수 있다. 가타카나片假名1를 세끼 밥 먹기보다 좋아한다는 것은 일본인, 자신이 인정하는 문자이다. 그 덕분으로 일본은 새로운 문화에 지각하지 않았고, 아시아의 선진국으로 자처할 만큼 성장할 수도 있었다.

1 외래어나 외국인명 표시에 잘 쓰이는 일본 국문인데 여기선 외국인의 이름이라는 뜻.

기대와 위구危懼 2

구미에 대해서 「승객」인 일본이 한국에 대해서는 이번에는 기차의 위치로 바뀐다.

일본이란 기차를 타려고 한국은 기를 쓰고 플랫폼에 몰려든다. 일본 작가의 작품들을 한국인은 알아도, 한국의 작가, 시인을 일본인은 모른다. 일본 서적을 전문으로 파는 서점이 서울에는 있어도 한국인 서점은 도쿄, 오사카에 단 한 집이 없다. 한국인을 실은 밀항선이 일본으로 가기는 해도 일본인의 집단이 밀선密船으로 한국에 오지는 않는다.

그 원인과 이유가 어디에 있었든, 이것이 현재의 단계의 거짓 없는 실정이다. 「대등의 위치」「호혜의 국교」를 열 번 스무 번 입으로 외친다고 해서 이 불균형이 시정되지도 일신되지도 않는 것은 물론이다. 이러한 형세하에서 한·일 비준이 그 종막을 내리려고 한다.

염려하고 두려워함.

161

정치인은 정치인대로, 경제인은 경제인대로 기대와 위구를 상반相半(서로 절반씩 어슷비슷함)해서 이 날을 맞는다. 정치나 경제처럼 표면화되어 있지는 않으나, 보다 더 큰 영향이 전반적인 문화 면에 나타날 것이라고 보는 이도 있다. 그 불안과 위구를 두고 한·일 비준에 반대를 부르짖은 수많은 지식인, 종교인 더욱이나 젊은 학도들의 봉기는 마침내 유혈에 미치도록까지 사태를 악화시켰다.

허다한 희생자가 이로 해서 생겼다. 그러나 위정자는 그들을 일탈이니 과격이니 해서 책하기 전에, 내 조국, 내 겨레를 두 번 다시 위지危地(위험한 곳)에 몰아넣지 않으려는 젊은 세대의 충정과 지기志氣(의지와 기개)를 먼저 살폈어야만 할 것이다. 민족의 뼛속에 저린 구원舊怨(묵은 원한)을 불문에 붙인다손 치더라도 『일본은 세계를 괴는 3대 지주의 하나』(이케다 전 수상의 의회 연설)라고 호언하는 오늘날의 일본의, 그 자신과 잉과 오만에 대해서는 이웃된 자로서 불안과 위구를 느끼지 않을 수 없는 것도 사실이다.

162

일본의 뿌리

그 시비, 그 곡직曲直3을 논의할 단계는 이미 지났다. 두 나라의 국교는 정상화되고, 일본은 다시 우리의 이웃이 되었다. 부질없이 불안과 위구를 되풀이할 것이 아니오, 하물며 낙관과 기대에 취할 것도 아니다. 민족의 위신과 관용으로 그들과 사귀어 나갈 앞날을 두고 생각을 모아야 할 때이다.

비준으로 해서 일본이 새로 들어오는 것은 아니다. 벌써부터 일본은 우리 생활 속에 얼룩처럼 스며 있었다. 명색이 자주라고 하고 해방이라고 하나, 실질적으로 우리들의 생활 속에서 일본을 완전히 내쫓지는 못했다. 한편에서 「왜색 일소」를 부르짖으면서, 한편으로는 불투명, 불건전한 방식으로 그 일본이 우리 생활의 깊은 곳에까지 뿌리를 내리어 왔다.

14년 동안 조국을 떠나 있던 필자의 눈에는 6·25사변 전보다 어느 의미로는 더

3 사리의 옳고 그름을 가림.

일본이 가까워진 것처럼 보인다. 손쉬운 예를 들어, 인쇄·제본 부문에 「야레破紙」니 「나카 도비라中扉」니 하는 말이 그냥 남아 있는가 하면, 이렇게 꽃장수들이 눈에 띄는

서울 거리에서 (설혹 그것이 실생활과는 동떨어진 연회용, 의식용일망정) 화초에 물을 주는 주수기

注水器 이름이 일본음 그대로 「조로如露」요, 심지어는 그 주수기 꼭지가, 새로 나온 원예

책에도 「조로구치如露口」로 되어 있는 것쯤은 하나의 애교로 보아두기로 하자.

그러나 무슨 라면이니, 무슨 드링크제니 해서 일본에서 유행되는 것은 빼지 않고

모조리 받아들이는 이런 따위는 태만이라기보다 주책없는 원숭이 흉내라고나 할 것

인가? 후진성의 노정露呈로[길으로 다 드러내 보임]도 이만저만이 아니다.

옛 일본의 뿌리가 그냥 남아 있다기보다 분명 이것은 새로 받아들이는 새 일본의 스

타일이다. 일소는커녕 날이 갈수록 일본은 우리 생활에 더 가까워진다. 기술 제휴란

명목으로 일본제 만년필이며 잉크가 같은 상표로 서울 거리에 선전되고 있다(라면이니드

링크류도 그 기술 제휴의 하나이리라). 어째서 내 나라에서는 일본과 제휴하지 않고서는 만년

필 한 자루, 잉크 하나가 만들어지지 않는가? 그런 의문을 자라나는 어린이들이 가

질 법도 하다.

생활 정신의 토대

그러나 이런 것은 지나간 얘기, 앞으로는 이런 구구한 현상을 들어서 문제 삼을 처지가 못 된다. 적어도 국교가 정상화된 이웃 간이다.

받아들일 것은 받아들이고, 제휴할 것은 제휴해 가면서, 명역력明歷歷 노당당露堂堂[4]하게 큰길을 걸어가야만 할 것이다. 하나에서 열까지 일본 것이면 배격한다는 그런 소극적 견지를 버려야만 하겠다. 눈치 보아가면서 일본을 모방하던 그런 음습한 연대는 이제는 마쳤다고 보아야 할 것이다.

그러나 여기에는 절대적인 조건 하나가 부수되어야만 한다. 어디까지나 내 문화의 개성, 내 겨레의 전통은 견지한다는 그것이다. 필자는 며칠 전 국립극장에서 열린 어느 여학교의 음악·무용 발표회란 것을 보았다. 여중·여고생들의 양무洋舞(서양 무용)며 피아노, 바이올린에도 감흥을 느꼈지만 민족 고유의 향토 무용이며, 허리를 굽혔다 폈

[4] 분명하고도 떳떳함.

165

다 하면서 작은 북을 치고 무대를 맴도는 고깔춤에서는 무언지 가슴이 울컥하고, 눈시울이 뜨거워지는 그런 충격을 느꼈다.

직업적인 무용가가 아니오, 이를테면 약간 고급인 학예회 풍경일 뿐이다. 결코 능묘한 테크닉이라는 것이 아니건마는, 그런데로 내 가슴에 감동의 물결이 설렌 것은 웬 까닭일까? 거기 내 민족 독자의 개성, 고유의 전통미가 굽이치며 흐르는 것을 보았기 때문이다.

서구의 문화를, 미국의 학술을, 우리는 활달하게 받아들일 수 있다. 그러나 그로 해서 내 민족 문화의 개성이 마멸磨滅(닳아 없어짐)되는 것이라면 그것은 섭취가 아니오, 예속이다. 마찬가지로 일본에 대해서도 우리는 구애 없이 배울 것은 배우고, 나눌 것은 나누어갈 것이나, 내 민족의 생활 정신은 어디까지나 개성 있는 전통의 토대 위에 세워져야만 할 것이다. 이 꿋꿋한 정신의 자세가 무너지는 날 만사는 휴의休矣(헛수고로 돌아감). 총검으로 우리를 정복했던 그 일본이 이번에는 경제와 문화란 무기로 또다시 내 민족, 내 국토를 석권할 것이다. 그런 날이 만일에 온다 하더라도 그것은 이 나라의 정치인·경제인·문화인들의 공동 책임이오, 결코 일본만을 탓할 노릇이 못 된다.

『데모가 잠잠해진 9월 중순에「일본 대학생 한국 방문단」이 왔었다. 일본에 대한 감정이 악화되었던 때라 몹시 조심성스러운 태도로 나왔던 그들이, 서울 체류 불과 며칠 후 어깨가 으쓱해서 자신만만한 태도를 보이더라는 이야기였다. 그들과 접촉한 몇 몇 여대생들의 지나친 행동과 교태가, 한국 여성을 우습게 알고, 한국을 얕잡아 보도록 했다는 이야기를 전해 들었다.」

어느 월간지에 이예행李禮行 숙명여고 교장의 이런 글 하나가 실려 있다. 필자의 다 쓰지 못한 뜻을 이 몇 줄 글이 대변해 주는 것만 같다. (1965)

도착倒錯된 대일對日 감각

문화식민지의 상표

서울 거리에는 이상한 옥호屋號(술집이나 음식점 따위의 이름)들이 눈에 띈다.

「이찌리끼一力」니 「오오방大番」이니 하는 문자는 사서삼경을 통독한 이로도 무슨 뜻인지 알아내기 어려울 것이다. 이 문자는 일본인의 감각 속에서만 이해되는 전매특허 같은 문자이다. 가부키 18번 중에서도 가장 대표적인 하나 〈충신장忠臣藏(주신구라)〉에 「이찌리키」란 이름이 나온다. 주인공인 오오이시 구라노스케가 세인의 이목을 속이려고 거짓 탕아 노릇을 하면서 연일장취連日長醉(날마다 늘 취함)하던 요정 이름이 바로 이치리키이다(처음 만정万亭이란 이름의 만자万字를 둘로 나눠 이치리키라고 불렀다는 설).

이 무대는 2백60년 전 교토지만 에도江戶 아닌 도쿄에서도 아카사카나 쓰키지 같은 요정 거리에서는 지금도 가끔 이 옥호가 눈에 띈다.

「오오방」은 연전에 주간지 《선데이매일》이 연재했던 시시 분로쿠獅子文六의 소설 이름. 책으로도 영화로도 유명하나, 본래 어원은 가마쿠라 바쿠후鎌倉幕府 이전부터 소위 금중禁中(궁성)의 수호역으로 각지에서 교토로 주둔해 온 무사들의 칭호였다.

소설 《오오방》의 주인공은 러브레터를 등사판으로 찍어 돌렸다는 약간 대형적大型的 인물로, 한때 가부토조兜町(동경주식시장)를 석권한 증권계의 풍운아가 이 소설의 모델이라고 한다.

라디오를 틀면 일본 이름 그대로의 무슨 화장품, 무슨 감기약, 다방의 레코드는 십중팔구가 가사만 없는 일본 유행가. 심지어는 어느 일간신문이 독자에게 배부한 캘린더의 한가운데 커다랗게 웃고 있는 얼굴이 「닛가츠日活」[1] 여우女優 요시나가 사유리吉永小百合의 사진. 이런 대한민국에 살면서 감각이 거의 마비되다시피 한 내 눈에도, 큰 요정 정면에 높다랗게 달린 「이찌리끼니」「오오방」이니 하는 네온 간판에는 비애

1　일본의 영화 제작 · 배급 회사.

169

를 느끼지 않을 수 없다. 일본서 온 손님들, 더욱이나 신문방송 관계의 특파기자며 대사관 직원들을 눈에 이 글자가 어떻게 비칠 것인가?

문화 교류란 빛 좋은 개살구. 받아들이는 것은 있어도 줄 것은 없는 터수에, 이왕이면 한술 더 떠서 일본의 문화식민지 상표를 의젓하게 한번 내걸어 보자는 배짱일까? 밤거리에 찬연한 네온사인, 시각적 효과도 백 퍼센트다. 겨레의 위신에 똥칠을 하기로는 이 이상더 즉효적인 묘방도 없으리라.

못 들은 역시(譯詩) 테이프

암파문고(岩波文庫) 《조선시집》에서 추려서 일본 방송국이 30분간 방송한 녹음테이프 하나가 지금 내 손에 있다. 그 외에도 여남은 개나 되던 녹음테이프들은 조국으로 돌아오던 날, 한 번 들어 보고 돌려준다고 해서 김포공항에 맡긴 채 두 번 다시 내 손에 돌아오지 않았다.

《조선시집》의 녹음테이프는 짐 속에 있었던 것이 아니오, 우편으로 붙인 것이다.

M·J·B 마이니치每日방송이 이 30분 프로에 두 달 넘어 날짜를 먹었다. 백뮤직을 레코드로 쓰지 않고 모두 새로 작곡했기 때문이다.

낭독은 배우좌俳優座의 마츠모토松本克平, 이와사키岩崎加根子, 거기다 나도 한몫 끼었다.

둘 다 신극 배우로는 이름 있는 사람들인데 에누리 없이 평가해서 이 낭독은 성공한 축에 못 간다. 시 낭독은 역시 시를 아는 사람이 해야 된다는 것을 새삼 깨달은 터이다.

맨 처음에 소월素月2의 〈진달래꽃〉을, 마지막에 상화尚火3의 〈나의 침실로〉의 일절을 원시原詩 그대로 우리말로 넣은 것은 물론 나이다. 그 외에 나는 중간 중간에다 파인巴人4의 〈최종야〉, 고월古月5의 〈눈이 내리네〉, 월탄月灘6의 〈석굴암〉, 청마青馬7의

2 서구 형식의 운문을 전래의 민요적 정서와 연결, 승화시킨 시인(1902~1934). 본명 김정식.

3 일제강점기 〈나의 침실로〉, 〈빼앗긴 들에도 봄은 오는가〉 등을 저술한 시인 이상화(1901~1943).

4 1925년 한국 최초의 서사시집으로 불리는 《국경의 밤》을 간행한 김동환(1901~?)의 호.

5 〈봄은 고양이로다〉 등을 저술한 시인 이장희(1900~1929).

6 시인이자 소설가인 박종화(1901~1981)의 호.

7 일제 강점기의 시인이자 대한민국의 시인 겸 교육자인 유치환(1908~1967)의 호.

〈점경點景에서〉 등을 역시譯詩로 된 일본말로 꽂아 넣었다.

『이 시편들은 40년에 이르는 역사의 불행에 시달리면서 우리 민족이 한결같이 지켜온 하나의 정신사요, 가장 순수한 의미의 감정 생활의 집약이기도 하다.』

소월의 원시原詩 다음에 아나운서 목소리가 발문跋文8의 한 구절을 이렇게 외우고, 이어서 이와사키가 시마자키島崎藤村의 서문을 읽는 순서이다. 방송국이 쓴 뒤에 그냥 내게 물려준 이 7호 대형 릴을 어느 날 편집기자 L군에게 보인 것이 얘기의 발단이다.

내가 가진 녹음기는 3호 릴밖에 걸리지 않는 휴대용이라 거기다 7호 릴을 걸지는 못한다. 7호가 걸리는 테이프 레코더가 친한 출판사에도 있으나, 이왕이면 한번 스테레오로 들어 보자고 한 것이 L군의 의견이었다.

『좋은 데가 있습니다. 레지9를 잘 아니, 가서 한번 부탁해 봅시다.』

8 책의 끝에 본문 내용의 대강이나 간행 경위에 관한 사항을 간략하게 적은 글.

9 다방 따위에서 손님을 접대하며 차를 나르는 여자를 가리키던 일본식 표현.

172

L군의 선도先導로 처음 가 본 그 다방은 어마어마하게 규모가 큰 데다 밤 여덟 시란 시간 탓인지 온통 초만원이다. 그런 데서 이 낭독을 듣는댔자 의미가 없을 뿐더러 다른 손님들에게도 미안한 노릇이다. 그래도 미련을 못 버리는 L군을 억지로 끌어내다시피 해서 나는 그 다방을 나왔다.

L군은 무슨 집념처럼 그 테이프를 들고 이번에는 같은 명동에 있는 S다방으로 나를 데려갔다. 나도 두어 번은 가 본 다방이다. 고전 음악과 전시회를 표방한 이 다방은 먼저 집과는 달라 비교적 조용했다. 경영자의 자제인지 젊은 청년 하나가 레코드를 고르고 있다. 그 레코드실에는 보통 가정용은 아닌 대형 녹음기가 있고, 스피커도 물론 스테레오용이다.

조용하다고는 해도 십여 명 손님이 있다. 그런 자리에서 시 낭독을 듣는다는 게 뭔가 꺼림칙하다. L군이 한참 동안이나 그 청년과 교섭을 하더니, 다음 날은 일요일, 일요일 아침 아홉 시면 손님도 적으니 그 시간이면 좋다고 타결이 됐다는 이야기다.

『아무개 선생도 청합시다. 무척 좋아하실 거예요. 아침 아홉 시에는 꼭 나오셔야 합니다. 꼭입니다.』

L군은 듣기도 전에 미리부터 도취 기분이다. 30대를 반쯤은 넘은 L군의 이런 문학청년 기질이 한편으로는 부럽기도 하다. 나는 테이프를 L군에게 맡긴 책, 이튿날 아침 극성맞게도 영천에서 명동까지 그 S다방을 찾아갔다. 지정한 시간에 20분 늦었다.

모인 선객先客이 셋, 우리와는 상관없는 다방 손님도 4, 5인은 된다. 미상불 조용하다. 이런 데서 차 한 잔을 들면서 친지들끼리 스테레오로 역시譯詩 낭독을 듣는다는 게 아닌게 아니라 호사스런 기분이다.

L군의 손에서 녹음 테이프가 레코드실로 옮겨졌다. L군은 자기가 가졌던 《조선시집》한 권까지 그 테이프에 첨가했다. 잠시 후 일본말 아나운스가 들려왔다. 스테레오로 듣기는 나도 처음이다. 웅혼하고 무게 있는 음향 효과가 그럴싸하다.

이어서 「성우 김소운」이 낭독하는 원시 〈진달래꽃〉, 그다음 이와사키가 원문의 일절을 읽어 내려가는 대문인데, 웬일인지 갑자기 소리가 작아졌다. 무슨 진언眞言10을

진실하여 거짓이 없는 말이라는 뜻으로, 비밀스러운 어구를 이르는 말.

외는지 알아듣지 못할 정도다.

혹시나 기계 고장인가 해서 나는 자리에서 일어나 레코드실 쪽으로 갔다. 고장은

아니고 일부러 볼륨을 낮춘 것을 알았다.

까닭을 묻는 내게 레코드실에 있는 또 하나 다른 청년이 대답한다.

『내용은 좋은데요, 다른 손님도 있고 해서…….』

내용이 좋고 궂은 것을 그 청년이 알 까닭이 없다. 지금 처음 들은 테이프의 내용

을 듣기도 전에 알았다면 귀신이다. 먼저 청년의 형이라는 이 청년은 14년 결석했

던 나보다는 한국의 생리를 더 잘 아는 사람인 것 같다. 일본말로 된 테이프가 혹시

나 말썽거리가 될 것을 염려했던 모양이다.

그 청년의 심모원려深謀遠慮11는 가상嘉賞(칭찬하여 기림)할 만하다. 현명한 조치일지도

모른다. 그러나 들리지 않는 시 낭독을 그 이상 들어 보았댔자 의미가 없다. 녹음기에

걸은 지 채 3분이 못 돼서 그 테이프를 도로 찾아들고 우리는 미역국을 먹은 꼴이 되

11 깊은 꾀와 먼 장래를 내다보는 생각.

175

어서 S다방을 나왔다.

「이찌러끼」니 「오오방」의 네온 간판과 들으려다 못 들은 역시 譯詩 테이프와, 무언지

하나 도착倒錯(뒤바뀌어 거꾸로 됨)된 감각, 이것이 대한 국민의 오늘날의 생활의식이라면

구슬픈 회화戱畵12가 아닐 수 없다. (1966)

12 ─
실없이 장난삼아 그린 그림.

176

일본말의 망령들

『그 시절이 그립습니다』

지난해 일본의 사토(佐藤) 수상이 한국을 방문해 왔을 때 어떤 신사 한 분은 가두녹음의 마이크 앞에서 사토 수상을 보고 『일본이 다스리던 그 시절이 그립습니다』하고 거침없이 지난날의 향수를 토로했다. 조리 있는 어조며 꽤 유창한 일본말로 미루어서 음성만으로도 의젓한 신사라는 것은 판단이 갔다. 적어도 길거리 상인이나 날품팔이꾼이 한 말은 아니다.

방송을 들은 순간, 솔직히 말해서 간담이 서늘해졌다. 침략자니 정복자니 해서 이를 갈고 미워하던 일본, 그 일본의 수상 앞에서 이런 망언을 구애 없이 할 수 있는 인물은 대체 어떤 위인일까. 나라 망신을 시켜도 분수가 있지, 내 동족에 이런 쓸개 없고 몰지각한 인물이 있었더란 말인가!

그러나 날이 갈수록 내 생각은 달라져 갔다. 어쩌면 그 인물은 위선을 모르는 가장
정직한 인물일지도 모른다. 「겉으로는 애국자인 체하고, 입만 열면 민족정신이니, 주
체성이니 하면서, 속으로는 일본을 모셔 섬기를 상전처럼 하는 만성 일본병 환자
들에 비해서 얼마나 솔직하고 시원스러우냐!」 그런 생각이 들었다.

낯간지러운 CM

한때 벚나무(사쿠라) 한 그루만 넘어뜨려도 애국자란 시절이 있었다. 벚나무는 일본
꽃, 「절치부심한 그 원수 나라의 꽃을 그냥 세워 둘까보냐!」 그러던 같은 시기에서
울 창경원에는 「야앵夜櫻(요자쿠라)」을 구경하려고 모인 인파가 하룻밤에 20만이라고
신문에 났다. 그 뒤죽박죽인 시절에서 20여 년, 지금도 그런 애국자는 이 나라에 수
두룩하다.

S출판사에서 《일한사전日韓辭典》이 나왔을 때 『왜「한일韓日」이 아니고「일한日韓」이냐?』고 힐난의 전화가 번번이 걸려 왔다. 일어를 우리말로 해석한 것이고 보면 어디까지나「일한」이오,「한일」이 아니련마는, 열렬(?)한 애국자들은 글자 한 자의 순서도 무심코 보아 넘기지를 못했던 모양이다.

과연 충무공 할아버님의 후손들이오, 논개와 피를 연결한 백성들이다.

그런데 이게 웬일일까? 그 갸륵하고 기특한 백성들이 일본인의 방귀까지 향기로울 정도로 오매불망 일본, 자나깨나 일본이다. 워낙 어질고 너그러운 백성들이라, 반세기의 숙원宿怨은 깨끗이 잊어버리고 교린交隣(이웃나라와 평화롭게 지냄)의 의를 두텁게 함으로써 대국의 도량을 한번 보이자는 것일까 (국토는 비록 좁아도 국호만은 적어도 「대한민국」이다).

그러나 아무리 따지고 보아도 오늘날의 이 현상은 「교린」이나 「도량」의 그것은 아닌 것 같다.

『일본의 ××와 제휴해서』

『일본서 도입한 기술진으로……』。

앞선 자에게 길을 묻고 힘을 빌리는 것은 수치가 아니다. 그러나 만년필 한 자루、

179

잉크 한 병에서부터 심지어는 「유달산 맑은 물로」 양조된다는 소주에 이르기까지 일본과 「제휴」하고 일본 기술을 「도입」해야만 한단 말인가?

상표를 일본과 공통으로 쓰는 「도입」해야만 한단 말인가? 요즘은 『일본으로 수출된다』고 라디오·TV에서 선전하고 있다. 코스트가 싸게 먹히는 한국제를 보세가공 식으로 일본으로 들여간다는 뜻인가 본데, 이런 것을 수출 운운이라니 낯간지러운 노릇이다.

전자계산기라면 몰라도

「피어리스」니 하는 화장품, 「단학丹鶴」이니 「유가柳家」니 하는 포마드, 모두 일본 메이커들의 동일한 상품명이다. 「단학」은 일본의 「단정학丹頂鶴(단초즈루)」의 약칭略稱이오, 「유가」는 일본의 유옥柳屋(야나기야), 글자가 한 자씩 다르나 같은 뜻이다.

쮸쮸 크림이란 상품이 한국에서는 「쮸쮸 크림」, 이 상품을 운반하는 마이크로버스 양쪽에는 「일본과 제휴」란 글자가 커다랗게 쓰여 있다. 제휴면 제휴지, 어째서 「쮸

쥬가 「쮸쮸」로 화하는 것인지. 이 원숭이가 입 맞추는 소리 같은 발언의 유래를 한 번 물어보고 싶다.

「다마린」이니 「아로나민」이니 하는 것이 모두 일본서 이름난 같은 약명, 전자가 대정제약大正製藥, 후자가 무전약품武田藥品의 대표적인 상품명들이다(「아리나민」이 한국서는 「아로나민」).

한방 기침약 「용각산龍角散」도 일본서는 너무나 알려진 유명약이다. 「구심救心」「기응환奇應丸」도 마찬가지다. 「제휴」로 서울서도 발매되고 있는 이런 약들은 약명을 쓴 자체字體까지 일본 것 그대로다.

이름이 같다거나 닮았다거나, 그런 것은 지엽말절枝葉末節1, 문제는 따로 있다. 잉크, 만년필과 마찬가지로 머릿기름이니 크림이니 피부약 기침약까지 일본과 손을 맞잡지 않고는 만들어내지 못하도록 이 백성은 천치 바보더란 말인가? 그럴 리가 만무하다. 이유는 명명백백, 일본이란 이름 앞에서는 오금을 못 쓰는 이 나라 백성들의

1 중요하지 않은 사항이나 하찮고 자질구레한 부분.

심리에 영합한 교활한 상략商略(상업적 전략)일 뿐이다.

한방漢方에 있어서는 적어도 우리나라가 일본보다는 몇 걸음 앞섰다고 보아야 할

것이오, 아로나민 같은 것도 일본인이 경원하고 경멸하던 마늘이 주성분이니 이것도

이쪽이 선배 격이다(한국인을 「닌니꾸(마늘)」라고 부르는 것이 그네들의 멸칭蔑稱(경멸하여 일컬음)이기도 했

다). 전자계산기라면 몰라도 이런 따위 구구한 상품까지 남의 나라를 앞장 세워야 하

고 기대야 한다니, 구슬픈 노릇이 아닐 수 없다.

「하루나」「긴타로」

우리말의 「총각」을 일본인들은 「총가아」로 발음한다. 「기이상妓生」이니, 「양반兩班」이

니, 「기무치(김치)」니 하는 몇몇 안 되는 한국어 중에서도 이 「총가아」는 유독 유명해

서 거의 전국에 통하지 않는 곳이 없다. 이를테면 가족을 멀리 두고 원거리로

전근된 경우, 그 지방의 이름자와 「총가아」를 한 자씩 맞붙여서 약어로 쓰기도 한다.

북해도 삿포로로 혼자 부임한 사내를 동정과 익살을 섞어서 「삿쵸(삿포로 총가아)」이라고 부르는 식이다.

그밖에 널리 알려진 것이 아리랑, 도라지, 한국에서 일본으로 건너간 이식어移植語는 대개 이런 정도이다(물론 현대를 두고 하는 말. 수없는 우리말이 일본으로 옮겨진 옛날 얘기와는 별문제다).

그와는 반대로 한국에 남아 있는, 혹은 새로 들어온 일본말의 수효는 도대체 얼마나 되나? 이건 비교가 되지 않는다. 엎어져도 일본말, 자빠져도 일본말, 길바닥에 굴러다니는 돌멩이만큼 흔해 빠진 것이 일본말이다.

경기景氣니 대절貨切이니 추월追越이니 신병身柄 거치据置, 절하切下가 모두 일본말, 그런 잔재어 중에도 취소니 취급, 안내, 역할, 입장, 장면, 용의用意 같은 것은 벌써 우리 말이 다 돼버린 감이 있다. 요릿집이나 음식점 같은 데서는 「한 접시」, 「두 접시」가 으레 「한 사라」「두 사라」요, 카운터에 앉은 것은 「조바帳場」, 잔심부름꾼이 「시다」, 이런 문자는 신문의 모집광고에서 매양 낯익은 글자들이다(〈조바〉에는 한술 더 떠서 「상」이란 칭호까지 붙인다).

183

「맥주 일본一本」식의 이 「본本」이란 글자도 맹랑하다. 길이長 있는 물건을 셀 때 쓰

는 이 「본」은 본디 우리말과는 아무런 인연이 없다(혹시나 신라, 백제 시대에 그런 용례가 있었

던가?). 한 자만 따서 「본本」이라면, 이것은 일어로 「책」이란 말인데, 그러고 보니 제본

소란 말이 그냥 남아 있다. 「이본二本 동시 상영」그런 간판을 볼 때마다 일본 어느 시

골거리에 서 있는 기분이다.

문화와 촌수가 가까운 인쇄 용어가 「사시카에差替」, 「오쿠리送」, 「무라도리斑收」, 「와

리츠게割付」, 「하코구미箱組」, 「야레破紙」해서 십중팔구는 일본말 그대로. 출판, 제책製冊

관계도 요즘 와서 「미카에시見返」를 「면지」로, 「오쿠츠게奥付」를 「판권」으로, 어색하나마

고쳐 부른다는 정도요, 거의가 일본 시절 그냥이다.

미장원 용어라는 것이 「우치마키」「소토마키」「고데」「후카시」해서 20년 의구依

舊요, 양장점, 양복점도 「에리」니 「가부라」니 해서 역시 일본말, 목공, 건축 관계는

더 말할 것도 없고, 사진관 같은 데서 쓰는 「핀보케」니, 「핀트가 아마이」니 하는 용어

2 옛날 그대로 변합이 없음.

들도 여전 건재하다.

자유를 고대했다는 민족, 독립을 오매불망했다는 백성이 이런 이름들을 그대로 쓰고 있다니 구구九九에 맞지 않는 얘기다. 극단의 예로는 「하루나春菜」라는 푸성귀, 「긴타로金太郎」라는 물고기가 있어도 우리말로 이름을 붙여 줄 사람이 없다.

일본말의 대가들

연속방송극을 라디오로 듣고 있노라면 『그건 우리 호랑이 새끼인데요』하는 엉뚱한 대사가 튀어나온다. 금강산 포수 얘기가 아니라 「라바울」3의 위기에 해병대의 병력을 투입하라는 사령관 말에 막하幕下 부관이 대답하는 대목이다. 「호랑이 새끼虎の子」란, 일본말로는 「아껴두는 비장물秘蔵物」이란 뜻이다. 아무리 일본말이 흔해 빠졌기로니 이

3 파푸아뉴기니의 항구도시. 제2차 대전 중 일본군과 연합군이 격전을 벌인 곳.

185

건 귀신이 곡을 할 직역, 제대로 알아들을 청취자가 과연 몇이나 됐을 것인가?

상대편의 태도나 응대가 갑자기 달라졌다는 것을 『손바닥을 뒤엎듯이』라고 한 대사도 있었다. 이 역시 일본말의 직역, 우리 문자에도 「여반장如反掌」이란 말이 있으나 의미는 전연 딴판이다. 이런 것은 이미 「말」의 문제를 떠나 표현 방식까지 일본식을 그냥 모방한 예라고 볼 것이다.

택시나 음식점 사환을 부를 때, 열의 아홉까지는 『어—이』하고 소리를 지른다. 일어의 「오—이」를 그냥 쓰기가 미안쩍어서 슬쩍 음 하나만 비틀어 놓았다는 꼴이다. 이 국적 불명의 「어—이」야말로 지금 이 나라의 생활 대중들이 어떻게 「말」에 대해서 무정견無定見인가를 증거하는 실례라고 하겠다.

그렇게 연연해서 못 버리는 일본말인데도 정작 「책임 있는 일본말」을 찾기로 들면 힘들다. 「가와시마 요시코川島芳子」(일본인에게 양녀로 간 숙친왕의 공주, 후에 처형)는 죽자하고 「가와지마」로, 「야마자키山崎」는 기어이 「야마사키」로, 이것도 어느 연속방송극에서 매일같이 들어온 발음이다.

버스간 같은 데서 유창한 일본말로 주거니 받거니 하는 중년 신사들, 패 어려운

186

문자까지 쓰는 것으로 보아 일본말의 대가라고 할 만한 인물들이다. 귀를 기울이고 있

노라면 5분이 못 가서 「가와지마」「야마사키」식의 에러가 튀어나온다.

어떤 이름난 지일가知日家 한 분은 일본서 「무스메 도죠지娘道成寺」(가부키의 예제藝題)를

「무스메 도세이지」라고 발음했다가 일본인 친구들의 민소憫笑4를 샀다는 얘기다.

알면 좀더 책임 있게 알거나, 모르면 아주 모르거나, 이쪽도 저쪽도 아닌 이런 반

풍수들이 한잔 거나하게 되면, 요정에서, 대폿집에서, 「일본 가요 콩쿠르대회」를 열

고, 「나니와부시浪花節」、「도도이츠都都逸」의 조예를 피력한다.

일본 책、일본 잡지가 아니면 손에 펴들 생각을 않는 향수파들이 특히 중년 여성

층에 많은 것 같다. 그러나 이런 일본통의 대가(?)들도 일본말에 책임을 지지 않는 점

으로는 매일반이다.

오호라、해방 스물세 돌！ 갓난애가 대학을 나올 세월이건마는 그 세월도 이 땅에

뿌리박은 일본말의 망령을 내쫓지는 못했다.

내쫓기는커녕, 날이 갈수록 안하무인 격으로 횡행활보橫行闊步5하는 이 망령들. 나는 일본의 우로雨露에 살았고, 그 나라 그 땅에 정든 사람이다. 벚나무를 베어 넘어뜨린 애국자를 본떠서 이런 말을 한다고 행여나 오해하지 말기를 바란다. 올바르게 「이웃나라 한국」을 이해하고 친근하려는 일본인의 감각이, 오늘날의 이 한국을 어떻게 볼 것인가? 생각할수록 모골이 송연할 뿐이다.

도리 없는 일이라면 귀를 막고 체념하기로 하자. 그러나 그러기 전에, 세종로 한가운데 우뚝하게 세워진 충무공 할아버님의 동상일랑 울릉도나 제주도로 옮겨야만 할 것이 아닌가? 파고다공원에 늘어선 릴리프(부조浮彫)들, 민족의 정기를 외치면서 정복자의 총칼 아래 쓰러진 그 부조의 모습들도 콘크리트로 메워 버려야 하지 않겠는가?……. (1968)

5 삼가고 초심하는 것이 없이 멋대로 행동함.

188

수감隨感 1 · 일본어

(1)

평화로운 시골 마을, 때는 해방에서 2, 3년을 앞선 1942~3년 봄(비행기 헌납이란 문자가 나오는 것으로 미루어서).

마을에서 내로라하는 최 주사 댁에 난데없는 불벼락이 떨어진다. 일본인 순사 무라카미가 떡을 감는다라고 개울가 숲 그늘에 벗어둔 관복을 우연히 지나치던 최 주사 댁 만아들, 정신박약의 「바보 서방님」이 주워 입고, 신이 나서 경례를 잇달아 붙이며 모여든 동리 사람들 앞에서 한바탕 재롱을 피운다(개구리를 삶아 먹이면 색시가 아기를 낳는다고 놀려 한 말을 곧이듣고, 제 색시에게 먹이려고 개구리를 잡아가는 그런 천진난만한 「바보 서방님」이다).

1 ⎯ 마음에 일어나는 그대로의 생각이나 느낌.

189

며을 감고 무라카미가 물에서 나와 보니 벗어 둔 관복이 간 곳 없다. 허둥지둥 관복의 행방을 찾다가 급기야 「바보 서방님」이 한 것을 알아낸다. 최 주사도 아들의 소행을 듣고 놀라서 현장으로 달려온다. 노기충천한 무라카미는 최 주사 부자를 동리 사람들 앞에서 주먹으로 후려 갈기고, 발길로 걷어차고, 그래도 분이 풀리지 않아 부자를 주재소로 연행한다.

『네가 한 짓 아니지! 네 애비가 시켜서 한 짓이지.』

대검을 빼어 들고 주먹으로 내려치면서 위협하는 무라카미 앞에서 사시나무처럼 겁에 떨던 바보 서방님은 『그랬다. 아버지가 시켰다』고 거짓 자백을 한다. 이번에는 무라카미는 최 주사 영감에게 올가미를 둘러씌운다.

『이 관복, 이 칼은 황공하옵게도 대일본 제국의 천황 폐하가 주신 것이다. 너는 바보 자식을 시켜서 천황 폐하를 욕되게 한 역적이다. 비행기 헌납이 싫어서 경성으로도 피해 간 너는 후테이센징不逞鮮人이다…….』

이런 논리의 전개로 마침내 부자를 유치장에 집어넣는다. 그 올가미를 창안해낸 장본인은 평소부터 최 주사 댁에 사원私怨을 품어 왔던 가나야마라는 엽전 친구다.

바보 자식 하나 둔 덕분으로 최 주사 영감은 아들과 함께 전기고문으로 까무러치도록 몹쓸 악형을 겪어야 한다.

이상은 KBS TV의 일일 연속극 〈여로旅路〉가 최근(7월 13일 이후) 2、3일간에 방영한 장면이다. 어디까지나 이것은 TV연속극, 바보 서방님 역을 맡은 장욱제는 다음 연기상 입상은 맡아 둔 것 같은 명연기다. 성한 사람이 바보 흉내를 내고 있다는 그런 연기가 아니다. 무라카미 순사역도 누구나가 맡기 싫어할 이런 악역을 그런대로 무던히 소화시켜낸 것 같다. 관복·견장·대검 같은 소도구들은 형편없는 엉터리지만.

스토리에도 약간 과장은 있는 것 같다. 아무리 남의 아내를 빼앗는다는 복선伏線이 있기로서니(무라카미는 바보 서방님의 아내를 노리고 있다) 일개 순사가 그렇게도 광대무변廣大無邊2한 권력을 휘두른다니 말이 되지 않는다. 거짓 증인의 매수 비용으로 담뱃값이나 내듯 즉석에서 가나야마 손에 2백 원을 내준다는 것도 순사 나으리 주제로는 있을 수 없는 일이다. 2백 원이면 당시의 화폐가치로는 고등관의 한 달 월봉에 해

191

당된다.

극 자체가 우수하다거나 흥미가 있었다거나 하는 그런 얘기가 아니다. 우연히 눈에 뜨인 TV연속극의 몇 장면, 그것을 나는 무심히 보아 넘길 수가 없었다. 일인 순사가 아귀처럼 눈을 부릅뜨고 최 주사 부자를 발길로 걷어차고 주먹으로 후려갈기고 할 때, 목 안이 타오르고 피가 역류하는 것만 같은 굴욕감. 마치 나 자신이 무도한 일인 순사의 발길에 차여 쓰러 넘어진 것 같은 착각마저 느꼈다.

스토리에는 과장이 있었을지 모르나 역사의 현실에 있어서는 이런 장면의 십 배, 백 배도 더한 「사실들이 있지 않았던가? 시골 마을의 어느 양민 부자가 터무니없는 중죄 범인으로 몰려 고행을 치르는 그런 장면에 격분을 하다니…….

그럼 반세기토록 내 동족이 겪어온 수모의 멍에를 마치 몰르고나 있었더란 말인가? 한갓 TV드라마인데도 그것을 드라마라고 보아 넘기지 못하는 이 짓궂은 감정이 유독 나 하나만의 감정일 리 만무하다. 그 프로를 본 사람이라면, 그런 시대의 그런 생활을 직접으로 겪어온 내 동족이라면, 지나간 날의 흘러간 악몽인 줄을 번연히 알면서도 가슴에 치밀어 오르는 무엇인가가 정녕코 있었을 것이다.

192

이것이 피라는 것일까? 「피는 물보다도 진하다」는 격언은 과연 거짓이 아니다. 그 피에 대해서도 의문의 여지는 있다. 티기 없이 순수한 혈액만을 이어온 민족이 과연 이 지상에 있었던가? 그러나 그런 어려운 얘기는 여기서는 보류해 두기로 하자.

일본이란 이웃 나라에 대해서 우리가 하나의 적개심과 저항의식을 버리지 못하는 데는 그럴 만한 충분한 이유가 있다. 그러나 이미 그것은 지나간 역사의 불행. 언제까지나 구원(舊怨)에 사로잡히는 그런 옹졸한 민족은 되고 싶지 않다. 되어서도 안 된다.

백 번 그렇다 하고 여기 하나의 문제가 있다. 지나간 날을 깨끗이 잊어버리고 새 마음 새 정신으로 이웃과 사귀어 가려면, 우선 나 자신이 병들지 않은 건전한 상태에 있어야 한다는 것이 선결 조건이다.

불행한 노릇이기는 하나 지금의 우리는 건전을 입에 담을 주제가 못 된다. 적어도 일본에 관련된 문제, 일본을 상대로 하는 문제에 있어서 우리는 너무나도 체통이 서지 않는 약자의 위치에 놓여 있다. 구함이 있는 자는 약하고 구함이 없는 자는 강하다는 것, 이것은 어느 개인이나 국가 간이나 예외가 없는 고금의 철칙이다. 트랜지스터 하나, 감기약 하나까지도 일제 아니면 마음이 놓이지 않는, 지금 우리 사회의 이 창피한 현실, 결코 무력만이 민족이나 국가의 강약을 판가름하는 것은 아니다.

내 집에 일 년이 채 못 된 개 한 마리가 있다. 6대조의 혈통까지 적힌 의젓한 족보도 있건마는, 혈통이나 과히 밉지 않은 생김새와는 딴판으로, 성질이 못돼먹어서 어린애나 저를 겁내는 사람에게는 표범처럼 사납고, 저보다 큰 개나 개를 무서워하지 않는 사람에게는 양처럼 유순하다. 개에게도 덕성은 있어, 저보다 약한 상대는 거들떠도 안 보는 그런 대범하고 점잖은 놈이 있지만, 내가 기르는 이 코커스패니얼은 어느 모로 따져도 덕성을 운운할 주제가 못 된다.

나는 이 못난이 개를 두고 가끔 이런 생각을 해 본다. 이쪽이 약하면 약할수록 상대편의 오만과 위세는 더욱더 조장된다는 것을(물론 상대가 도량 있는 대인물일 경우는 예외겠지만, 그런 필법으로 따져 들어가면, 약자는 약하다는 저 자신의 불행에다 또 하나 덧붙여, 상대편으로 하여금 그릇된 우월의식을 한결 깊고 크게 하는 이중의 불행을 스스로

194

초래한다고 그렇게도 말할 수 있지 않겠는가?

일본인은 필경 일본인일 뿐, 결코 그들 모두가 성현도 군자들도 아니다. 그들의 국민성은 특히 조건반사에 민감해서, 상대의 위치나 태도에 따라 「독수리」도 되고 「비둘기」도 될 수 있는 그런 국민이다. 오늘날의 한국이 일본에 대해서 취하는 자세, 그것은 과거의 역사에서 일본이 저지른 과오를 다시 한번 되풀이해 줍시사고 청원하고 갈망하는 꼴수밖에는 안 된다. 두말할 것도 없이 이것은 우리들 자신의 수치요 타락이지만, 원대한 안목으로 보아, 일본 그 자체로서도 메꿀 수 없는 큰 손실이오 불행이 아닐 수 없다.

(3)

얼마 전 거리에서 나는 구슬픈 광경 하나를 목격했다.

D일보사 뒷길에 있는 양약국洋藥局에 기침약을 사러 들어갔더니 웬 일본인 사내가 무슨 약인지를 앞에다 두고 흥정을 하고 있었다. 상대하는 중년부인네는 아마 이

195

가게 주인인가 본데, 일본 시절 여학교라도 나왔는지 일본말 솜씨도 패나 유창하다.

『고노 구수리 기쿤카이?』(이 약 듣기는 듣나?)

『기미노 구니와 구수리가 다카이네!』(자네 나라는 약이 왜 이리 비싸지!)

거기서 가까운 S호텔의 유숙객인지, 이 일인 사내는 잠옷 차림의 유카타를 걸친 양이다. 유카타를 걸쳤거나 파자마를 입었거나 그것은 둘째로 하고, 그거만을 부리는 꼴이란 대감님이 계집종이나 대하는 듯한 태도다. 그런데도 이게 웬일일까, 약방의 주인 아주머니란 분은 만면에 애교를 띠면서 귀한 손님이 가게를 찾아 준 것이 그저 황공무지 하다는 듯, 유창한 일어로 야양을 떨고 있지 않은가.

외국 관광객에 대한 「친절상」이나, 「서비스 훈장」이 있다면 마땅히 이런 아주머니에게 맨 먼저 가야겠지만, 나는 그 어이없는 광경을 그저 보고만 넘길 수 없어 방약무인한 그 일인 씨에게 몇 마디 실례의 말씀을 건네고야 말았다. 깡패를 만난 양반 나으리마냥, 그 친구는 한마디 대꾸도 없이 당황하게 사라져버렸지만, 씁쓸하고도 구역질 나는 뒷맛은 그날 하루가 다 가도록 지워지지 않았다.

나 자신이 못 보고 못 들었을 뿐, 아마 이런 광경은 어느 날 없이 이 나라의 도처에서 되풀이 되고 있으리라. 「해방」이란 문자가 그저 무색할 따름이다.

역사의 불행에 사로잡히기는 고사하고 송두리째 오장육부를 꺼내어 그네들에게 상납을 하려 드는 독지가들이 있다. 한국에 아직도 들어오지 못한 것은 군대와 영화 뿐이라고 말하는 이가 있을 정도로 오늘의 우리 생활 속에는 「일본」이 판을 치고 있다. 「이웃 사랑하기를 내 몸같이 하라」는 예수 그리스도의 교훈을 지금의 한국인처럼 충실하게 알뜰하게 실천궁행實踐躬行 4 하는 백성도 아마 없을 것이다.

(4)

정작 쓰려던 얘기에 손이 닿기 전에 서설이 길어 버렸다. 결론을 서두르기로 하자. 일본어를 학교 교육에서 제2외국어로 등장시키고, 일어학원이 공인되고 한 것을 두고 낙관론, 경계론이 서로 엇갈려 의견들이 분분한 것 같다. 거기 대해서 의향을 물어

4 실제로 몸소 이행함.

197

오는 이가 있고, 나 자신 TV같은 데서 소감을 말한 바도 있었지만, 한마디로 요약해

서 일본어는 배워야 한다는 것이 내 견해이다.

지난날「총독부가 어디 있는지를 모른다」는 것을 애국자의 자격으로 착각한 이들

이 있었지만, 그런 어리석고 미련한 감상을 두 번 되풀이하고 싶지 않다. 우리의 안목

을 넓히고 우리의 체질을 튼튼하게 할 양식이라면 비상砒霜5이라도 먹어 두자. 하물

며 비상 아닌 지식의 문이고 보면 들어가기를 주저할 까닭은 없다.

그러나 왜 일본말을 배우나?、그것만은 잊어버리지 말아야 하겠다.

영국에서는 40여 년 전에 벌써 일본의 고전《겐지모노가타리源氏物語》(등장인물이 4

백 명을 넘는 1천 년 전의 대작)가 아서 웨일리의 손으로 번역되었고, 바로 6、7년 전에도 그

의 제자인 모리스 교수가 같은 시대의 일본 고전《마쿠라노소시枕草紙》의 전역全譯을 역

시 옥스퍼드대학 출판부에서 간행했다는 얘기다《아사히신문》기사). 주석서만 4백 페이

지를 넘는다니 그 노력과 학문적 열의는 짐작하고도 남음이 있다.

5 비석砒石에 열을 가하여 승화시켜 얻은 결정체. 독성이 강하다.

이것이 문화 교류의 참된 모습이다. 한국과 일본이 「가깝고도 먼 나라」라면, 영국과 일본은 「멀고도 가까운 나라」라고나 할 것인가. 영국보다는 수백 배, 수천 배 일본말이 더 흔한 한국에서 일본의 고전문학은 고사하고, 현대문학 한 권도 제대로 번역된 것이 없다니 서글프고도 기막힌 얘기가 아닐 수 없다.

그도 그럴 수밖에 없는 것이, 제 하나의 편리와 이익을 떠나서 일본말, 일본 글을 익히고 배운 사람이 우리 사회에서는 거의 없었다고 해도 과언이 아니다. 과거 시대에 의무적으로 배운 일본말, 아니면 영리 목적이나 생활의 방편으로 해방 후에 지름길 공부로 익힌 속성 일본어, 거기서 문화적인 업적이나 성과를 바랄 수 없는 것은 너무나도 당연한 일이라 하겠다.

일본말은 배워야 한다. 그러나 최종 목적 하나만은 잊어서는 안 되겠다. 기술 분야에서, 사업 관계로 해서, 혹은 공부하는 학생의 처지에서, 많은 사람들이 일본말의 학습을 필요로 하고 있다는 것도 사실이다. 그러나 경제대국으로 성장한 일본 앞에 무릎을 꿇기 위해서, 그네들의 과학·문화·예술의 찌꺼기를 핥기 위해서, 그래서 배우는 일본말이라면 아예 일본어 같은 것은 배우지 않는 것이 좋다.

능하지 않아도 일본어의 기능을 효용할 길은 얼마든지 있다. 요는 정신이오, 근본

태도이다. 그러나 이왕 학습할 바에야, 보다 깊이, 보다 진지하게 일본어의 심부深部(깊

은 곳)까지 침투해서 그네들의 정신문화를 이해하고, 올바른 문화 교류에 공헌할 수 있

다면 그 이상 바랄 것이 없다.

천 사람 만 사람에게 다 바랄 수는 없더라도 일본어를 하나의 사명감·임무감으로

다루어 가야 할 그 방면의 전문가도 나와야 하겠다. 실상인즉 일본말의 보급보다도 그

쪽이 더 시급한 형편이지만 거기는 오랜 시간이 필요하다. 적어도 「외국어로써의 일

본어」가 토대를 닦은 뒤에 이루어질 일이오, 누구나가 할 수 있는 「싸구려 일본어」,

「무책임한 일본어」가 오늘같이 횡행, 활보하고 있는 한 바라기 어려운 노릇이기도 하

다. (1972)

「일본 태풍」 속의 한국

멘델 교수의 충고

한일 간에 국교가 정상화되기 직전, 일본 측의 대표 한 사람이 우리 쪽 어느 지명인사에게 물었다. 두 나라 사이에 국교가 회복되는 것을 당신은 어떻게 생각하느냐고. 그분이 대답했다.

『이성으로는 당연한 일이오, 불가피한 일이라고 생각된다. 그러나 감정 그대로를 표명하라면 나는 반대하는 쪽에 설밖에 없다.』

그분의 이 대답이 바로 한국인인 우리들의 심정을 여실히 대변했다고 말할 수 있지 않겠는가?

가장 가까운 이웃일뿐더러, 우리보다는 경제와 생활문화에 있어서 월등하게 앞

201

장을 선 일본과 언제까지나 적대시하면서 지낼 수는 없다. 과거의 불행했던 인연에 사로잡혀 끝끝내 담을 쌓고 살아간다면, 그것은 결과적으로 우리들 스스로의 손실을 의미할 뿐이다.

한일회담이 아직도 끝매듭을 못 짓고 제자리걸음을 하고 있을 무렵, 대만의 대학에 초빙교수로 가 있던 미국인 멘델 박사가 한국을 다녀간 인상기가 우리나라 신문에 실린 일이 있다.

『한국은 엘리베이터나 전화기 같은 물자를 가까운 이웃 나라 일본에서 사지 않고 왜 하필이면 먼 서독에서, 그나마 일본보다 더 비싼 값으로 사들여야 하는가? 이것은 국민의 피나는 세금을 그만큼이나 더 낭비하는 결과가 되지 않겠는가?』

멘델 교수의 이 지적은 한국인의 국민감정을 도외시한 피상관皮相觀(겉가죽만 본 인상) 같기도 하나, 어떻게 생각하면 구구한 민족 감정 따위는 우선 서랍 속에 감춰두고 더 현실적으로 실속을 차리라고 한국에 채찍을 가한 말일지도 모른다(그 뒤 몇 해가 못 가서 사정은 일변했고, 일본 상품, 일본 자본이 무더기로 쏟아져 들어오게끔 되기는 했지마는……).

직접적인 이해관계 없는 제3자의 눈에도 한국과 일본의 유대는 더 긴밀하게 강

202

화되어야 할 것으로 보이는 모양이다. 사실 우리 자신으로서도 일본과의 상호 협력을 거부한 한국 독자의 전진이란 있을 수 없다는 것을 새삼 시인하지 않을 수 없다.

「피」의 기억

그러나 이것은 어디까지나 우리의 이성에서 나온 결론이오, 대다수의 국민감정은 반드시 그렇지 못하다.

인간에게는 건망증이란 편리한 생리가 있어, 때가 지나면 내게 골탕을 먹인 배신자도 웃는 낯으로 대할 수 있고 나를 박해하고 곤욕을 준 원수도 다시 용서할 수가 있다. 그러나 또 하나 생리 이전의 본능, 혈관 속에 잠재하는 「피의 기억」이란 것을 부인할 수는 없다. 이를테면 동물적인 감각이라고나 할까.

알래스카의 눈보라 속에서 썰매를 끄는 개 한 마리. 잭 런던의 명작소설 《야성의 부르짖음》의 주인공 버크를 두고 하는 말이다. 황야의 달빛 아래 멀리 이리 떼가 울

203

면, 송아지 새끼만큼이나 몸집이 큰 이 세인트버나드 종의 혈관 속에는 수만 년 전 고대, 이런 시절의 피가 잠 깨어 조수潮水처럼 설렌다(이 소설에서는 마침내 버크는 이리 떼 속으로 들어가 그들의 새로운 두목이 된다).

우리들의 혈관 속엔들 어찌 고대의 피가 없으랴! 하물며 임진왜란 같은 처절한 국난을 겪은 것은 수만 년 전이 아니오, 불과 4백 년 전의 일이다.

건망증이란 편리한 생리 덕분으로 우리는 지금 옷으면서 일본인을 대할 수 있다. 좁다란 진주성 하나에서도 3만 명이란 내 동족이 무찔려 죽었던 그날의 수원讐怨1을 잊고, 그들을 흔연히 다시 맞아들이고 있다. 그러나 우리들의 동물적 본능은 무의식중에 일본을 경계하고 기피한다. 결코 나라 없던 36년간의 정치적 원한 때문만은 아니다.

8월 중순 들어 일본서 온 대학생 일단이 검도복을 입고(서울 시내 모 고교에서 친선 시합을 한다는 명목으로) 종로 거리를 활보, 행진한데 분개해서, S대의 학생이라는 한국 청년

204

하나가 일본 대사관에 전화를 걸어 『곧 중지시켜라! 두 번 하면 죽여버린다』고 자못 불온(?)한 협박을 했다는 기사가 2단 사진까지 곁들여 국내 일간지에 실렸고, 또 그 기사의 전문이 역시 사진과 같이 일본의 대신문에 커다랗게 전재轉載되기까지 했다. 주한 일본대사관에서는 만일을 우려해서 경비를 패나 엄중히 했다는 얘기다.

얼마나 깔보았으면

S대학생의 그런 행동을 두둔하거나 변호할 생각은 없다. 두둔은커녕, 오히려 나는 그런 극단의 감정 노출이 우리의 국민적 모럴리티를, 문화국민으로서의 윤리의식을 후퇴시키지나 않을까 해서 염려하는 사람의 하나이다. 그렇다고는 하나, 이 땅에 태어난 사람이라면 누구나 없이 이유 조건을 제쳐두고 이 청년의 분노에 본능적으로 공감이 가고 수긍이 갈 것이다. 같은 「피」를 이었기 때문이다.

일본의 젊은 세대는 직접적으로는 우리의 침략자도 지배자도 아니었다. 그러나 그

205

들의 부조父祖가 저지른 과오에 대해서는 마땅히 그들 자신도 책임을 느껴야만 옳을 것이다. 당자當者가 의식했건 안 했건, 그 나라에 태어난 이상 이것은 회피할 수 없는 책임이다. 그것이 「민족」의 의미요, 숙명이기도 하다.

아무리 일본경제가 비대해져서 세계에 촉수를 뻗치고, 한국의 상공업의 심부에까지 그들의 자본이 침투되었기로서니, 침략자로 낙인이 찍혔던 반세기 전의 정치악을 깡그리 잊어버리고, 백주대낮에 위풍당당하게 구악舊惡의 현장이던 이웃 나라의 수도의 대로를 그런 동갈적恫喝的2인 차림으로 활개치고 행진한다는 것은 마땅히 지탄을 받아야 할 만한 행이오, 오만불손이 아닐 수 없다. 얼마나 한국을 깔보았으면 거침없이 이런 행동을 취했을까? 그런 생각마저 든다.

206

모든 책임은 이쪽에

그러나 곰곰 생각하고 보면, 그들의 이 오만을 조장한 책임은 하나에서 열까지 오로지 우리들 자신 속에 있지 않았던가? 일본인 관광객들 앞에서 두 손을 비비며 갖은 교태, 갖은 추파로 맥을 못 추는 슬프고도 구질구질한 광경은, 지금 와서는 이미 상식화된 한국 사회의 숨길 수 없는 현실이다.

일본인 두셋만 들어가도 『국내 손님은 내점末店을 사양해 달라』고 문간에 게시하는 아케이드, 볼펜 한 자루라도 기를 쓰고 일제를 추켜세우는 행상꾼들, 외국 잡지에까지 일본의 유곽지대로 선전된 소위 「기생파티」의 기막힌 실태, 일본 선수가 투숙하는 호텔이면 으레 몰려든다는 일부 용감한 여대생들의 돌격 정신…….

『큰일 났어요. 이놈의 나라가 어찌 되려는 건지…….』

이것은 민간외교에 몸소 「헌신」하는 여대생들을 두고 어느 호텔 지배인이 내뱉은 장탄식이다.

한때 대학가에 유행했다는 「아·더·메·치·유」란 약어가 바로 오늘을 두고 생긴 문

207

자 같다. 아니꼽고, 더럽고, 메스껍고, 치사스럽고, 게다가 유치까지 합친 일본과 한국

과의 이 눈물겨운 「친화」 풍경. 이것은, 친화가 아니오, 경제의, 생활문화의, 완전무

결한 예속이오, 굴복이다.

『이왕 여기까지 왔으니 눈감고 한 십 년 참아 보자꾸나. 굴욕에도 수모에도 은인자

중하면서, 그새 우리는 묵묵히 우리의 역량을 길러가자. 거지같이 벌어서 정승같이

쓰라는 속담도 있을라니……』

좋은 말이다. 그러고 보니 와신상담臥薪嘗膽이란 문자도 있고 고진감래苦盡甘來란 격언

도 있다. 십 년쯤 눈감고 못 참을 것은 없다. 그러나 인간은 식물처럼 그저 성장하기만

하면 된다는 것은 아니다. 더구나 한번 실추失墜된 민족의 위신이나 체통은 경제력

이 증대했다고 해서 쉽사리 만회되는 것은 아니다. 이 정신적 토양의 실지失地 회복에

는 오랜 세월과 무진 노력이 필요하다. 그러나 그뿐인가. 여기에는 자승自乘(같은 수를 두

번 곱함. 제곱)에 자승을 가하는 무서운 복리複利까지 치르게 마련이다.

무색한 충무공 동상

최근 일본의 국립방송 NHK가 집계한 여론조사로는, 일본 국민이 세계에서 가장 싫어하는 민족은 흑인 다음에 한국인으로 나와 있다. 그 이유로는 ①②③으로 세분된 항목 아래 「한국인은 더럽다」 「한국인은 냄새가 난다」 「한국인은 교활하다」 등등.

일 년에 수십만 명의 관광객이 찾아들고 앞으로는 고교생이 집단으로 수학여행을 오게 된다는 일본 사회의 대한對韓 인식이 이러하다. 그 「냄새나고 더러운」 한국 땅에 백만이 넘는 일련정종日蓮正宗 신도가 있고, 일본 책, 일본 잡지 아니면 읽지 않는다는 수십만 향수파 지식층 남녀들이 있다.

몰아치는 「일본 태풍」 속에서 한국은 이 정신적 위기를 어떻게 극복할 것인가? 주체성 확립이니 민족적인 취약 체질의 보강이니 해서, 그럴싸한 슬로건들이 심심찮게 있기는 하나, 고양이 목에 누가 방울을 다나가 문제이다.

서울 거리에는 충무공을 비롯한 안중근, 류관순 등 순국열사들의 동상이 여기저기서 있다. 이런 동상들을 한갓 도시미의 장식물로 전락시키자는 것인가? 지금이

209

야말로 이 나라의 지도층으로 자인하는 인사에서 한길가 지게꾼 할아버지에 이르기까지, 가슴속 깊이 일대 결의를 심어야 할 때이다. 엄연한 자세, 단정한 예절로도 이웃과 사귈 길은 얼마든지 있다. 쓸개까지 뽑아 바치지 않아도 민족의 체통을 지켜가면서 일본과 손잡고 나아갈 길은 얼마든지 있다. (1973)

조국의 젊은 벗들에게

건망증

해마다 오는 방한 일본 학생단의 일행을 서울 유네스코의 위촉으로 몇 차례 만난 적이 있다. 한국의 문화·예술 혹은 역사를 두고 극히 일반적인 상식을 그들에게 들려주자는 것이 주최 측의 주지主旨(중심이 되는 생각)인가 본데, 미안한 노릇이기는 하나 나는 한 번도 그런 주문에 들어맞는 얘기를 한 적이 없다. 그럴 생각으로 회장까지 가기는 갔어도 막상 그들을 대하고 보면 입에서는 예정에 없었던 딴소리가 튀어나와 버린다.

『인간에게 건망증이 있다는 것은, 얼마나 다행한 일인가요. 이른바 문록역文祿役이라는 풍신수길豊臣秀吉의 한국 침략에서, 손바닥만 한 좁은 진주성 하나에서만도 3만

211

명의 내 동족이 그대들의 조상 손에 학살당했습니다. 그 기억 하나만으로도 그대들은 지금 이 자리에서 한 발도 움직이지 못합니다. 어떤 보복이 내려도 그대들은 감수해야 합니다.』

차분차분하는 얘기가 아니다. 내 눈초리는 아귀같이 사나워지고, 내 목소리는 회장이 쩡쩡 울리도록 커진다. 하릴없는 공갈 협박의 장면이다.

가는 곳곳마다 『잘 오셨습니다』『피곤들 하시지요』해서 만면의 미소로 환영을 받던 그들이, 부산을 거쳐 울산 공업단지며 경주 불국사들의 구경을 마치고 기분 좋게 서울로 와서 그런 살기 띤 협박을 당할 줄이야 설마 예기치 못했을 것이다.

『그러나 천만다행으로 인간에게는 지난날을 잊어버리는 건망증이 있습니다. 그 망각의 덕분으로 지금 우리는 웃는 얼굴로 서로 대할 수 있는 것입니다.』

내 얘기를 지각과 판단을 가진 일본의 젊은 세대들은 위협이나 공갈로는 받아들이지 않았던 것 같다. 그들이 귀국 후에 방한의 소감을 모아 한 권의 책으로 인쇄한 보고기가 내게도 와 있었지만, 누구의 글에도 거기 대해서는 젊은이다운 순실純實(순진하고 참됨)이 내다보였고, 몇몇 학생들의 기술 중에는 『미처 거기까지 생각이 미치지 못

212

했던 일을 일깨워 주어 감사했다」는 그런 대문이 눈에 뜨이기도 했다.

인솔자인 어느 대학교수는 내 말이 끝나자 자리에서 일어서서, 『저희들 일행이 한국을 찾아온 의미가 무엇이었던가, 그것을 오늘 이 자리에서야 비로소 깨달았습니다. 하마터면 우리는 이번 방한을 레크리에이션이나 유람여행으로 마칠 뻔했습니다』하고 숙연한 태도로 답사를 했다.

그러나 지금 여기서 이런 얘기를 꺼낸 것은 그들의 보고기나 답사와는 상관없이 우리들 자신의 건망증을 다시 한번 돌이켜 보자는 생각에서다. 인간이 건망증을 가졌다는 것은 분명히 편리하고 어느 의미로는 다행한 일이기도 하나, 우리들의 건망증은 확실히 정도가 좀 지나친 것 같다. 사람이 좋아서일까?. 쓸개가 없어서일까?

코미디언 L이 100%의 애교를 떨면서 외쳐대는 CM이 라디오에서 흘러나온다.

『일본 마루가네와 기술 제휴한 HM식초! 노오오란 것이 아니면 HM식초가 아닙니다!』

식탁에 오르는 식초 하나까지 일본과 제휴를 않고는 못 배긴다니 어이없는 노릇이다. 어이없는 노릇이 어찌 식초 하나에만 그치리오마는…….

고인 물, 흘러가는 물

20년 전에 쓴 〈목근통신〉의 한 구절을 다시 한번 들추어야 하겠다.

『일본의 정치악은 이미 전 세계가 아는 바입니다. 이른바 동경 재판은 국제 정의의 이름으로 그 임무를 수행했습니다. 사실은 그러한 죄상, 법정에서 논의의 되고 추궁되던 그러한 몇몇 조목의 죄명은 40년의 긴 세월에 우리 민족이 겪어온 입으로 형언할 수 없는 가지가지의 굴욕에 비해서 너무나 경輕하고 적은 것이었습니다. 전쟁 도발, 집단학살에서만 일본의 죄악이 시작된 것은 아닙니다. 나는 내가 어려서 자란 진해 군항에서 수비대의 일 하사관 앞에 불손했다는 이유로 길 가던 양민 하나가 타살당한 것을 압니다. 이름 없는 촌부 하나가 일본에 한을 품고 죽었다고 하면 그것은 적은 일이므로 해서 죄 아니라 할 것입니까? 하물며 마을을 하나가 아니오, 13도 방방곡곡이며, 하물며 어느 하루가 아니오 반세기의 긴 세월에 걸쳐서입니다.

나라 없음으로 해서 억울하게 죽고, 혹은 그 생애를 진창에 파묻어 버린 그런 내 족속들의 고발장을 만일에 동경 재판이 일일이 수리했다고 한다면 그 서류의 무더기는 일본의 국회의사당 하나를 다 비워서 충당해도 부족했을 것입니다……」.

이런 묵은 글을 인용한 것은 아니다.

수백 년토록 얽히고설킨 일본과의 그릇된 인연을 우리는 눈감아 흘려 버릴 수도, 잊어버릴 수도 없다. 그러나 동시에 그 숙원宿怨, 그 역사의 불행에 언제까지나 사로잡혀서도 안 된다. 흐지부지 구채舊債(묵은 빚)를 탕감하는 것이 아니오, 민족적인 지각과 내일을 지향하는 건강한 생리에서 일본을 대하는 새로운 자세와 인식을 길러야만 하겠다.

한 자리에 고인 물은 썩어도 흘러가는 물은 썩지 않는다. 구태의연한 낡은 민족 감정은 마치 흐르지 않는 물과도 같다. 그로 해서 일시의 쾌快(기쁨)를 맛볼 수는 있을망정, 결코 올바른 미래에의 성장을 거기서 바랄 수는 없다. 안이한 타협이나 실리적인 순응을 의미하는 말이 아니다. 고인 물에서 흘러가는 물로 우리들 자신이 탈피하고 전환해야만 할 때이다.

학문과 지식이 팽팽해지면 그것이 엔사이클로피디어나 브리태니커에 집약된다. 두뇌 속에 담아두지 않아도 필요할 때 언제든지 대백과사전이 그것을 일러준다. 만일에 그 모든 사항을 머릿속에 간직하기로 드는 학자나 지식인이 있다면 그것은 미래와는 담을 쌓은 벽창호들이다. 마찬가지로, 밤낮없이 백과사전만 뒤지고 있는 것을 일삼는 학자 선생님이 있다면 이 역시 새로운 창의, 참다운 진리의 탐구와는 담을 쌓은 화석적인 존재일 수밖에 없다.

지난날의 수모와 굴욕은 민족의 가슴속에 간직한 엔사이클로피디어에 수록해두자. 그러나 그 대백과사전만을 일삼아 뒤지는 벽창호나 화석은 되지 않아야 할 것이다. 지금 우리에게 무엇보다 아쉽고 긴한 것은 어제의 원수에 이를 가는 효자 충신이 아니오, 묵묵히 새 역사의 길을 닦아 가는 슬기로운 일꾼들이다.

이미 국교가 트이고 대사를 교환한 이웃 나라의 수상, 그나마 축의를 표하러 오는 하객의 입국을 가로막는다느니, 그들의 문화센터 개설을 저지하자느니 하는 뉴스가 들려올 때마다 나는 말 못할 안타까움을 금치 못한다. 일본을 진정 미워하고 경계할 것이라면 지식인은 일본 책을 읽지 말아야 한다. 국민 대중은 일본 상품을 거들떠보

지도 않아야 한다. 일본의 원자재로 조립된 코로나[1], 퍼블릭 카를 타지 않아야 한다.

「시티즌」「오리엔트」「세이코」가 판을 치는 나라에서, 「기아혼다 오토바이」가 폭음을 뿌리며 내닫는 나라에서, 20년 외상으로 양미糧米를 꾸다 먹는 그 나라에서, 수상은 오지 말라, 문화원을 열게 하지 말라고 외쳐 보았댔자 그네들은 눈 하나 깜박하지 않는다.

알지 못할 수수께끼

좀 엉뚱한 얘기 같지만, 이미 세상을 떠난 두 분의 이름을 불가불 여기 등장시켜야 하겠다.

1 신진자동차주식회사가 1966년 일본 토요타 자동차 부품을 들여와 조립, 생산한 승용차.

217

우리 나라에서 아동문학의 선구자 소파小波 방정환方定煥 씨의 이름을 모르는 이는 아마 없을 것이다. 근년에 와서 그분의 이름을 붙인 「소파상」이 제정되어, 해마다 숨은 공로자들이 수상자로 선출되는 것도 누구나가 아는 사실이다.

메마른 나라에서 비록 일 년에 한 번일망정 그런 뉴스를 듣는 것은 즐거운 일이오, 흐뭇한 노릇이 아닐 수 없다. 더욱이 그로 해서 소파 선생의 이름은 오래 남을 것이니 고인에 대해서도 이 이상의 봉향奉香2은 없을 것이다.

또한 분은 우리 여류문단의 대선배 격인 김일엽金一葉 스님, 수덕사 환희대歡喜臺에서 불제자로 세상을 마친 이분이 일찍이 동경 유학을 마친 지식여성으로 잡지 《신여자新女子》를 주재하면서 여류 문인의 길잡이가 되었던 것도 이미 주지周知(두루 앎)의 사실이다.

소파와 일엽, 이 두 분은 모두 이 나라에서는 지도적인 위치에 있었던 인물들이다. 더구나 소파는 손병희孫秉熙 선생의 셋째 사위로 열렬한 민족주의자이기도 했다.

2   헌관이 분향할 때 집사관이 오른편 옆에서 향합과 향로를 받들던 일.

일엽 역시 여류문학의 선구자이고 보면 그의 민족정신이 범연치 않았을 것은 의심할
여지가 없다. 그러나 여기 알다가도 모를 수수께끼 하나가 있다.

일본서는 삼척동자도 그 이름을 아는 아동문학의 은인 암곡소파巖谷小波(이와야 사자
나미, 그는 창작 동화의 첫 길을 연 공로자요, 명치기明治期에 수많은 외국 동화를 일본
으로 이식해서 안데르센, 그림 형제의 이름을 처음으로 일본의 어린이들에게 알려 준
개척자이기도 했다. 1870년에서 1933년까지 생존했으니 1899년에 출생한 방
소파方小波보다는 스물아홉 해를 앞섰던 사람이다.

암곡소파巖谷小波보다 두 해가 늦은 1872년에 여류작가 통구일엽樋口一葉(히구치 이
치요)이 태어났다. 24세의 젊은 나이에 세상을 떠나기는 했으나, 명치기 최대의 여류
작가로 그의 작품은 사후 70년이 지난 지금까지도 일본의 독서인들에게 숭앙에 가
까울 만치 높이 평가되고 있다.

남의 나라의 대표적인 아동문학가와 여류 문인, 이 두 인물의 이름을 여기 들춘
의미가 무엇인지, 이미 독자는 알아차렸을 것이다. 한국의 방소파와 일본의 암곡소
파, 한국의 김일엽과 일본의 통구일엽, 이 일치를 우연이라고 할 것인가? 그럴 리는

만무하다.

확실한 연대를 알 길은 없으나, 방 소파, 김일엽의 이름은 둘 다 기미운동己未運動 직후에 붙여진 필명들이다. 삼천리 방방곡곡에 독립 만세 소리가 진동하던, 민족의 정기가 불꽃같이 타오르던 그 소용돌이 속에서, 국가의 수구讐仇[3]요, 민족의 적이라고 할 일본의 고명한 두 인물의 이름자가 그냥 그대로 답습되었다는 사실을 어떻게 해석해야 옳을까? 알다가도 모를 수수께끼라고 한 것은 바로 이 점이다.

백 번 거듭하거니와, 방 소파, 김일엽 두 고인의 성예聲譽[4]를 운위하자는 것이 아니오, 하물며 그분들의 민족적 지기志氣를 의심하는 것도 아니다. 그럴 수만 있다면 문제는 간단하다. 그렇지 못하길래 어느 개인을 떠난 공통의 과제 하나가 여기 있는 것이다.

---

3 해를 끼쳐 원한이 맺힌 대상.

4 세상에 널리 떨치는 이름과 기림을 받는 훌륭한 명예.

220

뿌리 깊은 일본의 매력

하기야 소파니 일엽이니 하는 이름자만이 아니다. 침략자인 일본의 치하에서 역사 있고 문화를 지닌 백성으로는 차마 견디지 못할 수모와 곤욕을 겪던 60년 전 그 시절, 이 나라에서 가장 많이 읽혀진 소설은 《장한몽》이었다. 주인공 이수일·심순애의 이름을 모른다는 사람은 40~50대 이상의 이 나라 사람으로는 단 하나가 없을 것이다(장장 20년간에 베스트셀러이던 이 《장한몽》은 수년 전에 리바이벌로 또다시 영화화되기도 했지만).

그러나 이미 세상이 알다시피, 한 시절 13도 청춘 남녀의 홍루紅淚5를 짜게 한 이 명작 소설은, 명치기의 일본 소설가 오자키 고요의 대표작 《금색야차》를 지명과 등장인물의 이름자만 바꾸어서 그대로 옮겨 온 「모조 작품」이다. 아무리 신문학의 초창기였기로서니, 민충정공閔忠正公의 분사憤死를 슬퍼하고 안중근 의사의 대의를 찬앙讚仰(학

5 몹시 슬프고 억울해서 흘리는 눈물을 비유적으로 이르는 말.

221

덕이나 공덕 따위를 우러러 사모함)하던 바로 그 시절에, 그 원수 나라의 문학작품이 거침도 구애도 없이 활개를 치고 이 땅을 휩쓸었다는 것은 정상의 상식으로는 판단하기 어려운 괴이가 아닐 수 없다.

그러나 괴이도 환영幻影도 아닌 이것은 엄연한 사실이다. 그리고 그 사실은 연면連綿히 계승되어서 지금도 우리네의 생활 정신 속에 일본의 매력은 만만치 않은 비중으로 자리를 잡고 있다.

일제의 멍에를 짊어졌던 36년은 수난자에 있어서 결코 짧은 세월이 아니었지만, 그렇다고 해서 한 민족의 특질이나 개성·언어·감각까지를 바꿔 버리도록 긴 시간이라고는 할 수 없다. 우리가 해방을 맞은 것은 지금으로부터 26년 전, 젊은이는 몰라도 중년기를 지난 이들에게는 해방의 그날이 마치 어제 일같이 느껴지기도 할 것이다. 그 26년에 10년을 더 보태면 36년이 된다. 결코 긴 시간은 아니다.

그런데도 한국에는, 지식인에서 생활 대중의 하나하나에 이르기까지, 그들의 감각과 감정의 모세관 깊이 일본이 뿌리를 내리고 있지 않은가? 국권을 다시 찾고, 국토는 해방되었다지만, 이 나라 백성의 생활감정은 해방도 해탈도 되지 않았다.

222

이런 말에 이의를 느끼는 이가 있을지 모르나, 치켜든 플래카드나 입으로 외치는 슬로건보다는 무심중에 튀어 나오는 한마디 말의 억양이 몇 갑절 더 정직하게 그 백성의 소심素心(평소의 마음이나 생각)을 대변한다. 고관 명사들이 연단이나 마이크 앞에서 『마아니』, 『에에또』니 하는 광경이며, 노상에서 택시를 부를 때나 음식점에서 사환을 부를 때, 열의 아홉까지는 『어어이!』하고 소리를 지르는 풍속, 그것은 그 개개인의 애국심의 결여나 무식 탓이라기보다 언어 감각의 밑뿌리에 「일본」이 깊숙하게 자리를 잡고 있기 때문이다.

이런 예를 찾기로 들면 한이 없다. 36년이란 시간이 도대체 얼마나 길었기에, 일본이란 나라의 매력이 얼마나 대단했기에, 이렇게도 넋을 빼앗기고 말았단 말인가?

일본을 미워하면서, 일본에 이를 갈면서, 「소파」「일엽」의 이름자가 생겨지고 《장한몽》이 일세를 휩쓰는 그 모순과 괴이는 오늘의 이 한국에도 수정 없이 그대로 되풀이되고 있다. 한탄이나 비판으로만 그칠 것이 아니오, 여기 대해서는 마땅히 민족심리학의 위치에서 구체적이고 근본적인 연구 분석이 있음직한 일이다.

223

버려야 할 하루살이 대일 자세

부엌일 하는 소녀가 말을 안 듣는 주인집 어린 딸에게 『밉다』면서 눈물을 흘기자, 그 어린 딸아기, 눈물이 글썽하면서 『난 네가 좋아 죽겠다.』

이것은 만들어진 소화笑話가 아니고 실제 얘기다. 이 어린 딸을 한국으로 바꾸고, 일하는 소녀를 일본에 견주면, 그럴싸한 희화 한 장이 그려질 것 같다. 그러나 어느 가정의 그 천진하고 가엾은 어린 딸과는 달리, 오매불망 『일본이 좋아서 죽겠다』는 한국의 짝사랑은 징그럽고 구질구질하기만 하다.

서울 어느 대호텔에서 일본서 온 친구와 식사를 같이 하게 되었다. 명색 일류 호텔의 화식부和食部란 데서 먹는 그 일본 음식은, 걸모양과는 딴판으로 맛이 3류에도 못 가는 엉터리였다. 설탕 맛 하나로 얼버무린 그 요리들을 집으면서 일본 친구 『한국은 설탕이 싼가 보지요?』하고 고소苦笑를 지었다.

소위 「화과자和菓子」라는 일본 떡집들이 서울만 해도 수두룩하다. 「다이후꾸大福」 「모나카最中」 「가시와모찌柏餅」 해서 이름도 당당한 일본 이름 그대로이다. 그런 것은 문

224

제 삼을 것이 없지만, 진짜 화과자, 3백 년 그 옛날부터 일본 과자의 전통을 이어 온 노포老鋪들이 단맛을 죽이려고 고심을 기울인 그런 화과자는 흉내를 내는 가게도 없다.

이것저것 일일이 실례를 들 것까지도 없이 하나에서 열까지 한국 속에 있는 일본이란 모두가 거죽만 따온 모작模作이오, 위조다. 시대의 풍조 탓으로 일본 자체 속에서도 순수한 일본 문화는 차차로 자취를 감추어 가고 있는 것이 사실이지만, 그런 일본 문화 중에서도 가장 「타락」한 「거짓부렁」의 표본은 모조리 오늘날의 한국에 모여 있다고 단정해도 좋다.

남의 나라 얘기를 한마디 덧붙여 두자. 《아사히신문》이 전하는 바로는 11세기 초두의 일본 고전문학 《겐지모노가타리源氏物語》 54권이 1928년에 이미 영국에서 번역 출판되었고, 그 역자譯者인 아서 웨일리의 제자 모리스 교수의 손으로 근년에 와서 동시대의 일본 고전 《마쿠라노소시枕草子》의 전역全譯이 옥스퍼드대학 출판부에서 간행되었다고 한다. 주해서만이 별권으로 4백 페이지라니 그 진지한 의도와 열의를 짐작할 수 있다.

길바닥의 조약돌만치 일본말이 흔해 빠진 이 나라에서, 책임 있는 일본 고전문학

한 편이 소개된 일도 없었다는 것은, 그 원인 이유가 어디 있었건, 우리로서는 부끄러운 노릇이 아닐 수 없다.

뒤따라서는 안 되는 「일본」은 주책없이 추종하면서, 정작 알아야 할 「일본」에는 눈을 감고 귀를 막아 온, 이 하루살이적 대일 자세를 이제는 근본부터 뜯어고쳐야 할 때라고 생각한다. 그것이 곧 일본에 대한 우리의 발언권에 직결된다.

칼레의 시민

로댕의 조각에 〈칼레의 시민〉이란 군상群像의 작품이 있다. 같은 제명으로 독일의 극작가 게오르크 카이저가 쓴 유명한 희곡도 있다.

칼레는 도버 해협의 프랑스 쪽 요항要港, 영국에서 「도버」로 불리는 이 해협을 프랑스는 요항 이름을 그대로 붙여 칼레 해협이라 부른다.

그 옛날 영군英軍이 칼레로 내침來侵해서 이 요항을 점거했을 때, 포위를 풀어 주는 조건으로 칼레의 시민 다섯 사람의 목숨을 요구해 왔다. 조국을 구하기 위해서 목숨을 바쳐 희생되기를 자원한 시민이 여섯 사람. 영군이 요구한 다섯에 하나가 더 많았다. 자원한 누구 하나도 물러나려고 하지 않는다. 필경은 제비를 뽑아 그「한 사람」이 결정됐다. 그러나 다섯 명의 희생자가 적진으로 가기 전, 제비로 살아남은 그 한 사람은 스스로 목숨을 끊어, 한 걸음 앞서 죽는다. 영군은 칼레의 시민 한 사람의 의로운 죽음에 감동해서 다섯 사람의 희생자를 돌려보내고 칼레에 손 하나 대지 않은 채 진을 돌이켜 물러간다. 이것이 극작가 G·카이저의 이름을 높게 한 〈칼레의 시민〉의 줄거리다.

나는 확신한다. 내 조국에도 열 사람, 백 사람의 「칼레의 시민」이 있다는 것을. 불신과 부패의 도가니 같은 이 조국! 저 하나만 배부르고, 저 하나만 잘살면 그만이라는 이 공리와 몰염치의 막바지에도, 조국의 위급에 다다라서는 목숨 하나 버리기를 초개같이 하는 「칼레의 시민」은 정녕 있다는 것을. 고관, 장성만이 나라를 사랑하는 것이 아니오, 지식인이나 대학자만이 나라를 사랑하는 것은 아니다. 시정市井에 묻힌 이름 없는 애국자의 수효는 결코 프랑스나 독일에 뒤질 바 아니라는 것을 나는 잘 알고 있다.

　따지고 보면 조국을 사랑한다는 것은 제 자신을 사랑하는 자기애의 연장일 뿐, 특별히 찬양할 노릇도, 치사할 일도 못 된다. 누구라 제 혈육을 사랑하지 않으랴. 누구라 제 어버이를 사모하고 섬기지 않으랴. 동물을 주인공으로 한 디즈니의 기록영화에서, 혹은 집안에서 기르는 닭이나 고양이에서, 어항 속의 열대어며 새장 속에 있는 한 쌍의 잉꼬에서, 우리는 인간이 흉내 내지 못하리만치 알뜰한 그들의 애정 생활을 본다. 종족 보존의 본능으로만 보아 넘길 수 없는 갸륵하고도 눈물겨운 그 헌신, 인간이라고 해서 목숨에 연한 그 본연의 감정을 벗어날 수는 없다. 그 감정이 연장되고 확충된 것, 그것이 조국애일 뿐이다.

　그러나 문제는 어떻게 사랑하느냐, 거기 달려 있다. 잠시 차원을 바꿔서 조국애를 연애의 경우에 맞대어 보자.

　이성 간의 애정의 파탄이 빚어낸 갖가지의 비극들, 그것은 동서고금의 문학작품에서 찾지 않아도 우리는 가장 가까운 우리 사회의 주변에서 얼마든지 찾아낼 수 있다. 서울 D호텔의 13층 높이에서 추락사한 어느 여대생 사건, 애인이 배반한 줄로

228

잘못 알고 찾아 헤매다가 시골 극장 앞에 수류탄을 터뜨려 수십 명의 사상자를 낸 어느 불행한 사병 얘기, 모두 우리들의 기억에 생생한 근자의 사건들이다.

이런 극단의 예가 아니라도 「사랑한다」는 빙자 하나로 상대를 괴롭히고, 불행으로 몰아넣고, 그리고도 그것은 애정 때문이기에 세상은 너그럽게 보아 넘기고 가해자인 당자도 거기 대해서 별로 뉘우칠 줄을 모르는 그런 사례는 우리들의 신변身邊에 얼마든지 있다. 아름다워야 할, 향기로워야 할 「사랑」에도, 슬기와 절도를 외면할 때, 이런 부작용이 부수된다는 것을 우리는 잘 알고 있다. 이 애정의 「비타민 결핍증」은 조국애의 경우에도 그대로 적용된다.

겹겹으로 사무친 대일 감정

조국애를 두고 거창한 논문을 쓰자는 것은 아니오, 여기다 이런 화제를 내세운 것은 일본에 대한 우리의 민족 감정, 그것을 좀 더 구체적으로 분석하고 규명해 보자는 생각에서이다.

조국을 사랑하기에 우리는 그 반사작용으로 역사의 수구讐仇인 일본을 미워하는 것이다.

인용이 좀 길지만, 10년 전 동경에서 쓴 글 한 대문을 옮겨 본다.

『그 과오, 그 불행은, 그릇된 시대의 종언으로 막을 내린 것이 아니다. 우리들의 기억 속에 자리를 잡은 검은 그림자, 그 그림자는 불사조처럼 시들지도 낡지도 않은 채 이 날까지 역력히 우리들의 가슴속에 살아 있다.

일본인으로 해서 마음에 상처를 입은 적이 한 번도 없었다는 내 동족이 단 하나만이라도 있었을까? 단언커니와 그런 이가 있었을 리 만무하다. 「센징」「조센징」「요보」, 과거에 일본인이 마련해 준 이 칭호는 어느 의미로는 우리의 혈통증명서요, 패스포트이기도 했다. 같은 패스포트를 지닌 동족이면 누구 없이 굴욕의 쓰고 매운 맛을 뼈에 저리도록 체험했을 것이다.

민족이 한 가지로 입은 이 상흔, 가슴속에 살아 있는 이 검은 기억은 그러나 한갓 후천적인 우리들의 이력이오 체험일 따름이다. 일본에 대한 또 하나의 잠재의식은 우리들의 선천 체질 속에, 의식치 않고 조상으로부터 물려받은 핏속에 숨어 있다.

잭 런던의 유명한 소설 《야성의 부르짖음》, 개를 주인공으로 한 이 작품은 「피」라는 것이 어떤 것인가, 무엇을 의미하는가를 우리에게 절실히 가르쳐 준다.

무대는 알래스카, 뿌리치는 눈보라 속에서 썰매를 끄는 개 한 마리. 달빛 아래 멀리 이리가 울면 썰매견 버크의 혈관 속에 흐르는 오랜 「고대의 피」가 잠깨어 조수潮水처럼 설렌다.

우리들의 혈관 속에는 어찌 「고대의 피」가 없으리오. 하물며 임진왜란을 겪은 것은 겨우 4백 년 전 일이다.

눈 감고 그날을 상기해 보라! 싸우다 죽은 수없는 군사들의 시체, 겁탈당한 부녀들, 우물에 뜬 그들의 송장, 왜적이 지나간 곳곳마다 굽이치고 타오르는 불기둥, 땅을 치고 울부짖으며, 공포와 애통에 입술이 마른 늙은이들, 어린 목숨들······.

「그날」이 전후 6년, 팔도강산이 왜적의 발자국에 짓밟힌 그날의 공포·증오·저주, 또 하나, 호소할 길 없는 슬픔이 우리 민족의 혈관 속에 뿌리를 내리기에는 6년은 결코 부족한 세월이 아니었다.』《대일 감정의 밑뿌리》

231

선천적인 체질 속에, 후천적인 체험 속에, 겹겹으로 사무친 이 일본에의 「미움」, 교양이나 양식으로 지워 버리기에는 너무나도 뿌리 깊은 것이 우리들의 대일 감정 그것이다.

그러나 여기 위험한 하나의 함정이 있다. 일본을 욕하면 누구나가 「애국자」이다. 일본인의 따귀 한 대만 갈기면 누구나가 쉽사리 영웅이 될 수 있다. 거기 대해서 그것을 비난하고, 그릇된 일이라고 지적할 사람은 아무도 없다.

가슴속 깊이 간직할 우리들의 조국애, 「칼레의 시민」이 부럽지 않은 우리들의 조국을 향한 신앙이, 이렇게도 손쉽게, 이렇게도 안이하게 노출되어야 한단 말인가? 그것이 과연 나라를 사랑하고, 겨레를 사랑하는 진정한 방법일까?

『눈에는 눈으로!』그것이 셰익스피어가 일러준 복수의 구호이다. 그러나 이미 우리는 때를 놓쳤다. 그 원수에게 국교를 허락했고, 거기서 20년 외상으로 쌀을 꾸어 왔고, 지하철이며 중공업에 거액의 차관을 들여와야 했다. 일본을 원수로 대하기로는 이미 때가 늦었다.

쉬운 길, 어려운 길

백 볼를 물러서서 「그것은 그것」, 일본에 대한 민족 감정은 또 하나 다른 것이라고 하자. 그러나 과거의 미움에 사로잡힌 우리들의 성장은 어떻게 될 것인가? 우리들의 역사의 미래는 어떻게 될 것인가?

고아원 같은 불우한 환경에서 자란 소년은 기질적으로 남과 융화하기 어렵고, 좀처럼 남을 믿지 않는 내향성과 의구심이 많다고 한다. 동정할 수 있는 당연한 일이기는 하나, 이미 성인이 되어 그 환경을 벗어난 뒤에는 그런 이유나 구실이 일체 통용되어서는 안 된다. 어디서 나서 어떤 환경 아래 자랐거나 그것은 이미 과거의 일, 사회인으로서의 권리와 의무를 행사하는 마당에는 어떠한 핸디캡도 있을 수 없다. 일본의 지배 아래 예속했던 그 굴욕의 역사를 언제까지나 우리는 꽁무니에 차고 다녀야 한단 말인가?

20여 년 전 상화 시비 尙火詩碑를 대구 달성공원에 세울 때 일이 생각난다. 한국으로는 처음 가지는 이 시비의 비면碑面에 새길 시구를 두고 의견이 두 갈래로 나눠져,

233

고인의 시 작품 중 하나인 〈빼앗긴 들에도 봄은 오는가〉를 고집하는 이들이 있었다. 그러나 내 의견은 그렇지 않았다.

「빼앗긴 들」이란 한마디에 나라 잃은 슬픔과 분노가 사무쳐 있다. 그러나 그 처음 한 행 외에는 논길을 「가르마 같다」고 형용한 단순한 감각적인 서정시일 뿐이다. 설혹 그 전편이 민족의 슬픔을 대변했다손 치더라도, 돌 하나를 다듬어 세우는 뜻은 적어도 3백 년, 5백 년 후를 내다보는 마음에서이다. 3백 년이 가고 5백 년이 지나도록 「빼앗긴 들…」을 넋두리처럼 중얼대자는 말인가? 좀 더 우리는 성장하는 민족이 되어야 하지 않겠는가? 그런 내 의견이 용납되어서 비면의 시구는 그의 대표작인 〈나의 침실로〉의 일 절一節로 결정된 것이다.

그 뒤 20년이 지났건마는 그때의 내 생각은 지금도 변한 바가 없다. 남산에서 설교하는 일인 목사에게 칼을 휘두른 청년, 무명 일본인의 합사合祀를 쳐부수고 화형식을 올린 과감 용맹한 지사들, 거기 박수갈채를 보내는 이가 있고, 심지어는 일인 목사에게 칼부림한 청년을 일본 작가 미시마 유키오三島由紀夫에 견주어 『비록 노벨 문학상의 후보는 아닐망정 우리에게도 이런 국사國士가 있었다니 흐뭇하기 그지없다』고

234

신문 칼럼에 글을 실은 대학교수도 있었다. 그런 영웅, 그런 애국지사들 앞에 쌍수雙手를 들어 찬사를 보내지 못하는 나 자신이 못내 안타까울 뿐이다.

쉬운 길과 어려운 길, 이 두 길이 우리들의 눈앞에 놓여 있다. 하나는 적의와 반발 의식으로 그들을 매도하고 증오하는 길, 또 하나는 새로운 일본관의 확립 아래 우리의 힘을 기르고 국가적인 토대를 이룩해서 경제적으로나 문화적으로나 콤플렉스 없는 당당한 이웃으로 사귀어 갈 날을 지향하는 길, 적의와 증오의 길은 일시의 쾌를 맛볼 수는 있으나, 영원히 해결 없는 악순환의 길이오, 또 하나의 길은 자칫하면 오해와 중상의 표적이 될 수도 있는, 인내와 노력만이 쉼 없이 요청되는 고행의 길, 그러나 역사의 내일이 기약되는 전진의 길이기도 하다.

전국시대를 거쳐 풍신수길이 통일한 일본, 그 바통을 이어받은 도쿠가와德川 3백년, 서로 민족의 개성과 생활의 전통은 달랐으나 그들과 우리의 국력에는 이렇다 할 격차가 없었었다. 그러던 두 나라가 명치유신을 전후해서 하나는 서양의 문물을 활발히 반아들여 동아東亞의 선진국이 되고, 하나는 대원군 섭정의 폐쇄정치를 거쳐 마침내는 그들의 속국이 되고 말았다. 그 역사의 과오를 두 번 다시 되풀이하지 않으려면

235

우리는 눈앞에 놓인 두 길의 어느 쪽을 택해야 할 것인가? 묻지 않아도 자명하다.

남의 문화를 배척하고 경원한 나라치고 번영의 역사를 이룩한 나라는 지상에 단 하나도 없다. 그러나 오늘날의 우리 생활에서 보는 허울만 따온 「일본색 日本色」은, 문화란 이름으로 부르기에는 너무나도 지나친 주착이오 망발이다. 칼로 무찌를 상대는, 설교하는 일인 목사가 아니라 실로 우리들 자체의 이 망발이오, 정작 화형식을 올려야 할 것은 해방 4반세기토록 뿌리를 뽑기는커녕 날로 짙어만 가는 일본에의 향수, 일본어를 마침내 외국어의 원점으로 돌려보내지 못하는 언어생활의 혼란, 그것이다.

진정한 의미의 문화 교류, 그것은 까마득한 후일 얘기다. 그러나 그날은 반드시 있어야 한다. 백제의 그 옛날처럼 살찌고 기름진 우리의 문화를 그들에게 나눠줄 날이 있어야 한다. (1970)

236

목근통신 木槿通信 3 부

시점 視點 I

일제 천국

밤중에 열대어의 수온을 보기 위해서 회중전등을 쓰는 일이 자주 있다. 그런데 이 등에 쓰이는 전구라는 것이 약하기 그지없다. 사흘이 못 가서 단선이 되고, 여남은 개를 한꺼번에 사 두기로 했다. 한 개 십 원하는 전구 열 개라야 백 원, 그러나 값이 문제가 아니다. 왜 이렇게 전구가 약할까? 그런 의문이 있던 차에 거리를 지나다가 전구 파는 가게에 들러 그 얘기를 하고는 좀 더 오래 가는 것이 없느냐고 물었다.

『있지요. 일제면 국산 열 배는 갈 겁니다.』

가게 주인은 그러면서 국산과 모양이며 크기가 똑같은 소형 전구를 내보였다. 값은 한 개 50원.

239

5배의 값을 치르고 10배를 쓸 수 있다면 물론 이쪽이 이익이다. 그런데도 선뜻 그 일제에 손이 가지 않았다. 10배 쓴다는 가게 주인 말을 액면 그대로 믿는다손 치더라도 그것으로 해결될 문제는 아니다.

커피 한 잔 물을 채 못 끓여서 단선 되기를 세 번씩이나 반복한 국산 니크롬선은 이미 경험했다. 이때도 전기상은 일제를 권했다. 국산의 배액(倍額)을 낸 이 일제 니크롬선은 괘씸하게도 그 뒤 1년 넘어 쓰고도 탈이 없었다.

시계니, 사진기니, 좀 더 크게는 엘리베이터, 자동차 엔진 같은 것이 일본서 들어오는 것은 우리네의 역량이 거기 미칠 때까지의 과도기적 현상으로 보아 넘길 수도 있다. 그러나 만년필 한 자루, 잉크 한 병까지 일본 상호를 써야 하는 이유는 무엇일까?

기술 제휴를 자랑삼아 선전하는 상품들은, 공업 면, 의약품 면을 비롯해서, 심지어는 라면, 분유, 과자류에까지 미치고 있다. 남의 신용에 업히지 않고는 아이들 입에 들어가는 비스킷 하나가 제대로 만들어지지 않는단 말인가? 그럴 리가 없다. 우리네의 기술이 그토록 어설픈 것이 아니란 것이 국제 기능올림

240

픽의 성과가 증명하고 있지 않은가……。 문제는 국민적인 양심 결여에 있고, 자주성의 망각에 있다。

(1969)

『야마모리[1]로 주어요』

다른 외국어와는 달라 일본어는 어딘지 의식적인 저항이 남아 있다。 불어불문학회、독어독문학회에서 중국어、 영어、 노어露語、 서반아어、 심지어는 에스페란토학회까지 있는 나라에 유독 일어일문학회만이 없다는 것도 그러한 저항 의식에 기인한다고 볼 수 있다。

그런가 하면、 반면에는 일본어의 잔재가 해방 20년이 넘는 이날까지도 뿌리를

1 「수북이」란 뜻의 일본어。

241

박고 있어, 일상생활 속에 거침없이 쓰이고 있는 것도 사실이다. 소매라는 우리말이 있는데도 양장점에서는 의례 「소데」요, 동정이나 깃은 「에리」, 미용원에서는 「우치마키」 「소토마키」…… 이런 예를 하나하나 헤기로 들면 한이 없다.

『그건 구리아게(앞당긴) 했다니까……』

『자넨 데샤바루(참견) 하면 안 돼……』

『우리 가부시키(추렴) 해서 사자구……』

『야마모리로 주어요……』

필자의 수첩에는 이런 뒤범벅 혼성 회화의 실례가 수두룩이 적혀 있다. 거리에서, 다방에서, 버스간에서, 우연히 귀에 들려온 말소리들이다.

구리아게니 데샤바루, 가부시키들은 굳이 일어가 아니라도 우리말로 족히 표현할 수 있는 말이오, 아이스크림을 시키면서 「야마모리」를 청한 손님도 「고봉」으로 달라든지, 우스개라면 『꾹꾹 눌러 담아……』해도 될 말이다. 이럴 때 쓰는 일어는 한갓 습관이오 타성일 뿐이다.

그러나 때로는 우리말로는 바꿔 넣기가 힘드는 어휘도 있다. 이를테면 「조오시(調子)」

242

라는 말,

『핸들 조오시가 좀 이상한데……。』

『도무지 조오시가 나와야지……。』

이 조오시를 우리말의 「가락」과 결부시킨 이가 있으나, 음악의 경우면 몰라도 「핸들의 가락」이란 좀 곤란하다.

우리말은 아니나 적절한 역어가 없어서, 일본음을 그냥 쓰는 이런 경우도 있다. 주책없는 혼성 회화를 정리해서 국어의 순결을 다시 찾는 한편, 외국어로서의 일어·일문에도 좀더 책임 있는 태도로 연구하고 배워 가는 길이 있어야 하겠다. 서울 거리에는 수십 집이 넘는 일서 전문상이 있고, 그런 일어를 통해서 지식을 흡수하려는 젊은 세대들이 적지 않은 수효라는 것을 알고 있다. (1969)

「복수」라는 수입품

오래간만에 돌아온 서울 거리에서 자주 눈에 띄는 것이 일본색이다. 개 눈에는 똥만 보인다는 격으로 내 눈이 잘못 박힌 탓인지는 모르나, 한두 시간 거리를 거닐어도 식상할 정도로 「일본」이 얼굴을 내민다.

전차 옆구리에 붙은 광고가 무슨 라면, 일본서 한참 유행하는 즉석 라멘即席ラーメン의 한국판이다. 복청福淸이란 옥호, 이문식당, 무교탕반 식으로 불러오던 우리네 음식점의 옥호는 아니고, 아무리 보아도 복청이라느니보다 「후쿠키요」가 제격이다. 라디오를 틀면 튀어나오는 프로가 〈아빠 다녀오세요〉, 다케다武田약품을 스폰서로 한 민간방송의 〈パパ行ってらっしゃい〉의 직역으로 들리는 것은 내 귀 탓일까? 이 프로도 일본서는 나카무라中村 메이코가 두 살짜리 어린애 소리에서 열 살 먹은 오빠 목소리, 아버지며 엄마 목소리를 혼자 도맡아 내면서 8, 9년을 계속해 온 「황금 프로」다.

가두의 책장수 가게를 들여다보면, 여기도 《일본문학전집》 번역이란 것이 열 권 스무 권씩 질秩에 들어 있다. 듣기로는, 일본책 한 권을 몇 갈래로 찢어서 5, 6인이

244

한 토막씩 번역을 해낸다는 이야기다. 그중에는 혹시 원작자의 승인을 받은 것이 있

을지 모르나, 십중팔구는 아마 무단 실례판失禮版이리라. 바로 지난해 7월이라든가 8

월, 일본 주간지에 서울 거리의 이런 해적판들이 사진까지 끼워서 커다랗게 실렸던

것을 기억한다.

몇 해 전, 나는 〈목그통신〉 속에서, 양철에다 페인트로 그려진 「대 울타리」며 공원

같은 데서 흔히 보는 나무로 위장한 「시멘트 기둥」을 예로 들어서 일본 문화의 허식

성을 지적한 일이 있었다. 그 가짜배기가 어느새 우리 생활에도 스며들어와서, 부엌

에서 쓰는 바가지가 플라스틱을 재료로 해서 모양만 바가지 그대로 만들어진 것을 보고

감개가 없지 못했다. 조국으로 돌아온 지 반년이 넘도록 아직도 나는 진짜 바가지를

한 번도 만나 보지 못했다.(그 실용성을 부정하는 것은 아니지만).

시대와 생활환경의 변천에 따라 풍습과 양식이 바뀌는 것은 불가피한 현상이기

도 하다. 그러나 오늘날 우리가 맞아들인 이런 잡다한 현상은, 어느 모로 따져도 일본

의 모방이지 자주적인 생활양식이라고는 볼 수 없다.

내가 본 14~5년 전 동란기의 그때보다도 몇 갑절 더 일본은 우리 생활 속에 뿌리

를 내리고 있는 것 같다.

이상의 예는 모두 눈으로, 귀로, 듣고 보아 온 면이다. 그러나 생활 의식, 또는 생활 감정 속에도 일본의 침투는 현저하다. 얼마 전에 서울 서대문에서는 해고당한 음식점의 점원이 그 앙갚음으로 도끼를 휘둘러 주방장과 동료를 살상한 참극이 일어났다. 범인은 고아로 자라 열등감이 심한 데다 병까지 지닌 몸이라고 한다.

그러한 개인적 조건을 전제로 하고라도, 이런 극단의 보복은 본시 우리 민족성에는 없었던 캐릭터이다. 원수를 죽이고 그 간을 씹는 그런 특수한 예가, 10년에 한 번, 20년에 한 번, 없지는 않았지마는 해고당한 원한으로 사람을 죽인다는 이런 히스테리컬한 성정은 분명 일제의 「수입품」이 틀림없다.

일본쯤이면 이런 일은 일상다반사이다. 메이지에 들어서 법령으로 복수를 금하기까지는, 아다우치荒木又右衛門[1]의 仇討(복수)는 그네들의 미덕이오, 생활 도의의 기반이었다. 아라키마타에몬荒木又右衛門[1]의 「이가伊賀의 복수」는 너무도 유명한 이야기지만, 작가 나오키

1
일본의 전국시대 말기에서 에도 시대 초기에 활동한 검객.

直木三十五의 《구토 십종仇討十種》에는 일본의 대표적 복수담이 허다한 방식과 형태로 그려져 있다. 복수는 그들에 있어서 입신 출세에 직결된 다시없는 기회요, 대의명분을 내세우는 가장 으뜸가는 모럴이었다.

그 혁혁한 민족적 전통은 오늘날의 그들의 생활 감정 속에도 여전히 건재하다(의 심하는 이는 일본 신문을 보라—). 수입품도 좋으나 이런 하쿠라이舶來[2]는 진정 반갑지 않다. (1966)

2 ——— 외국에서 물건이 배에 실려 옴.

247

「어머니」와 「오모니」

극단 민계의 $民藝$의 여배우, 기타바야시 다니에 $北林谷榮$는 노파 역으로는 당대 제일인자란 정평이 있다. 그 기타바야시의 주연으로 〈어머니와 소년〉이란 교육 영화가 제작되었을 때, 나는 초대를 받아 그 시사 $試寫$를 보러 갔다. 흔히 있는 시사회의 초대가 아니오, 내 의견을 물어서 고칠 데가 있으면 고치겠다는 얘기였다. 영화에 대해서 내게 무슨 견식이 있어서가 아니오, 그 영화의 주제가 재일교포의 생활을 배경으로 한 것이라, 나 같은 사람에게도 그런 청이 온 것이다.

교배 $敎配$(교육 영화 배급사)의 시사실에서 나는 동행한 학생 몇 명과 그 작품을 구경했다. 스토리가 무엇이었던지 거의 잊어버렸지만, 기타바야시 다니에가 분장한 어머니 역은 과연 명연기였다.

무슨 명절날인지, 잔칫상이 벌어진 앞에서 어깨를 우쭐거리면서 넘신넙신 춤을 추는 신이며, 치맛자락을 흔들면서 골목길을 가는 걸음걸이는 할 길 없는 한국 아주머니요, 어느 모로 보아도 일본의 여배우 같지는 않았다. 배우란 직업이 얼마나 어려운 것이며, 대

248

수롭지 않은 「원 컷」의 연기에도 그들이 얼마나 고심과 노력을 기울이는가를 충분히 짐작할 수 있었다. 나중에 《교배敎配 리포트》라는 데다 시사의 소감을 쓰면서 나는 『기타바야시가 아마도 현해탄을 건너 온 귀화족의 후예가 아닌가 싶다』고 그런 우스개까지 썼다.

한 시간 남짓한 그 영화의 내용을 두고는 별로 탈 잡을 곳이 없었으나 문제는 〈オモニと少年〉(오모니와 소년)이란 그 제명이다. 어머니를 일본음으로는 「오모니」로밖에 쓰지 못하는 것을 이해는 한다더라도 내 귀에는 이것이 어머니의 의미로는 들리지 않는다. 글자야 무엇이건 이 「オモニ(오모니)」를 우리말로 다시 반역反譯(거꾸로 옮김)한다면 내 어감으로는 「부엌데기」「계집애」혹은 「식모 아주머니」가 되어 버린다.

일찍이 내 나라에 일본인 수십만이 살던 시절에, 일본인으로 중류 가정이면 으레 식모가 있었고, 그 식모는 대개가 내 나라 부녀자들이었다. 이 식모에도 일본말로는 계층과 연령에 따라 「바아야ばあや」니, 「네에야ねえや」니 「게죠下女」니 해서 여러 가지 호칭이 있었지마는 일인들은 그것을 총칭해서 「오모니」라고 불렀다. 열대여섯 된 소녀도 그들에게는 「오모니다. 어머니라는 가장 귀하고 아껴야 할 말이 그들에게는 한갓 부엌데기의 대명사로 불리어 왔던 것이다.

물론 어머니를 모독하자고 그들이 의식적으로 한 노릇은 아니다. 그러나 「여보」라는 호칭이 그 실질을 떠나서 일본인의 입으로 『요보ㅋㅂ』라고 불릴 때, 거기 경멸과 하시(下視·낮추어 봄)가 따른 것과 마찬가지로, 「오모니」도 그들의 감각 속에서는 「어머니」라는 본래의 어의와는 상관 없는 또 하나 다른 말, 「부엌데기」가 되어 버린다.

과거에 한토韓土에 산 일본인의 감각으로는 〈オモニと少年〉이란 제명이 아마 〈식모와 소년〉으로 들릴 것이라고 한 내 의견을, 그 영화 제작자가 어떻게 받아들였다거나, 새로 붙은 제명이 무엇이었다거나, 그런 것은 대단치 않은 문제이다. 여기서 기억해 둘 것은 다른 말로는 바꿀 수 없는 「어머니」란 명사가 그들의 오용으로 해서 어떻게 딴 의미로 변화했고 전락했더냐는 것, 또 하나 그리고도 그들은 거기 조금도 죄악감이 없을 뿐 아니라 되려 『식모를 대접해서 그렇게 불렀다』고 하나의, 호의쯤으로 생각할 수도 있는 그 감각의 착오점이다.

『일본은 한국을 위해서 이익을 끼친 바도 적지 않았다』는 「쿠보다久保田 망언」의 근저根底에 있는 것이 그네들의 말같이 오만과 악의는 아니라 한다더라도, 적어도 이 착오에서 시작된 망상이란 것만은 틀림없는 사실이다. (1966)

250

4 반세기

26년 전 8월 15일, 꽹과리를 울리고 버꾸1춤을 추면서 해방의 기쁨에 여광여취狂如醉(미친 듯 취한 듯)했던 그날이 어제 같은데 어느새 4반세기의 옛 얘기가 돼 버렸다.

어제 같다는 것은 역시 60고개를 넘어선 나 같은 사람의 느낌이오, 젊은이들에게는 조국의 해방이 까마득한 옛날 일로 생각될지도 모른다. 그 당시에 태어났거나 그때 아직 어렸던 사람들에게는 같은 26년인데도 그 26년의 비중이나 밀도가 늙은 사람과 같지 않을 것은 당연한 일이다. 무척도 긴 세월같이 느껴지기도 하리라.

그 탓인지는 모르나 요즘 젊은 세대들은, 관념으로는 8·15 광복이 무엇을 의미하는지 알면서도 그다지 절실감은 가져지지 않는 모양이다. 겨레가 겪어온 36년의 굴욕과 비분을 직접으로 경험하지 않은 그들에게, 하나하나가 모두 애국지사가 되어 달

---

1 주로 농악에 쓰는, 자루가 달린 작은북.

251

라는 것은 아니지만, 다음 시대를 상속할 그들이 이냥2으로 바통을 물려받아 이웃 일본과 상종해 갈 것을 생각하니 불안을 느끼지 않을 수 없다. 이 불안은, 그러나 젊은 세대에 대해서만이 아니다. 오늘 아침에 찾아 온 어느 분이 내게 들려준 얘기.

『8·15를 두고, 몇몇 친구들이 모인 자리에서, 짐짓 일본 경계론을 폈더니, 그래도 남의 앞장을 설 만한 지식도 교양도 가졌다는 사람인데 무언지 어색하고 난처하다는 그런 표정들을 하더구먼요. 지나간 역사의 불행보다는, 일본에 대한 일종의 향수 같은 것이 작용하는 탓이 아닐까요?』

「일본의 압제」니 「일본의 죄악」이니 하지만, 직접적으로 그들의 총검 아래 피를 흘린 희생자들은 민족 전체의 비율로 보아 천분지 일이 못 될 것이다. 나치 독일의 손으로 학살된 아우슈비츠의 수백만 유대인이나, 일인의 총검으로 무찔린 기천 명 내 동족이나, 그 잔학과 민족적인 의미는 매일반이지만, 일본의 직접적인 유린을 겪지 않은 대다수의 동족들은 일인의 서슬 아래 다소의 아니꼬움은 있었다고 해도

252

그런대로 상전의 비위만 거스르지 않으면 처자를 거느리고 오손도손 살 수도 있었다는,

그런 일종의 노스탤지어가 가슴속 한구석에 자리 잡고 있는 것이 아닐까?

『거기는 38선도 6·25의 비극도 없었다. 언제는 우리가 상전을 섬기지 않고 살

아왔더라구…』

이것이 한갓 추측만이 아닌 증거로는, 사토 일본 수상이 서울 왔을 때 방송국이

가두에서 녹음한 라디오 스케치 한 토막이 지금도 귀에 남아 있다.

『일본 시절이 그립습니다. 독립은 했지만서두 우린 그 시절만치 행복치는 못하지

요……』

서울 거리에서 만난 일본 수상에게 거침없이 이렇게 토로한 그 중년 남자는, 유창

한 일본말의 어조로 미루어 결코 무식한 날품팔이꾼은 아니었다.

양계초梁啓超3의 《월남망국사越南亡國史》에는 19세기에 프랑스가 월남을 지배하면

서 창문 하나마다 세금을 매기고, 혼인에도 과세를 했다는 대문이 있었다. 일본의 식

3

청나라 말기의 사상가(1873~1929). 강유위의 제자로 변법자강 운동을 주도했다.

민지정책은 결과적으로 성공한 것이 못 되지만, 그들 나름의 소위 문화정책이란 것을 내세워 프랑스 같은 그런 방식은 쓰지 않았다. 개인적으로는 내 동족과 친교를 맺은 일본인도 많았고, 이해관계를 두고 서로 협력하고 제휴한 그런 경우도 없지 않았다. 『일본 시절이 그립습니다』란 한마디는 어쩌면 대다수 향수파들의 심중을 대변한 말일지도 모른다.

일본에 대한 민족 감정 하나를 언제까지나 버리지 못하는 그런 옹졸한 백성은 되고 싶지 않다. 그러나 알고도 너그러이 잊어버리는 것과, 흐지부지 소가지[4] 없는 허수아비 노릇을 하는 것과는 하늘과 땅만치 뜻이 다르다. 일본에 대한 오늘날의 이 주책없는 친근 무드가 과연 어느 쪽이냐는 것은 두 번 물어볼 필요도 없다.

한일 재합방은 이미 시작됐다는 설까지 나돌고 있다니 우스개치고는 소름 끼치는 우스개다. 경제 공세나 문화 침식侵蝕만으로 이 우스개가 그쳐진다고 과연 어느 누가 보증할 것인가? (1970)

4 「심성」을 속되게 이르는 말.

겁내지 말고 신중히

─ 일본문화원 개설을 두고

옛날엔 폐환肺患(결핵)을 불치병이라 해서 겁내는 이가 많았다. 의사들은 하나같이 『겁내지 말고 섭생에는 만전을 다하라』고 타일렀지만, 환자들은 대개 섭생은 소홀히 하면서 불치병이란 공포에 겁만 집어먹었다.

일본에 대한 오늘날의 우리 자세가 흡사 그 옛날의 폐병 환자와도 같다. 일본의 경제 공세, 문화 공세 앞에서 우리들 자신이 마땅히 지켜야 할 섭생에는 방심하면서 겁만은 호되게 낸다. 그렇게 겁을 내면서 얼마나 일본을 막아냈으며, 얼마나 문단속은 단단했더란 말인가?

일본문화원이 문을 연다고 해서 거기 대한 경계론, 시기상조론들이 떠들썩한 것 같으나 기왕 국교가 트이고 대사관이 들어앉은 이 마당에, 그들이 자기 나라의 문화를 PR한다는 것을 제지할 이유는 없다. 벌써 십수 년 전, 일본은 10억 원을 들여 파리에 일본문화센터를 만들었다. 그 일본이 한국에서만은, 문화 활동을 못 한다는 것

255

도우스운 얘기다. 하물며 일본에는 우리 공보관장들이 한곳에 모여 회의를 가질 정도로 여러 곳에 「한국 공보관」이 설치되어 있다. 『교포를 위한 공보관』이라고 누군가가 말했지만, 그 교포들에겐들, 과연 얼마만큼이나 공보 실적을 올렸는지 알 수 없다.

최근 영화 스타 S양이, 3백억인지, 5백억인지 하는 교포 재벌의 자제와 결혼식을 올려 주간지의 토픽거리가 됐지만, 놀라운 것은 신랑이란 청년이 우리말이라고는 한마디를 몰라 신부와의 대화도 영어로만 한다는 것을 당사자들은 멋으로 알지는 어느 정도인지는 모르나, 그리고 영어로 밀어가 오는 것을 당사자들은 멋으로 알지는 모르나, 재일교포들의 조국 문화에 대한 관심도를 가히 짐작함직하다. 대학생쯤 되는 교포 2세들에게 『충무공 이순신이 누구냐?』고 물어서 대답할 수 있는 청년이 과연 몇이나 될 것인지……, 한심한 노릇이다.

교포는 그렇다 하고, 교포 아닌 대다수 일본인들은 더군다나 한국 공보관이 일본에 있다는 사실조차 모르고 있다. 「대한對韓 관심 1%」라면 다한 말이다.

일본문화원이 아니라도 한국인의 생활의 구석구석에 이미 일본은 스밀 대로 스며 들어 있다. 이제 와서 시기상조론을 내건다는 것은 우습다기보다도 사후약방문死後藥

方文1의 감이 없지 않다. 항차(하물며), 그 일본에서 우리는 입에 넣을 쌀까지 꿰다 먹는 터이다.

일본이라면 무작정 소매를 걷어붙이고 눈에 쌍심지를 올리는 「애국자」가 있는가 하면, 주책도 체통도 없이 영합과 추종으로 그들 앞에 맹을 못 추는 소가지 없는 친구들이 있다. 있다는 정도가 아니오, 이쪽은 절대다수이다. 라디오, TV의 커머셜(광고)에 귀를 기울여 보라! 한국이 이미 실질적으로 일본의 「문화식민지」가 된 것을 그 커머셜들이 여실히 입증해 줄 것이다.

열 번, 스무 번 되풀이해 온 말이지만, 한 겨레, 한 국민의 얼의 표징表徵이라고 할 우리들의 언어생활도 또한 말이 아니다. 「문간」이니 「길인도」니 하는 고유의 우리말이 있어도 「현관玄關」 「안내案內」가 아니면 대화가 통하지 않는다. 문간이 대문간으로 혼동될 우려가 있다면 「벤또」를 「도시락」으로 고치기도 했을라니 고어古語에서 찾거나 새 말을 만들면 될 것이 아닌가?

<hr />

1 죽은 뒤에 약의 처방을 한다는 뜻으로, 때가 지난 뒤에 어리석게 애를 쓰는 경우를 비유적으로 이르는 말.

257

엄격하게 따지기로 들면 과학科學이니, 철학哲學이니 하는 낱말부터가 일본인이 만든 말들이다. 그러나 오랜 세월을 두고 우리 몸에 배인 이런 말들은 도리 없다 하고, 굳이 그럴 필요 없는 말까지 일본인이 쓰면 다 쓰는 말인 줄 아는 무신경도 딱하기 그지없다.

「상담相談」이란 일본인의 생활어로 부모 형제며 처자나 친구끼리 서로의 논한다는 뜻으로 자주 쓰이는 말이다. 우리에게는 「상담한다」는 말이 없는데도 일본의 경우 그대로 「법률 상담」「결혼 상담」해서 「상담 바람」이 마구 불어 제친다. 영화나 유행가 제목에는 「난폭자」니 「무법자」니 하는 식으로 무엇이건 「자」만 붙이면 된다는 판이지만, 「자者」라는 글자는 일본말에도 「샤」란 음이 있고, 「모노」란 훈訓이 있어, 학자니 근로자니 환자니 할 경우만이 우리말 「자」에 해당되고, 「무법자」「난폭자」식의 「샤」란 음독音讀으로는 일어로도 말을 이루지 못한다. 일어 아닌 신조어로 치부하자니 마치 훔쳐 온 옷자락에 수실을 달아 두고 이건 네 것이 아니라고 발뺌을 하는 꼴밖에는 안 된다.

그래도 문화성文化性에 가장 촌수가 가깝다고 할 인쇄용어가 아직도 90% 일본말

258

그대로라는 것도 될 말이 아니오, 미장원, 양장점, 음식점 같은 데서 여전히 쓰이고 있는 우치마키, 소토마키, 에리, 사라 등등, 이 잡다한 「의붓자식」들을 인제는 현해탄 저쪽으로 돌려보낼 때도 된 것 같다.

이상은 우리들의 「문단속」이 얼마나 알뜰했더냐를 언어생활에서만 들추어 본, 그나마 「천분千分의 1」의 축척도縮尺圖[2]도 못되는 얘기. 일본 책, 일본 잡지가 아니면 읽지 않는다는 「짝사랑 향수파」가 지금도 아마 남녀 없이 자그마치 10만은 더 되리라.

과거에 일본 교육을 받은 이, 일본서 살다 온 이들이 아직도 수두룩한 우리네 생활환경이고 보면, 입으로 말하듯 그렇게 쉽사리 고쳐지지 않는다는 어려움도 이해 못하는 바는 아니다. 그러나 그런 기형적인 현상이 인용認容(인정하여 받아들임)되고 눈감아지는 사회라면 새삼스레 일본문화원을 두고 이러쿵저러쿵 쑥덕공론을 할 여지는 없다. 「젖기 전이라야 이슬도 꺼리지」란 일본 속담이 바로 이런 경우를 두고 하는 말이다.

259

알아야 하고, 알려야 하는 데 문화 교류의 진정한 의미가 있다. 어설피 반만치 안
다는 데서 온갖 오해와 당착撞着3이 시작된다. 우리 자신을 그들에게 올바르게 알려
야 할 것은 물론이거니와, 그네들의 생활 정신, 그네들의 문화의 모습을 보다 책임 있
게 인식하고 파악할 의무가 우리에게는 있다.

「겁내지 말고 섭생은 신중히」, 한 자루 칼도 자신 있게 다루는 사람은 손을 베는
일이 없으나, 겁내고 망설이는 사람일수록 제 칼로 제 손을 다치게 마련이다.

일본에 대해서, 일본 문화에 대해서, 인제는 지레 겁을 먹는 그런 소극적 자세를
지양하고, 과부족(넘거나 모자람) 없는 올바른 이해를 좀더 자신 있게 길러 갈 때라고 생
각한다. 그것이 우리들의 체질의 허점을 보강하는 면역의 방도이기도 하다. (1971)

3 말이나 행동의 앞뒤가 서로 맞지 않음.

아쉬운 민족 긍지

해방 전 한국에서 사몰死歿(목숨이 끊어짐)한 일본인들의 유골을 한곳에 모아, 서울시가 2천만 원을 들여서 납골당을 세운 것을 어떻게 생각하느냐고 《주간조선》이 전화로 물어 왔다. 그런 일이라면 신문에도 응당 기사가 실렸으련마는 나는 그 기사를 읽지 못했고 누구에게서 얘기를 들은 일도 없었다. 이런 일을 두고 일부러 물어 온 것은 민족 감정으로 해서 거기 저항을 느끼는 이들이 일부에 있다는 것을 증명한다.

죽은 일본인들을 위해서 납골당까지 지어 줄 것은 없지 않느냐? 『그네들이 우리에게 한 짓이 무엇이길래……』 아마 그런 반론도 있어 주간지가 몇몇 사람의 의견을 든자고 한 것이 아닐까. 그 유골의 주인공이 군인이나 전몰자들이 아니오, 이름 없는 일반 일본인이란 것을 확인한 뒤에, 나는 찬성한다는 뜻을 대답했다. 물은 쪽에서는 좀 의외로 느꼈던지 내 말을 다시 한번 복창하면서 『틀림없느냐』고 못을 박았다. 일본에 대해서 오늘날의 우리 감정이 평탄치 못하다는 것은 사실이다. 구원舊怨은 잊어버린다손 치더라도 갖가지 새로운 문제들이 뒷꼭지를 밟아 일어나고 있다.

그네들의 질곡을 벗어나 자주 국가로 행세한 지도 어언 4반세기를 헤아리건마는 그들은 아직도 한민족에 대한 그릇된 우월 의식을 버리려고 하지 않는다. 「학연學研」에서 간행한 최신판(68년) 《신세기 대사전》이며, 같은 해에 중판重版된 암파岩波 《광사원廣辭苑》에도 「센징鮮人」이란 항목이 뚜렷이 남아 있다. 오늘날 한국 내에서 이런 말을 쓰는 일본인은 없으나, 일본 사회에서는 수십만 내 동족을 대상으로 경모輕侮1와 경계를 내포한 이 호칭이 예와 다를 바 없이 지금도 실존하고 있다는 것을 알 수 있다.

한편 그런 일본에 대해서 국내의 현실 또한 말이 아니다. 일본 교육을 받은 40대 이상은 일종의 향수를 꿈무니에서 떼어 버리지 못하고, 그보다 젊은 세대들은 잘산다는 미지의 이웃 나라에 막연한 동경을 품고 있는 것이 에누리 없는 실정이다.

해방 후 한국이 걸어온 가지가지 역사의 고난, 흔들리는 정치 풍토, 안정 없는 경제 여건을 감안한다 하더라도, 국내 생활 대중들의 이 건망健忘2과 몰지각에는 한심

1 남을 깔보아 업신여기거나 모욕함.

2 기억력이 좋지 못하여 기억해야 할 무언가를 잘 잊어버림.

이랄밖에 표현할 말이 없다.

그런가 하면 한쪽에는 무럭대고 일본이라면 눈을 붉히고 소매를 걷어붙이는 열렬한 애국당들이 있다. 웃지 못할 소화笑話이지만 몇 년 전 F출판사가 《일한사전》을 냈을 때 『왜 「한일」이 아니고 「일한」이냐!』고 항의 전화가 잇달아 걸려 왔다. 영어의 경우에도 「영한」이 있고 「한영」이 있는 것과 마찬가지로, 일어에다 우리말로 해석을 붙인 것이면 이것은 불가불 「일한」일 수밖에 없다(우리말을 일어로 풀이한 《한일사전》은 그 뒤 같은 출판사에서 간행되었다).

식자층, 지도층 중에도 일본에 대한 이런 편견을 고수하려 드는 이들이 적지 않다. 일본 서적 속에 파묻혀 살면서도 일본과는 가장 거리를 둔 척하는 것이 일부 지식층들의 「눈 감고 아웅」하는 애국정신이다.

70년대는 한일 간에 개재한 갖가지 불균형, 불협화음을 시정하고 조절할 최후의 기회이다(이냥으로 가다가는 일본에 대해서 자주 국가의 체통을 세울 날은 영영 오지 않는다). 언제까지나 후진국의 콤플렉스에 사로잡힐 것이 아니오, 자신 있는 민족 긍지로 이웃 나라의 번영과 성장에 축복을 보내는 그런 아량을 한 번쯤은 가져 봄직도 하다. 일본이라

263

면 맥을 못 추는 추종의식, 영합 근성도 딱하거니와, 일본인의 납골당 하나에 신경을 곤두세우는 그런 소아병적 애국 방식도 이제는 양기揚棄되어야 할 때라고 생각한다.(1971)

시점 視點 **II**

달갑잖은 부산물

『이 자식아! 왜 눈이 뚫어지라고 보는 거야! 남의 나라에 와서 똥벌레같이 굴러다니면서 구린내를 풍기는 녀석들! 네놈들 꼴 안 보고, 일본 땅에 일본인끼리 살 날이 오면, 안 먹어도 배가 부르겠다. 망할 자식들 같으니, 붕대쯤 감았기로서니 어쨌단 말이냐!』

노기충천해서 고래고래 소리를 지르는 것은, 한쪽 팔굽(팔꿈치)에서 손끝까지 붕대를 칭칭 감은 50대의 일본인 사나이. 이 행패의 상대는 같은 좌석 맞은편에 앉은 두 한국인. 의젓한 신사 차림인데 워낙 점잖아서 그런지, 이 샌님들은 그런 욕설을 듣고도 얼굴만 붉히고 앉았다.

265

한국말을 쓰는 두 인물이 눈에 거슬리던 차에, 어쩌다가 그 「똥벌레」의 눈이 봉대쪽에 가자 그것을 탈잡아 이런 승강이가 벌어진 모양이다.

4년 전 도쿄 신주쿠 어느 다방에서 우연히 목도한 한 장면, 다방에 가득 찬 손님들 중에는 제 동족의 지나친 호기를 속마음으로 나무라는 일본인도 응당 있었으리라.

그러나 누구 하나 자리를 일어서서 그것을 제지하려는 사람은 없었다.

다방 한구석에서 그 광경을 보고 있는 나, 그리고 같이 앉았던 교포지僑胞誌 기자 L군, 만일 그날 내 손에 한 자루 총이 있었던들 의식치 않고 내 손가락이 방아쇠에 갔을지도 모른다.

눈을 부릅뜨고 사자 같이 위엄을 떨치는 그 일본인, 그 앞에서 맥을 못 쓰고 구구한 변명만 되씹고 있는 내 동족, 그 이상 더 배길 재간이 없어 우리는 눈을 감고 그 다방 문을 나섰다. 문밖에 발이 닿자 L군이 절규 같은 한마디를 내갈겼다.

『선생님! 천만금을 준대도 이젠 이 놈의 땅엔 안 살겠습니다!』

그런지 두어 달 후에 L군은 일본을 떠났다.

한일회담의 타결, 국교 정상화의 물결에 실려 일본이 한결 가까워졌다. 라디오,

텔레비전이 바로 들어오는 부산 같은 지역은 더 말할 나위도 없거니와, 서울의 일본 붐도 지금이 한창이다. 일어학원, 일본 서적점이 활개를 펴고 대번창이며, 4월 하순에 간행된 일한사전은 한 달이 채 못 가서 5판 2만 부가 매진. 일본서 오는 관광객들이 날로 늘어가는 한편에 그들에 대한 「서비스」가 가끔 말썽을 일으키기도 한다.

사죄 사절을 표방하고 온 일본의 청년단체 일행에 대해서, 한국의 여대생들이 지나치게 애교를 떨어, 처음에는 온유, 겸손하던 그들을, 떠날 무렵 해서는 어깨가 우쭐하도록 의기양양하게 만들었다는 숙명여고 교장의 글 하나를 월전月前에 월 월간지에서 읽었거니와, 일본서 원정해 온 운동선수들을 찾아 호텔로 드나드는 여대생들의 분을 넘은 그 「애린愛隣(이웃 사랑)」 정신을 두고도 어느 호텔 지배인이 한숨을 짓더란 얘기를 들었다. 처음 며칠은 아주 점잖게 굴다가도 선수들이 돌아가는 2、3일 전부터는 그들의 방마다 여대생 하나씩이 들어가 안으로 자물쇠가 채워진다는 것이다. 일본선수라고 다 그럴 리가 없고, 하물며 내 나라의 여대생이 모두 그런 쓸개 빠진 바보일까 닮도 없다. 그러나 국교 정상화를 빙자 삼아 날로 부풀어 오르는 이 한심한 현상에서 눈 감고 외면을 한다는 것도 될 말이 아니다.

붕대를 감은 일본 사나이 하나가 일본 국민의 대표가 아닌 것도 물론이다. 그렇다고는 하나, 현재 일본에 사는 수십만 교포들이, 유형무형으로 어떤 굴욕, 어떤 수난 속에서 견디어 사느냐를 가장 구체적으로 설명해 주는 하나의 증빙자료는 되리라.

때마침 정경분리를 내세워서 일본은 북한과 거래를 시작하려는 판이다. 「꿩 먹고 알 먹고」, 일본말에는 이런 경우를 가리켜 「후타마타 고야쿠二股膏藥」[1]라는 문자가 있거니와, 우리가 배워야 할 일본, 친애할 수 있는 일본은 결코 이런 따위의 일본이 아니라는 것을 재인식할 기회이기도 하다.

5·16에서 5년, 반성할 부분, 시정할 과오가 어찌 한둘에 그치리오마는, 일본에 대한 이 주책없는 친근감은 한일회담의 타결이 가져온 달갑잖은 부산물이 아닐 수 없다. 일본을 알아야 한다는 것과, 일본에 쓸개를 빼어 송두리째 바치는 것과는 근본적으로 문제가 다르다.

1 간에 붙었다 쓸개에 붙었다 한다는 뜻.

268

외래인과 「삼국인 三國人」

태평양 전쟁으로 해서 세계적으로 알려진 일본, 해마다 수십만의 관광객이 세계 각국에서 모여드는 동양의 선진국 일본. 그런 일본이건마는 캐나다인가 스웨덴인가 어느 나라의 소학교 교과서에는 촌마게(상투머리)에 긴 칼을 꽂은 사무라이며, 인력거로 달리는 명치明治 연대의 가두 풍경이 현대 일본의 모습으로 소개되어 있다는 이야기다(그교과서를 두고 재작년이든가, 일본이 항의문을 보내어 정정을 요청했다는 신문기사를 읽은 일이 있다).

한국은 적어도 일본이란 나라를 그렇게는 알지 않는다. 사무라이는 명치유신으로 해서 자취를 감춘 것도 알고, 인력거 대신 수십만 대의 자동차가 대도시를 달리고 있는 것도 안다. 일본이라면 사쿠라(벚꽃), 후지야마富士山, 게이샤藝妓 걸이란 관념을 벗어나지 못하는 외국인에 비하면 세계에서 한국인만큼 일본을 잘 아는 민족은 없다고도 할 수 있다.

과거에 60만이 넘는 일본인이 이 땅에 살았고, 현재도 백만에 가까운 내 동족이 일본 땅에 깃들여 산다(공칭公稱 60만). 오가는 이들, 그분들의 족척친지族戚親知들, 한국

269

에 살면서 일본 서적을 읽고, 일본 소식에 관심을 가지는 이들을 누계計한다면 도대체 그 수효는 얼마나 될 것인가?

그러나 그렇게 가깝고 잘 아는 일본이길래「한국인은 일본을 모른다」는 역설적인 논리도 성립한다. 우리 민족 고유의 가무음곡, 장고나 거문고에 맞추어서 부르는 노랫가락이며 시조를, 우리와 같은 감정으로 들을 수 있고, 거기 애환을 공감할 수 있는 일본인이 과연 몇이나 있을까? 한국서 관리 노릇을 20년 했느니, 교육자나 공의公醫 노릇을 30년 했느니 하는 일본인은 있어도, 민족 정서에까지 이해가 미치는 사람을 그중에서 찾기는 힘들다. 그러나 그러한 당자들은『한국을, 한국인을, 누구보다도 잘 안다』고 자부한다. 우리들의 일본에 대한 지식이나 견해라는 것도 자칫하면 이런 류의 피상관皮相觀에 그치기 쉽다.

일본통으로 자임하는 어느 지식인 한 분이 도쿄로 가서 가부키 구경을 하고는 얼마 후에 일본인 친지들과 같이 모인 자리에서 그 얘기를 하면서,『역시 무스메 도세이지娘道成寺가 좋더라』고 소감을 피력했다.

270

그때 그분은 이 고전 연극의 제명을 「무스메 도쿄지」라고 하지 않고 「무스메 도세이지」라고 했다.

동석했던 일본인 하나가 그때 얘기를 내게 하면서,

『아무개 씨의 일본에 대한 식견을 신용해 왔는데 엉터리더구먼요. 가부키의 게다 이 하나를 옳게 못 읽는 이가 무슨 일본통입니까?』라고.

이것이 만일에 일본이 아니고 유럽이나 미국이면 얘기는 좀 다르다. 외국인이 예제藝題 하나를 그릇 읽었기로서니 그것으로 그 사람의 전체를 따지지는 않는다. 왜냐하면, 자기 자신도 그 사람의 나라에 대해서는 모르는 일이 많다고 해석하는 까닭이다.

필자는, 말이 서로 통하지 않는 남의 나라에서도 별로 그 점에 있어서 불편을 느껴 본 일이 없다. 저쪽이 귀를 기울여서 이해하려고 노력해 주기 때문이다. 일본인도 그러한 친절을 가졌다. 외래인을 접대함에 있어서 일본인의 「서비스 스피릿」은 만점이란 것이 정평이다. 그러나 그것은 어디까지나 외래인에 대해서다. 패스포트를 가진 같은 여행자라도 한국인, 중국인은 외래인이 아니오, 삼국인三國人(산고쿠징)이다.

앞선 자, 강한 자에 대해서는 허리를 굽히고, 약한 자, 뒤떨어진 자에게는 까다롭고 오만한 것이 인간 사회의 통칙이다. 그러나 이 통칙이 일본처럼 현저히 나타나는 나라는 드물다. 가부키의 게다이 하나로 신용을 떨어뜨린 일본통, 만일에 그가 한국인이 아니고 유럽이나 미국에서 온 외래인이었던들 좌중의 일본인은 만면에 미소를 띠면서,『그건 무스메 도쿄지라고 읽습니다』하고 친절하게 일러주었을 것이다.〔1966〕

불어오는 일본 바람

요즘 서울 거리에서는 일본인들의 모습이 자주 눈에 띈다. 현재 일본에는 백만 가까운 내 동족이 살고 있으니, 일본인이 기천 명 한국을 찾아온다고 해서 별로 수상하게 여길 것은 없다. 더욱이나 국교가 정상화된 오늘날이고 보니 앞으로도 한국을 찾아오는 이 이웃 손님들이 점점 늘어갈 것도 당연한 사실이다.

272

어느 날 나는 로터리 그룹의 청으로 그 회장會場(모임 장소)인 반도호텔을 찾아갔다. 그 날 그 모임에서 몇 마디 일본에 관한 이야기를 하기로 되어 있었다. 모임의 자리를 물으려고 프런트 쪽으로 가려던 내 귀에 그때 유창한 일본말이 들려 왔다. 진짜 일본말을 서울에 돌아와 듣기는 그날이 처음이다. 14년 동안 아침저녁 귀에 익었던 일본말, 해방 전 30여 년을 두고 귀로 들어온 일본말, 내 나라에 살 적에도 그 일본말과 인연 없이 지난 날은 없다.

그러던 일본말이건만, 몇 마디 안 되는 그 「진짜 일본말」이 내 귀에 울렸을 때 등살이 오싹하고 오한이 전신을 훑어가는 그런 느낌이었다. 시간으로는 채 1초도 못 되는 순간적인 감각이나마, 기약치 못했던 이 일순의 기분은 글자로나 말로는 표현하기 어려운 천만뜻밖의 심리적 경험이다.

프런트의 한 모퉁이에 외화外貨를 바꾸는 조그마한 창문이 있다. 그 앞에 선 3、4인의 일본인, 인품이나 풍채로 보아 일본 상사商事의 고급 사원같이 보이는 의젓한 신사들이다. 그 사람들의 입에서 나온 「진짜 일본말」, 유창하고 미끄러운 그 인토네이션이 왜 내게 전격電擊 같은 쇼크를 준 것일까? 이 점에 대해서 나 자신 반문도 해 보고, 궁

273

리도 해 봤었다.

일본말이 내 귀에 그렇게 불쾌한 말일까? 거슬리는 말일까? 그럴 리가 없다. 세상에는 일본을 가리켜 김소운의 조국이라고 비꼬는 사람까지 있다. 그토록 내게 인연이 가까웠던 일본이오, 일본말이다. 트랜지스터라디오에 어쩌다가 들어오는 일본 방송, 그것과 내 나라의 일본말 국제방송을 나는 다이얼이나 방송 내용을 모르고도 즉석에서 판단할 수 있다. 아무리 잘한다는 일본말이라도 내 나라 사람의 입으로 나온 그 인토네이션에는 무언지 하나 꾸민 것이 있고, 부자연한 간격이 있다. 일본인 아나운서의 목소리에는 그런 티가 없다. 그럴 때 내 귀는 그 일본인의 진짜 일본말에 대해서 불쾌감이나 무슨 저항을 느낀 적이 없었다. 어째서 유독 그날 그 자리에서 들은 일본말만이 내 귀에 그토록 쇼크를 주었을까?

두고두고 생각해 본 나머지 두 달이 지난 요즈음에 와서 겨우 거기에 대한 대답을 발견한 것 같다. 그 대답을 자세히 쓰기로 들면 하나의 심리소설적인 테마가 될는지 모르나, 한마디로 말해서 그 위치 그 자리에 문제가 있었다. 거기는 도쿄도 교토도 아닌

274

내 고토故土、내 고장이다. 철나고부터 내 눈, 내 귀가 듣고 보아 온 일본인, 그네들의 특권과 우월 의식, 아침저녁으로 그 우월과 대치하면서 나 자신이 길러 온 콤플렉스, 심리적인 조건반사, 내 생리 속에 숨어 있던 그 잠재의식이 수십 년의 시간 경과를 뛰어넘어 그날 그 자리에서 잠을 깬 것이 아니었던가.

만일 거기가 내 나라 내 땅이 아니고 일본의 어느 도시였던들, 귀국 4、5개월 일본말과 일시 멀어져 있다는 그런 조건이 아니었던들, 내게 그 오한이 지나갔을 리가 없다. 이것이 내가 찾아낸 나 자신의 회답이다.

일본이 가까워온다. 원하든 원치 않든, 일본은 한 걸음씩 가까워져 온다. 이웃끼리의 좋게 사귀는 것은 숭상할 미덕이오, 미풍이다. 그러나 일본이란 이 이웃 사이에는 허다한 문제가 개재해 있다.

〈불어오는 일본 바람〉、커다란 표제로 이런 기사가 부산 신문에 실려 있었다. 서울 거리에도 일본이 활개를 치고 횡행활보하고 있다. 국수를 파는 중국집 바람벽에는 국문 글자로 「야끼만두」、다방에서 내는 물수건은 「오시보리」、귀로 듣는 레코드는 가사만 바꾸어 넣은 일본 유행가, 그런 것보다도 더 깊은 뿌리를 박고 있는 것이 어른 아이 없이 저마다 지니고 있는 일제에 대한 동경 의식이다. 일본인의 「하쿠라이_{舶來}」에 대한 숭경_{崇敬}, 「와세이_{和製}=일제_{日製}」라면 으레 나쁜 것, 좋지 않은 것으로 치부되는 그 나라에서, 눈을 돌려, 일제라면 사죽1을 못 쓰는 오늘날의 내 나라 실정을 보는 것은 슬픈 노릇이 아닐 수 없다.

이웃과의 교린의 의를 옳지 않은 노릇, 그릇된 노릇이라는 것이 아니다. 그들의 겸 허와 성실에 대해서는 모름지기 허리를 굽혀 예로써 대할 것이오, 부질없이 지난날 을 들추지 않아야 할 것이다. 그러나 그네들의 오만, 그네들의 불손까지도 허용하고 맞 아들이는 쓸개 없는 백성이 되지 않아야 하겠다. 더욱이나 젊은 세대의 자녀들, 일 본을 거죽(외피外皮)으로밖에 모르는 그들에게 또 한 번 불행한 전 세대_{前世代}의 잠재의식 을, 콤플렉스를, 물려주지 않아야 하겠다.

1 「사족四足」의 비표준어.

276

일본 선수들이 유숙하는 서울 어느 호텔 지배인이 친지에게 한 말이다.

『큰일 났어요. 이놈의 나라가 어찌 되려는 건지, 일본 선수들이 오면 으레 여대생들이 몰려옵니다. 처음 며칠 동안은 그래도 제법 점잖지요. 선수들이 떠날 2、3일 전이 문제랍니다.

정조는 헌신짝이구요. 그 꼴을 이 눈으로 보아야 하니 숨통이 터질 노릇이지요. 그런데 얘기를 들으면 그러고 가서 편지 한 장 보내는 선수가 없다나요……』

일본 선수라고 다 그렇고 한국의 여대생이 모두 그러리라고 단정할 것은 아니나, 호텔 지배인의 이 개탄에도 8분의 진실이 있다는 것을 부정치 못한다. (1966)

277

평온 무드에 경종

— 김희로金嬉老 사건에 뒤따르는 것

김희로 사건을 계기로 해서 한일 두 나라 사이에 개재하는 민족 감정이 커다랗게 클로즈업된 것 같다. 어느 모로 따져도 불상사임에 틀림없으나, 국교 정상화 이후 밑뿌리 없는 평화 무드에 눈가림하고 지내온 우리 사회에 분명 하나의 경종은 되었다.

「이유 있는 반항」이라고 해서 사건 자체를 긍정적으로 보는 이가 있는가 하면, 이 일로 해서 일본인의 대한對韓 감정이 한결 첨예화될 것을 우려하는 소리도 들린다. 그 럿된, 과거의 우월 의식을 두고 일본인 자신이 한때 반성의 기색을 보였다가 김희로 가 체포된 뒤에 갑자기 비판적인 태도로 돌변했다는 소식도 전해졌다. 있을 법한 일 이다. 그러나 일본인의 태도가 어떻게 변해졌든 우리는 그런 것을 두고 부질없이 촌탁 이다. 극히 국한된 소수이기는 하나, 일본에도 양식이 있고, 양심이 있

1 촌탁忖度 할 필요는 없다. 다른 사람의 마음을 미루어 헤아림.

278

다. 그들의 금후의 동향은 그들에게 맡겨 두고 우리는 심심한 관심의 눈으로 그 귀추를 주시할 따름이다.

그보다도 우리 자체의 문제를 추려 보기로 하자. 60만이란 내 동족이 깃들여 사는 외국이라고는 이 지상에 일본이란 나라 하나밖에 없다. 거기 사는 내 동족에도 별의별 계층이 있어, 수억, 수십억의 교포 재벌에서, 그날 벌어 그날 먹는 근로층, 심지어는 일본 정부의 생활보호를 받는 극빈층도 몇 만은 된다.

민단이 있고, 교포 상공회가 있고, 청년단체, 학생단체들이 있다. 그중에는 지도적 인 임무를 다해 보려고 온갖 노력을 기울이는 인물도 있으나, 그런 이들은 10리도 못 가서 발병이 나게 마련이오, 대부분의 지도층은 암투와 부패 속에서 세력 확장에 영일奪日2이 없다. 민단 단장의 선거 한 번에 수천만 금이 오고 간다면 다한 말이다.

빈부 고하를 통틀어서 일본에 사는 동족의 누구 하나 민족 감정의 대상 아닌 사람이 없고, 그네들의 우월감 앞에 정신적인 피해자 아닌 사람이 없다. 때로는 예외도

2 아무 일이나 걱정 따위가 없이 편안한 날.

있어서 어느 교포 성공자 한 분은 필자에게 이런 말을 한 일이 있다.

『민족 감정이라니오, 그런 건 이쪽의 망상이오, 지나친 콤플렉스입니다. 지금 일본에는 그런 낡은 감정은 찾아볼 수 없습니다.』

요즘 국내 시장에까지 같은 상호가 진출해서 명성을 떨치고 있는 그 제과 사장 S씨가 이번 김회로 사건을 어떻게 보았는지, 거기 무엇을 느끼고 생각했는지, 한번 물어보고 싶은 일이다.

그런 행복한 예외자는 따로 돌려 두고, 적어도 마음속에 겨레가 있고, 향토가 있는 사람이면 누구나 다 같은 수난자요, 피해자이다. 일본인들의 편견과 우월 의식의 원인을 이쪽의 빈곤에다 두는 이가 있으나, 결코 빈곤 하나만이 그 원인이라고는 볼 수 없다. 과거 반세기를 저들 손으로 지배했다는 잠재 의식, 우리들의 문화의 후진성을 깔보는 오만, 전후 혼란기에 좌절감으로 맥을 못 추는 일본인들 앞에 어깨가 우쭐해서 철없이 날뛴 일부 몰지각한 교포들의 행동에서 가꾸어진 원한과 증오, 원인을 찾기로 들면 심히 착잡하다.

미키三木 일 외상外相은 차별 의식 근절에 최선을 다하기를 언명했다는 뉴스다. 당

280

연한 일이오, 갸륵한 말이기는 하나, 어느 대신大臣, 어느 위정자의 성의만으로 해결될 문제는 아니다. 절대 다수자인 국민감정, 그 속에 화근이 깃들어 있다.

교포사회의 문제는 교포들의 힘으로, 그것이 원칙이기는 하나, 그들은 교포인 동시에 이 나라의 국민이다. 그들의 일거수일투족은 그냥 그대로 한국의 성예聲譽에 직결된다. 생활의 말단에서 빚어진 어떤 작은 트러블 하나에도 예외라는 것은 없다.

우리 국가가 실질적으로 진보 향상해서 일본과 어깨를 겨루게 될 때 문제는 자연 적으로 해소된다. 그러나 우선은 일본 국민의 인식을 시정하는 데 최선의 노력을 기울 여야 할 것이다.

자유당 시절의 감정적인 대일 정책에 비한다면 금석今昔의 감이 있다. 적어도 지 금은 동경에 한국 공보관이 있고, 남산 JBS 국제방송은 하루도 쉬지 않고 대일 방송 을 일어로 보내고 있다.

필자도 3년 동안이나 그 대일 방송을 통해서 한국의 현대시 감상을 소개해 왔다.

281

그런데도 동경의 사설 모니터에게서 정확하게 들렸다는 보고는 한 번도 없었다. 출력이 약한 탓이오, 그 외에도 갖가지 이유와 사정이 있을 것이다. 그러나 일본 문화의 핵심인 동경서 못 듣는 대일 방송이란 넌센스일밖에 없다.

강력하고 진지한 PR이 긴하고 아쉽다. 김희로 사건을 이냥으로 흘려버려서는 안 된다. (1968)

「일본 공해」

일본서 학습원學習院 대학의 남녀학생 40명이 한국으로 왔다. 작년(1971)에도 같은 학습원 일행을 같은 장소에서 만났지만, 올해도 내게 청이 와서 이웃 나라의 젊은 세대들과 3시간 넘어나 대화를 나눌 기회를 가졌다. 물론 작년의 일행과는 다른 학생들이지만, 인솔자인 대학교수만은 작년에 만났던 바로 그 사람이었다.

회장인 아카데미 하우스까지는 내 집에서 도보로 10분, 작년에는 먼 길을 택시로

282

달려왔는데, 올해는 수유리로 이사 온 덕분으로 차를 탈 필요도 없다. 맞추어 슬슬 걸어 도리어 5분을 지각해 버렸다. 너무 가까워서 지각을 한다는 것, 여기에도 무언가 인생의 교훈 하나가 있는 것 같다.

내게 주어진 연제는 〈한국 문화와 일본 문화〉.

학생 일행은 이미 회장에 모여 대기하고 있었다.

『지각을 해서 미안합니다. 이 회장 문전은 아침마다 이 사람이 산책하면서 지나다니는 길입니다. 너무 쉽게 생각한 것이 지각의 원인입니다. 5분쯤 늦었다고 해서여러분은 아마 군이 탈 잡지는 않으리라 생각합니다. 그러나 이 5분의 지각이 역사를 바꿔 버립니다.』

지금으로부터 100여 년 전에 일본은 명치유신을 맞았습니다. 상투(촌마게)를 버리고, 무사의 허리에 찔렸던 장도(長刀)를 버리고, 일본은 서양의 문물을 부지런히 받아들였습니다. 군대를 불란서에서, 의학을 독일에서……하는 식으로. 같은 시기에 우리 한국은 문호를 굳게 닫아걸고, 새 시대의 문명과는 담을 쌓았습니다. 뒤늦게 이 나라에도 새 사조, 새 문물이 들어오기는 했지마는, 지각을 한 것입니다. 역사의 흐름

283

으로 따진다면 불과 5분 정도의 지각일 뿐입니다. 그러나, 그 5분의 지각이 오늘날에 와서는 두 나라 사이에 엄청난 거리를 만들어 버렸습니다……』

내 얘기는 이렇게 시작됐지만, 일본 문화를 얘기하자면 불가불 고대의 나라 나라奈良, 아스카飛鳥 시대로 소급하지 않을 수 없었다.

『이미 상식화된 사실이지만, 천 5, 6백 년 전 그 옛날, 그대들의 조상은 문화의 씨앗을 이 한반도에서 들여갔습니다. 일본 문화의 개안기開眼期라고 할 나라, 아스카의 문화가 바로 그것입니다. 그런지 15~16세기가 지났는데도 경제대국으로 성장한 오늘날까지 그 옛날의 문화는 마치 마르지 않는 지하수처럼 일본의 모든 문화의 바탕이 되어 있습니다.

오랜 옛날 한반도가 일본에 준 것은 그렇게 알차고 건전한 진짜 문화의 씨앗이었습니다. 지금 와서 일본은 그 옛날의 의리를 잊지 않고 이자를 붙여서 우리에게 상환을 해주고 있습니다. 문화라는 이름으로 부르기는 좀 거북합니다만, 지금 이 한국에는 물밀듯 일본의 생활문화가 들이닥치고 있습니다. 시티즌, 오리엔트 같은 시계며, 코로나니 프린스니 하는 자동차, 루루, 유베론, 용각산, 기응환 해서 여러분의 귀에 익

284

은 약 이름도 심심찮게 등장하고 있습니다. 지금 서울 거리에는 거의 동리마다 일본 요릿집이 판을 치고 있습니다. 일본 서적을 전문으로 하는 책가게도 서울을 위시해서 지방 도시까지 합치면 아마 수백 집은 될 것입니다.

목수나 미장이, 양재점, 미용원들이 쓰는 직업용어는 독립 4반세기가 지난 이날 까지도 태반이 일본말 그대로입니다. 우리로서는 창피하고 부끄러운 얘기입니다마는, 이것이 일본이 한국에 치르고 있는 천 5백 년 후의 원리상환元利償還입니다.

물론 이런 것은 일본이 떠다 맡긴 강매문화強賣文化가 아니오, 역사의 과정에서 짓 굳게 빚어진 오식誤植이오 기현상입니다마는, 결과적으로 보아 그렇게 말할 수 있습니 다. 이 달갑지 않은 보상을 이름 지어 「일본 공해公害」라고 불러 둡시다. 공해란, 매 연이건 소음이건, 하천 오염이건 반갑지 않은 문명의 부산물들입니다. 일본 공해 역 시 한국 문화의 건실한 발전을 저해하고 망가뜨리는 일종의 암세포 같은 작용을 합 니다. 「그것은 일본이 짊어질 책임이 아니다」라고 여러분은 생각할지 모릅니다마는, 지금 한국이 겪고 있는 모든 불합리, 모든 부조리는, 국토를 두 동강이의 불구로 만든 38선까지를 통틀어서, 적어도 그 반분의 책임이 일본에 있다는 것을 여러분은 잊지

285

말아야 할 것입니다.」

　장장 3시간의 장광설에도 원래 遠초(멀리서 옴)의 이 학생 청중들은 꽤나 열

심히 귀를 기울여 주었다. 어느 정도의 실효가 기대될 것인지는 미지수이지마

는……。(1972)

286

스도首藤 노인

— 일본의 양심

스도首藤 노인, 일본 규슈에서 이분을 만난 지도 벌써 10년이 넘었다. 단 한 번 얼굴을 대하고 두 번 다시 만날 기약 없는 그런 연분도 흔히 있으나, 그 단 한 번의 상봉이 언제까지나 기억에 남아 있어 잊히지 않는 인물이란 드물다. 스도 노인은 그런 드문 인물 중의 하나이다.

오이타大分시의 지식인들 20여 명, 신문·잡지·방송 관계의 언론인들이며, 대학 교수·문필인 이런 이들이 모인 자리에서 나는 한국인의 대일 감정을 두고 몇 마디 발언할 위치에 있었다. 나를 위해서 이 좌석을 주선한 이는 한국서 나서 한국서 자란 오이타대학의 아베安部一郎씨이다.

규슈는 지리적으로 우리나라와 가장 가까울 뿐더러, 해양선 문제가 그대로 실생활과 직결되는 그런 입지조건에 있다. 어업 관계자만이 아니라, 일반 시민이며 그들의

287

대변자인 언론인·지식인들도 이 점에 있어서는 신경이 남달리 예민하다.

그날 그 자리에서도 「이李 라인」이란 말이 자주 나왔다. 마치 상대는 국가나 민족이 아니오, 이승만李承晚 개인이라는 그런 어조이다. 이쪽에서 「강도 일본」하면 저쪽에서는 「해적 이승만」하던 시절이다. 손님으로 대하면서도 나를 그 해적 이승만의 특파원쯤으로 보는 그네들의 심정도 짐작 못할 바는 아니다.

그러나 그들의 지나치게 소박한 아전인수론에는 내 대답도 자연 뾰쪽해질 수밖에 없다.

『어느 대통령 하나가 안중에 있고 그 민족 전체의 감정은 전연 도외시한다는, 그런 사고방식은 좀 곤란한데요. 여기 모인 여러분은 적어도 역사란 것을 아는 지식인들입니다. 유사 이래로 한반도가 일본을 침략했다거나 위협했다거나 하는 그런 예가 단한 번이라도 있었던가요? 그 반대의 예를 찾기로 들면 이건 부지기수입니다. 그런 억세고 배짱 좋은 이웃을 둔 덕분으로 우리들이 겪어온 역사의 고난이 어떠했다는 것은 입으로나 붓으로 설명할 정도가 못 됩니다. 헌 문서를 들추는 것 같습니다만 이 점에 있어서는 누구보다도 여러분 자신이 더 잘 아실 것입니다. 오늘날 자유진영의 교두보란 위치에서 공산세력과 사투를 하고 있는 그 이웃에 대해서 일본이 보여준 구체적 협력이란 대체 무엇이었던가요? 한마디로 잘라서「낫싱!」, 아무것도 없었습니다. 특수^{特需} 경기로 해서 위기에 섰던 일본의 경제계가 숨을 돌렸다는 그런 일은 있어도, 한국으로 인해서 당신네들이 손해를 보았다는 얘기는 들어 보지 못했습니다.

생선 한 마리라도 더 잡아 보겠다는 그 이유 하나로「이 라인」은 불법이다!」「이 라인을 철폐해라!」어린애 트집도 분수가 있는 거지, 그래서야 어디 경우가 서겠습니까?「이 라인」은 일본 어선을 가로막자고 생겨진 것이 아닙니다. 전략상으로도 이바다는 지켜야 합니다. 그런 도리를 모르실 여러분이 아닐 텐데요……」

누구에게 부탁 받은 것이 아니건마는 방패의 양쪽 면을 보는 내 위치가 이런 연설을 내게 시켰다. 목도¹(천칭봉天秤棒) 하나로 현해탄을 건너 온 무지몽매한 일본의 이주민들, 일본인만이 거의 독점하다시피 한 어업권, 나라를 빼앗기고 농토를 빼앗긴

---

1 둘 이상의 사람이 짝이 되어 뒷덜미에 긴 막대기를 얹어 무거운 물건을 함께 메어 나르는 일, 또는 그때 쓰는 둥근 나무 몽둥이.

농민 대중들이 남부여대男負女戴[2] 해서 고국을 떠나던 그 비애, 풋내기 검사 같은 내어투에 스스로 고소苦笑를 지으면서도 어느새 나는 이런 장광설을 늘어놓아 버렸다.

그때까지 말 한마디 없이 묵묵히 귀를 기울이고 앉았던 노인 한 분이, 기침 소리를 내면서 입을 떼었다.

『말씀은 일일이 잘 들었습니다. 헌데……』

오이타현의 문화활동의 중심적 인물이라는 그 노인의 표정이나 목소리에는 무언지 모를 분노가 사무쳐 있었다.

(이쿠 오셨구나!)

나는 불현듯을 만난 긴장감으로 다음 말을 기다렸다. 처녀가 아이를 낳아도 제 할 말은 있다니, 어디 일본 쪽 말씀도 들어 보자꾸나……. 그러나 이건 나 혼자의 기우요, 노인의 분노는 내게 대해서가 아니었다. 자기 자신에, 말하자면 일본인 그 자체에

2 │ 남자는 짐을 지고 여자는 짐을 인다는 뜻으로, 가난한 사람들이나 재난을 당한 사람들이 살 곳을 찾지 못하고 온갖 고생을 하며 이리저리 떠돌아다님을 비유적으로 이르는 말.

쏟아 놓은 분노였다.

『이 사람은 대련(大連)서 종전까지 택시 사업을 경영해 왔습니다. 종업원도 한 백여 명 됐지요. 일본인, 중국인, 조선인, 인원수는 대개 비슷비슷했습니다.』

노인은 이 세 나라 종족이 기질적으로 어떻게 달랐다는 얘기를 구체적으로 예를 들어 들려 주었다.

『실례입니다마는 그중에도 아마 귀국(貴國) 사람들이 제일 말썽꾼이었나 봐요. 차를 불렀다가 손님이 딴 볼일이 생겨 못 타게 될 경우에, 일본인이면 「또 불러 주십시오」 하고 돌아옵니다. 중국인은 아무런 말도 없이 그냥 차를 돌리지요. 그런데 유독 한국 사람만은 그렇지 않았습니다. 따질 건 따지고, 때로는 손님하고 입씨름도 벌입니다.

「불러 놓고 안 타다니 웬 말이냐?··경우를 따지고 보면 그 말도 옳거든요.」

무슨 말이 나오나 해서 귀를 기울이고 있는 내 앞에서 노인은 다시 말을 이었다.

『패전 후에도 뒤에 남아서 「일본인 세와카이(世話會)」를 맡아 보았지요. 맨 나중에 거기를 떠날 때 우리 일본인들은 서로 손을 잡고 맹세를 했답니다. 일본제국이란 권세 위에서 우리는 기를 펴고 살아 왔다. 사업도 번창했다. 그러나 그로 해서 짓밟힌 민족

291

이 없었던가? 무고한 피가 흐르지 않았던가? 전쟁에 지고 나서 깨달았다는 것은 만시지탄이지마는, 하늘은 우리에게 다시 한번 재생할 기회를 베풀어 주었다는 참회하는 마음으로, 속죄하는 마음으로, 다시 한번 살아보자꾸나! 고난을 견디면서 이번에야 말로 올바르게, 꼿꼿하게, 양심에 부끄럽지 않은 옳은 민족의 길을 걸어 보자꾸나. 맨 마지막에 남은 우리들 일본인은 눈물을 흘리면서 이렇게 서로 맹세를 했습지요.』

노인의 입으로 나오는 한마디 한마디가 칼로 저미듯 내 마음에 자국을 지었다. 좌중은 잠잠해져서 기침 소리 하나 없다. 한참 동안 눈을 감고 앉았던 노인이 목소리를 돋우면서 쏟아내었다.

『보십시오! 오늘날의 이 일본을! 일본인들이 하고 있는 이 꼴을! 이게 참회를 했다는 인간들입니다. 눈물을 흘리면서 속죄를 맹세한 국민들입니다. 남이야 어떻게 되었든, 남의 나라야 어떻게 되었든, 제 배나 부르면 그만이라는, 손바닥만 한 섬나라에서 남의 민족을 깔보면서, 세계의 일등국이니, 열강이니 하고 뽐내던 그 일본이 또다시 돌아오고야 말았습니다. 아까부터 이 자리에 앉아서, 당신의 말씀을 들으면서 이 사람은 그저 부끄러워서 입이 떨어지지 않았습니다. 그저 부끄러워서…….』

292

그러면서 말을 멈추고 노인은 또 한번 눈을 감았다.

말 못할 감동이 회오리바람처럼 내 가슴을 휩싸돌았다. 여기 일본의 양심이 있다! 이분이야말로 진실로 일본을 사랑하는, 진정한 의미의 애국자이다. 70 노인의 그 열렬한 기백! 끓어오르는 그 민족애! 내 눈에는 그분이 어느 외국의 영웅보다도 더 성스럽게 비쳤다. 그분의 얼굴에 가득한 그 침통 속에 나는 에레미야의, 모세의 슬픔을 보았다. 그분이 바로 스도(首藤) 노인이다.

한일 국교정상화로 해서 일본은 우리에게 더 가까워졌다. 그러나 낙관치 못할 허다한 문제들이 이 두 나라 사이에 개재해 있는 것도 사실이다.

신문화에 지각한 탓으로 우리는 모든 점에 있어서 일본에 뒤떨어진 처지에 놓여 있다. 일본의 오만과 허장성세를 조장하는 소인(素因)(근본이 되는 원인)은 그네들보다 오히려 우리 자체 속에 깃들어 있다고 볼 것이다. 이것은 남을 책하기 전에 우리 자신이 먼저 반성하고 단속해야 할 과제이다.

요즈음 일본서는 이미 전후(戰後)가 아니라는 문자가 자주 쓰인다. 포츠담 선언의 수

락도,「미조리」[3] 함상의 조인도 벌써 그들에게는 태곳적 옛이야기다.

『일본은 세계를 괴는 3대 지주의 하나』라고 호언한 이케다 전 수상의 의회 연설 하나로도 그들의 자신 과잉을 족히 엿볼 수 있다.

그『보십시오! 오늘날의 이 일본을!』하고 비분자괴 悲憤自愧[4] 하던 스도 노인의 그 한 마디, 보석처럼, 빛나는 그 양심이 스도 노인 한 분의 양심으로 그쳐지지 않기를 바랄 뿐이다. (1966)

---

3 태평양 전쟁이 끝나면서 일본이 항복문서에 조인했던 미 해군의 군함.

4 슬프고 분해하면서 스스로 부끄러워함.

양梁 군의 죽음

일본 《주간아사히朝日新聞》 70년 11월 13일 호 《독자의 의자》란은 두 페이지에 걸쳐 양정명梁政明이란 한국 청년의 분신자살에 대한 독자의 투고 네 편을 특집하고 있다.

양梁 군(일본명 山村政明)은 와세다早稲田 대 문과에 학적을 둔 25세의 청년학도. 모교가 바라다보이는 아나하치만궁穴八幡宮 경내에서 가솔린을 몸에 뿌리고 분신자살을 했다는 것이다. 동지同誌 10월 30일 호에 양 군 자신의 수기 《내 앞길에 광명은 없다》가 실렸다지만, 나는 구태여 그런 것을 찾으려고 하지 않았다. 어느 한 개인의 문제라기보다 일본 땅에 태어난, 혹은 거기서 자라난 대다수 교포 청년들이 큰건 작건 가슴속에 말 못할 고뇌를 간직하고 있다는 것을 이미 나 자신이 알고 있기 때문이다.

양 군은 두뇌 명석한 수재로 대학에서는 자치회의 위원이었다고 한다. 자세한 사연은 알 수 없으나, 독자의 글에 쓰인 구절들, 「일본 사회의 최저변最底邊에서 고투苦鬪

295

를 겪어 온 한국인 2세」「근본적인 원인은 민족적 차별에 있었겠지만 빈곤, 학원분쟁, 애정의 파국、기독교의 기교_{棄教}(종교를 버림) 등 가지가지의 고뇌가 그로 하여금……」

「일본에 귀화했다지만 필경은 어디까지나 신일본인」、「일본 사회에서나 그의 동포사회에서나 발붙일 곳 없는 외톨박이……」 등등으로 미루어 양 군이 놓여 있던 위치를 어렴풋이나마 짐작할 뿐이다.

고뇌의 벽에 부딪쳐 젊은이가 자살을 택한다는 그런 케이스는 내 나라에서나 남의 나라에서나 그다지 드물게 보는 일은 아니다. 그런데도 유독 이 청년의 죽음이 많은 일본인들에게 충격과 애통을 불러일으킨 데는 무언가 이유가 있을 것 같다.

네 편 투고 중 두 편을 대충 추려서 그 이유를 찾아보기로 한다.

『죽음을 택한 그대는 패배자가 아니다. 36년을 세파 속에 살아온 나 같은 사내가 분해서 치가 떨렸다. 산촌_{山村} 군의 수기에 충격을 받고, 외골수이면서도 입맛 쓸쓸했던 청춘의 원점으로 나 자신이 별안간 되돌아간 느낌이었다. 산촌 군은 결코 도피자가 아니다. 스스로의 신조를 지켜서 한결같이 인생과 싸웠다는 것은 가슴 메이도록 이해가 간다. 좌절에도 겸허하게 견디려고 했다. 그 노력 끝에 제 자신을「조국에 대한

296

배신자」「에고이스트」「하나의 유다」로 단정하고 죽음의 길을 택한 그를 누구라 패배

자라고 할 것인가?

혁명을 절규하는 「몹 엑스트라(폭도를 연기하도록 조종당하는 꼭두각시들)」의 와자지껄한 현

상에는 인기와 관심이 쏠려도, 그 밑바닥에 이토록 고통에 시달린 마음의 침잠沈潛(물속

에 깊이 가라앉아서 걸으로 드러나지 않음)이 있었다는 사실을 나는 까맣게 모르고 있었다. 쇼크

였다. 뻔뻔스럽게 살아남아 허식투성이의 양식사회良識社會에 적당하게 매몰되어 버

린 나 자신, 또는 나와 동세대 사람들의 삶의 의미를 힐문 당한 것 같아 당황하고 그

지없이 부끄러웠다.」

또 하나의 참회, 그것은 산촌 군의 분신자살이 보도됐을 때 자기과시욕을 채우지

않고는 못 배기는 어리광 군의 연기라고 개탄하면서 그저 무심히 보아 넘겼다는 사실

이다.

『《주간아사히》에 실린 그의 투명한 정념情念의 수기는, 신문이며 TV의 못 다한 부

분을 충분히 보충해 주었고, 나 자신의 부끄러운 편견도 시정해 주었다.」(고베/마츠다松田

駿/회사원)

『그와는 일면식도 없었던 내가 한갓 같은 시대의 청년이란 그것만으로 무슨 말을 과연 할 수 있겠는가?……하여튼 그는 「메끼(도금鍍金)투성이의 이 일본에서 심신을 헌 누더기처럼 갈가리 찢긴 채 피로의 극에서 죽었다. 산촌 군의 자살은 우리들의 가슴에 커다란 구멍을 남겼다. 그의 수기를 읽고 민족 문제라는 두꺼운 벽에 나 자신 두개골을 들이박은 것 같은 느낌이었다. 모든 것에 전력을 투입한 그는 「청춘에 뉘우침은 없다」고 했다. 그러나 사실은 그와는 정반대였으리라. 그의 자살을 다른 방대한 뉴스에서 지키는 의미로, 나는 그의 수기를 마음속에 간직하면서 극채색極彩色의 인생론과 바꿀 생각이다.』오사카 스이타吹田/요시하루土井眞喜男/학생)

「조국에의 배신」「하나의 유다」, 일본에 귀화한 사실을 두고 하는 말 같다. 그가 순실한 지적 청년이면 그럴수록에 그 고뇌와 비애는 더 컸으리라고 생각된다. 그가 흔히 있는 패자의 도피가 아니오, 차별의 가시밭길에서 피투성이의 고투를 겪던 나머지 기진맥진해서 쓰러진 순정의 지식인이었다는 것은 이상의 투고들을 통해 십분 수긍이 간다.

『환상의 조국을 한 번 가 보지도 못하고……』그런 대목도 투고에는 있었다. 모순과 부조리의 도가니 같은 이 조국일망정 그것을 마음에서 잃었을 때, 어떤 비통, 어떤 비애를 맛보게 되는지, 그것을 양 군의 죽음이 우리에게 뼈저리게 일깨워 준다.

또 하나 이것을 계기로 번영과 도약의 일본, 한국의 대다수 청년들이 동경과 부러움으로 바라보는 그 일본의 뒷길에는, 독도의 영유권을 들먹이는 일본, 양 군을 죽음으로 몰아넣은 민족 차별의 「진창길 일본」이 숨어 있다는 사실을 알아두어야 하겠다.

동시에 「허식虛飾의 양식사회良識社會」「도금투성이의 일본」을 탄식하면서 한 교포 청년의 자살을 두고 「부끄러움」을 느끼며, 「용자勇者」란 이름으로 그의 고혼을 위로하려는 「양심과 반성의 일본」이 한편에 있다는 것도 아울러 기억해 두고 싶다. (1971)

일본 무사도의 계보

뿌리 깊은 생활 도의

일본의 무사도는 명분상으론 명치유신과 때를 같이해서 종지부를 찍은 것으로 되어 있다. 봉건체제가 무너지고 이른바 「폐번치현廢藩置縣」으로 정치 형태가 전환되면서 사무라이의 트레이드 마크인 대도帶刀(허리에 꽂는 일본도)가 금지되고 무사계급의 의무요 특권이던 아다우치復讐마저 국법으로 금지되어, 사무라이는 역사소설이나 시대극의 무대가 아니고는 구경할 수가 없게끔 되었다.

사무라이가 없어지면 거기 따라 무사도 자취를 감추는 것으로 생각되기 쉬우나, 실은 무사 없는 일본에 무사도만은 여전히 그들의 생활감정 속에 계승되어 왔다. 인격도야陶冶(몸과 마음을 다스려서 바르게 함) 도표道標이면서도 서양의 기사도나 신라기의 우

300

리네 화랑도와는 의미를 달리하는 것이 일본의 무사도이다. 기사도나 화랑도는, 어느 계급, 어느 연령층을 중심으로 한 것이지만, 일본의 무사도는 농공상의 일반 서민층을 제외하고는 신분의 고하나 연령에 구애됨이 없이 사무라이 전체의 정신윤리에 직결된 광범위하고도 뿌리 깊은 생활도의이기 때문이다.

그것을 구체적으로 입증하는 예화 하나가 〈목근통신〉에 실려 있다. 떡을 훔쳐 먹었다는 누명을 쓴 제 어린 자식의 배를 갈라 결백을 입증한 후 떡장수를 같은 칼로 죽이고 저마저 할복자살해 버린 낭인의 얘기다〈목근통신〉 하가쿠레의 일화).

유명한 《하가쿠레》에 있는 이 일화는 일본 국민성의 일면을 설명한 대문이지만, 이런 살벌하고도 피비린내 나는 에피소드에서 우리는 무사도가 결코 특권지배층의 전유專有(오로지 혼자만 소유함)가 아니라는 사실을 알 수 있다. 『내 아들은 사무라이의 자식』이라는 한마디는 무사도의 기개와 긍지가, 무위무록無位無祿(지위도 녹봉도 없음)의 일개 낭인에게까지 뿌리 깊게 인 박혀 있다는 것을 의미한다.

명치 천황의 뒤를 따라 순사한 노기乃木 대장은 걸모양으로 보아서는 가장 군인답지 않은 군인이었다. 왜구수신矮軀瘦身(작은 키에 마른 몸), 검소한 생활에 한시를 읊으면서, 러일전쟁의 승리자로 개선했을 때도 말 위에 초연히 앉아 의기양양한 기색은 전혀 없었다고 한다.

군인답지 않으면서도 가장 고무사적古武士的 풍모를 갖추었던 그런 인물이니만큼 세인의 경모敬慕(존경하고 사모함)가 두터웠던 것은 당연한 일이기도 하려니와, 그의 자결이 고식古式 그대로의 셋부쿠切腹였다는 점이 일본 국민의 감동과 숭앙을 한결 더 크게 했던 것도 사실이다. 만일에 그가 수면제나 권총으로 자살했던들 일본 국민의 그에 대한 이미지는 적지 아니 달라졌을 것이다.

또 하나, 적어도 그는 개화기에 독일에 유학해서 신시대의 사상과 풍조를 몸소 체득한 인물인 데다 명치 말기는 구미의 문물이 조수처럼 밀려들어 와, 일본이 받아들인 새 문명, 새 문화의 터전이 어느 정도 굳어진 시기이다. 그런데도 노기 대장의 자결순사라는 이 전근대적인 충성을 일본 국민 중 누구 하나 비판적인 눈으로 본 사람은 없었다. 무사가 건재하던 시절의 그 무사도적 기풍과, 그 기풍을 흠모하고 경앙하는 국민 대중의 기호는 유신에서 40여 년이 지났어도 조금도 퇴색하지 않았던 셈이다.

거기서 60년이 더 지나 우국지사 미시마 유키오三島由紀夫가 일본에 탄생했다. 미

302

시마의 경우는 그가 유능한 문학인이었다는 점에서 단순치 않은 갖가지 문제점을 내포하고 있지만, 어느 모로 보아도 의젓한 근대국가요, 동양에서 으뜸가는 선진국이라고 할 일본이, 일면에서는 미시마가 취한 할복자살이란 끔찍한 행동에 경악과 비판의 화살을 겨누면서도, 또 하나의 면에서는 마치 순국의 영웅이나 떠받들듯 찬탄과 경앙을 아끼지 않는 것은 흥미 깊은 현상이 아닐 수 없다. 만약에 미시마의 이번 사건이 명치기에 생겨졌더라면 구단九段 야스쿠니신사靖國神社 앞에 세워진 오무라 마스지로大村益次郎의 동상은 미시마의 그것으로 바꿔졌을지도 모를 일이다.

일본도에 연連한 향수

무사도를 가장 단적으로 상징하는 일본도日本刀, 일본인들이 「무사의 혼」이라고 부르는 그 일본도는 한반도에 대한 침략이나(민비閔妃를 살해한 것도 실로 이 일본도였다) 중화 대륙과 동남아 침공에서도 크게 활약했지만, 그것은 그들이 근대적인 무기를 못 가져서가 아

303

니오, 일본도에 대한 하나의 신앙, 하나의 향수가 이 구시대적인 무기를 재등장시켰다고 보아야 할 것이다. 워낙 대량의 수요인지라 소위 명도銘刀라고 할 일품逸品(아주 뛰어난 물품)은 백에 하나가 어렵고 대개는 새로 벼른 「나마쿠라 鈍刀」였지만, 출정하는 장교급의 군인·군소들이 전가傳家(대대로 집안에 전해 내려옴)의 보도나 어루만지듯, 장만한 일본도를 서로 뽑아 보이며 필승의 부적마냥 자랑하는 것은 전시 일본의 도처에서 흔히 보는 풍경이기도 했다.

가타나끼는 전시 아닌 평화 시에도 일본인의 생활감각 속에 꽤나 폭 넓은 비중을 차지하고 있다. 가마쿠라나 교토 같은 고도古都는 더 말할 것도 없거니와 도쿄·오사카를 위시해서 어느 지방 도시를 가도 도검상刀劍商이 있고 고도古刀를 연마研磨하는 도공刀工이 있다.

좀 행세라도 한다는 가문이면 값나가는 고도古刀를 몇 자루씩은 소장하는 것이 보통이오, 그중에는 한 자루에 수백만 원을 호가하는 「정종正宗(마사무네)」이니 「비젠오사후네備前長船」니 하는 명도들도 있다. 그런 고도古刀를 걸어두는 칼걸이(카타나가케)가 응접실이나 화실和室(일본식 다다미방)의 도코노마床の間에 놓여 있는 것도 일본 가정의 상례적

304

인 풍경이다.

시대가 변천하고 풍조가 달라져도 일본도에 대한 애착은 쉽사리 사라지지 않는다. 흡사 영화나 신극이 아무리 활개를 치는 시대에 있어서도, 전통적 무대예술인 가부키나 닌교조루리人形淨瑠璃가 여전히 융성하고 있는 것과 방불한 얘기다.

그렇다고는 하나 일본도가 상징하는 일본의 무사도가, 실질에 있어서 옛날 그대로의 모습을 지금도 고수하고 있다는 것은 아니다. 새로운 시대 감각 속에 살면서도 그들의 생활감정 한구석에 언제나 무사도의 잔영이 움츠리고 있는 것은 사실이지만, 현대의 일본인들의 생활감정 속에 온유溫有하고 있는 무사도와 과거의 무사도 그것과는 천리의 거리가 있다는 것도 또한 부정하지 못할 사실이다.

무사도의 집약 〈충신장忠臣蔵〉

『무사도=가마쿠라시대(12세기)에 시작되어 에도기江戸期에 와서 유교 사상을 바탕으로

305

大성、봉건 지배체제의 이데올로기적 지주支柱를 이루었다。충성·희생·신의·염치·

결백·질소質素(꾸밈이 없고 수수함)·검약·상무尙武·명예·정애情愛 등을 도의적 목표로 삼았

다。」

암파판岩波版《광사원》에는 무사도를 이렇게 설명하고 있다。

충성이니 희생、신의 같은 것은 동양 사상의 근간이오、결코 일본 무사도의 전매

특허는 아니다。그러나 그 충성、그 희생의 방식은 역시 어디까지나 일본적이오、중화

대륙이나 우리네의 그것과는 풍기는 뉘앙스가 같지 않다。그러한 일본적 특성을 하나

하나 들추기보다는、일본의 대표적인 가부키(고전 연극)《충신장忠臣藏》의 경우를 생각해

보는 것이 좀 더 손쉬운 지름길이 될 것 같다。일본 무사도가 도의적 목표로 삼아 왔

다는 일체의 조건이 이 한 편의 연극 속에 집약되어 있기 때문이다。

연극이라고는 하나 이것은 실제로 있었던 사건을 각색했을 뿐、극중에 등장하는

인물들도 사전에 의거이 이름이 나와 있는 실재 인물들이다。도쿄 시나가와品川의 센

가쿠지泉岳寺에는 이 사건으로 해서 절복切腹한 47사士 전원의 묘소가 있고、사건 후

270년이 지난 지금도 참배자들의 향화가 끊일 날이 없다。

1702년(겐로쿠元禄 14년) 3월, 에도성에 하춘賀春의 칙사가 오게 되어 그 접대역으로 하리마아코播州赤穂(현 효고현 히메지姬路)의 영주 아사노 다쿠미노가미淺野內匠頭가 임명된다. 경험이 없는 젊은 영주 아사노는 선배 격인 노신老臣 키라 고즈케노스케吉良上野介에게 직책에 관한 시교示教와 지도를 받으려고 했으나, 미리 뇌물을 쓰지 않았던 탓으로 키라는 지도는커녕 중인衆人 앞에서 아사노를 「붕어(鮒鮒)사무라이」라고 모욕한다. 아사노는 격분을 참지 못해 칼을 뽑아 키라를 베려고 했으나 뜻을 이루지 못하고, 전중殿中에서 발도拔刀(칼을 뽑음)한 죄과로 그날로 절복切腹, 영지를 몰수당한다.

식록食祿[1]을 잃은 아코赤穂의 가신 중 47명은 주군의 원한을 풀기 위해 가로家老 오이시 쿠라노스케大石內藏助를 두령으로 와신상담의 신고辛苦를 겪으면서 복수의 기회를 노린다. 오오이시는 교토 야마시나山科에 은서隱棲[2]하면서 기온紙園(교토에서 이름난 화가花街)을 내 집 같이 드나들며 연일 장취長醉、복수의 의사는 전혀 잊어버린 것처럼 위장해

307

---

1 식록食祿: 예전에、관리들에게 봉급으로 주던 곡식이나 돈, 피륙 따위를 통틀어 이르는 말.

2 은서隱棲: 세상의 일에 관여하지 않고 숨어 삶.

서 키라 쪽의 눈을 속인다.

동지 일당들도 각각 흩어져 말 못 할 고난을 겪으면서도 복수의 일념은 철석같이 굳다. 가부키의 각본 속에도, 이들 하나하나의 생활이 제각기 한 편의 소설을 이룰 만큼 흥미 있게 그려져 있다.

이듬해인 겐로쿠元禄 15년 12월 14일, 에도를 백설이 하얗게 덮은 한밤중에 마침내 혼죠本所 키라의 저택을 습격, 호족 우에스기上杉가의 비호로 철통같은 경계 아래 숨어 있던 키라를 무찌르고 그 목을 베어, 대열 정연하게 시나가와品川의 센가쿠지泉岳 후로 돌아와, 주군 아사노의 묘전에 그 수급首級을 바친다.

의거라고 해서 민심은 압도적으로 아코로시赤穗浪士를 지지했고, 막부 측에서도 그들의 조명助命(목숨을 구해줌) 운동에 진력하는 동정자들이 적지 않았으나, 국법을 굽힐 수 없어 결국은 절복의 처단이 내려 16세의 소년 (쿠라노스케의 아들 치카라主稅)을 비롯한 전원 47명이 주군의 뒤를 따라 자결함으로써 이 복수담은 끝을 맺는다.

이들의 거사에 동조해서 에도로 밀송密送하는 대량의 무기를 제공한 오사카의 거상巨商 아마노야 리혜天野屋利兵衛가 취조관 앞에서 한 대답, 『아마노야 리헤는 남아라오

〈오도코데 고자루〉라고 한 한마디는 무슨 명언처럼 이따금 일본인의 입에 오르내리는 문

자이다. 또 하나 여담이지만, 일본에서 아이들이 「메쿠라오니盲鬼」라는 유희를 할 때, 장님이 된 「오니」를 가운데 두고 원진을 그린 아이들이 손뼉을 치면서, 보통이면 『오니상 고치라 데 노나루 호오에…〈소경님 이쪽이오, 손뼉 치는 쪽이오〉』를 연창連唱하는데, 이 놀이를 어른들이 할 때는 흔히들 「오니상」을 「유라상」으로 고쳐서 부른다. 오오이시가 유리遊里에서 일부러 취한 척하면서 기녀들을 상대로 「소경놀이」를 한 데서 유래한 것이라니 〈충신장〉이 일본인의 생활 정서 속에 얼마나 뿌리 깊게 침투되어 있는가 를 알 수 있다.(가부키 무대에서는 오오이시의 이름이 오오보시 유라노스케大星由良之助로 되어 있다).

일본적인 모럴과 체취

이 한 편의 복수담 속에는, 영주에 대한 충성, 그 충성을 관철하기 위해 스스로 사지 를 택하는 희생정신, 동지끼리의 맹약을 끝까지 지킨 신의 등, 무사도의 귀감이라고

할 모든 도의적 조건이 갖추어져 있다. 그럼으로 해서 후세 사람들이 아코기시赤穗義士

의 이름으로 그들을 추앙하는 것이겠지만, 한편 그것이 발단에서 종국까지, 어디까지

나 일본적인 모럴, 일본적인 뉘앙스로 일관된 것이 일반 국민 대중의 구미를 한결 돋

우는 이유라고도 볼 수 있다. 「붕어 사무라이」란 욕설 한마디에, 영주의 위치도, 전중

殿中의 법도도 가릴 나위 없이 칼을 빼어든 아사노淺野라는 인물이, 47명의 목숨과 바

꿔가면서까지 충성을 다하도록 그렇게 대단한 인물이라고는 볼 수 없다. 하물며 아코

赤穗는 5만 석의 소번小藩으로서 가가加賀(현 이시카와현의 일부) 1백만 석의 20분의 1밖

에 안 되는 작은 영지이다. 그러나 일본 국민의 안중에는 그런 것은 문제가 되지 않는

다. 「대竹를 가르듯이 꼿꼿하다」는 말을 좋아하는 일본인들이 아사노의 사려 없는 행

동보다는 그 직정直情적인 감정 폭발에 더 한결 매력을 느낀다는 것도 있음직한 일이

기는 하다.

　흡사 우리들이 〈춘향전〉 〈심청전〉을 즐기듯, 일본인들은 오랜 세월을 두고 〈충신

장〉을 애호해 왔고, 간혹은 한 사람이 일생을 통해 30차례, 50차례씩이나 이 가부

키를 보았다는 예도 있을 정도이다. 그러나 이렇게 일본인의 기호에 들어맞는, 그래

서 어떠한 연예의 한산기閑散期에도 〈충신장〉의 상연만은 적자가 나는 법이 없다고 하는 이 「보석상자」도, 통하지 않는 지방이 딱 하나 있다. 아이치현愛知縣하의 키라吉良라는 고을 일대에서는 〈충신장〉을 상연해서 한 번도 성공한 예가 없고, 때로는 군중들이 몰려와 폭력으로 극장을 쳐부수는 불상사도 일어난다는 얘기다. 키라는 바로 키라고 즈케노스케가 지배하던 영지. 〈충신장〉의 무대나 강담講談(고단)[3]에서는 교활과 탐욕의 원흉처럼 되어 있는 키라 요시나카吉良義央가 영민領民들에게는 자부慈父처럼 존숭을 받던 어질고 착한 영주였다는 것도 의외의 감이지만, 그렇다고 해서 근 3백 년의 세월이 지난 지금에 와서까지 그를 악역으로 내세운 가부키시바이歌舞伎芝居(연극)가 지방민의 미움을 받는다는 것은 끈질기고도 놀라운 집념이라 아니할 수 없다.

이런 완미頑迷[4]에 가까운 의리감은 차라리 현대와 같은 메마른 시대에 있어서는 그 희소가치로 해서 가상하게 생각해야 할 일일지는 모르나, 이런 얘기에서도 역시 어

3   메이지 이후에 강담사 혼자 무용담·복수담·군담 등에 가락을 붙여 재미 있게 들려주던 연예의 일종.

4   고집이 세고 잘 미혹됨.

311

던가 일본인적 체취가 풍기는 것은 예외가 아니다.

여담의 또 하나 여담이 되지만, 키라 요시나카는 소장少壯 시절 막부의 사신으로 쓰시마對馬島로 파견되어 조선국 관원과 외교 접촉을 한 일이 있어, 그 기록이 「암파문고岩波文庫」의 한 권으로 나와 있던 것을 기억하고 있다. 〈충신장〉에서는 아코기시赤穗義士들에게 목을 베인 악역이지만, 키라라는 인물은 재물에만 눈이 어두운, 그렇게 단순한 위인은 아니었던 것 같다. 선과 악, 의와 불의를 칼로 가르듯 두 쪽으로 판가름을 해야 직성이 풀리는 이 단순한 모럴리티도 또한 일본적인 체질의 하나임에는 틀림없다.

무사도 화려했던 시절

《광사원》이 열거한 무사도의 기본윤리에서 충성·희생·신의 이하 상무·명예까지는 알 수 있으나 마지막의 정애라는 것은 무사도와는 무언가 어울리지 않는 문자 같기

312

도 하다. 하지만 사내끼리 인정을 써서 양보하거나 어려움을 돕거나 할 때 일본인들은 「무사의 정의(부시노 나사케)」라는 말을 곧잘 쓴다.

역시 가부키 18번의 하나에 〈권진장勸進帳(간진초오)〉이라는 것이 있다. 가마쿠라 막부의 집권자인 미나모토 요리토모源賴朝의 추격을 피해서 요리토모의 아우인 요시쓰네義經가 도호쿠東北 지방으로 도피하면서 가가의 아타카노세키安宅關라는 관문에 이르자, 거기를 지키던 도가시 사에몽當樫左衛門의 엄중한 검문을 받게 된다. 요시쓰네의 종자인 벤케이辨慶는 야마부시山伏(주법呪法과 기도를 수행하는 야승野僧) 차림으로, 사당의 건립을 위해 정재淨財를 모금하러 간다고 빙자하고 도가시 앞에서 아무것도 쓰여 있지 않은 백지 두루마리를 권진장勸金 취지문을 낭랑한 목청으로 읽어 내린다. 그리고는 종자로 꾸민 주군 요시쓰네를 주먹으로 후려갈기면서 『네놈이 똑똑치 못해 괜한 의심을 받는다』고 욕설을 퍼붓는다. 도가시는 그들이 이미 수배된 요시쓰네 일행인 줄을 뻔히 알면서도 벤케이의 고충에 감동해서 거짓 권진장에 속은 척 일행을 무사히 통과시킨다.

물론 이것도 사실史實을 극화한 것으로, 일본인들은 8백 년도 더 지난 이날까지도

313

도가시의 그날의 처사를「무사의 정의情誼의 표본으로 내세워 칭송을 마지않는다.

같은 시절, 겐지源氏와 헤이케平家가 무운武運을 걸고 서로 맞서서 싸우다가 마침내

헤이케가 멸망하기 바로 직전의 얘기이다. 야시마屋島의 강물을 사이에 두고 양군이

대치하고 있을 때, 강 위에 띄운 헤이케의 군선이 배 이물에 높다랗게 부채 하나를

편 채로 꽂는다.『너희들의 활 솜씨를 보자꾸나. 이 부채를 어디 한번 쏘아 보겠나?』

그런 뜻에서다. 그러자 강 이쪽에 있던 겐지의 젊은 부장 하나가 말을 탄 채 강물에

나서서 활을 겨누고는 까마득하게 멀리 보이는 부채를 단 한 번에 명중시켜 강물에

떨어뜨린다. 숨을 죽이고 지켜보고 있던 헤이케·겐지 두 진영에서는 순간 강물을 뒤

흔들듯 일시에 환성이 오른다.

이것이 전전戰前의 교과서에도 실려 있었던 나스노 요이치那須與一의 일화이다. 처절

한 전쟁터라기보다는 스포츠의 경기 광경 같은 얘기지만, 요이치는 이 공훈으로 크게

출세한 것이 도리어 화가 되어 오만과 방자로 세인의 빈축을 사다가 만년에는 승적僧

籍에 들어 고적孤寂한 여생을 마쳤다고 한다. 그것은 후일담이거니와, 일본인들이 즐겨

쓰는 문자로「무사도 화려했던 시절」, 그 시절의 무사도에는〈권진장〉의 도가시 같은

정이 있었고, 원源·평平 대전의 막간극이라고 할 나스노 요이치의 일화 같은, 한가로운 여백도 있었다.

그러나 군웅할거의 전국시대로 들어가면서부터 무사도의 여정餘情이라고 할 이런 한아閑雅(조용하고 품위가 있음)의 기풍은 차차로 자취를 감추고, 권모權謀와 살벌殺伐만이 앞장을 서게 되어, 때로는 부자 형제 간에 서로 빼앗고 죽이고 하는 수라극修羅劇이 연출되기도 했다. 무로마치室町의 말기에 제 아들 사이토 요시타츠義龍와 싸우다가 패사한 미노美濃의 영주 사이토 도오상齋藤道三도 그러한 예의 하나이다.

「마치야코町奴」와 「하타모토야코旗本奴」

무사도는, 일본에 있어서 봉건제도의 핵심이기는 했지만(이것은 중문경무重文輕武의 과거 우리네의 경우와는 판이하다), 일본 문화 그 자체는 언제나 무사계급, 지배계급과는 대립된 위치에서 서민층의 토양 위에 싹트고 배양되어 왔다(이 점은 우리 사회에서 실질적인 문화가 양

315

반 아닌 중인계급의 손으로 수호되어 온 것과 비슷하다). 가장 호화로웠다는 겐로쿠元禄 문화가 그랬

고, 소위 에도 문화라고 하는 것의 십중팔구까지가 역시 시정市井의 서민층을 바탕으로

해서 성장하고 개화했다고 볼 수 있다. 지배계급에 대한 대립의식이 결과적으로 일본

문화를 육성시킨 셈이니, 무사도 그 자체는 일본 문화에 대한 직접적인 공헌을 못 했

다 하더라도, 무사도라는 기반 없이는 일본 문화는 역시 자라날 수 없었다고 보는 것

이 타당한 견해일 것 같다.

에도기만 하더라도 지배계급과 서민층의 감정적 대립은 언제나 휴화산처럼 지표

아래에서 이글이글 끓고 있었다. 표면으로는 어디까지나 저자세를 취하면서도, 경제

적 실권을 장악한 이른바 조닌町人들은, 속으로는 무사 계급을 비웃는 기풍조차 있었

다(에도 문학의 한 분야인「교카狂歌」「센류川柳」에는 사무라이를 풍자하고 우롱한 것들이 적지 않다). 조닌町人

의 이런 기풍이 에도코江戸子(에도내기)의 금간판金看板이라고 할 의지意地(이욕이나 권세에 굴하

지 않는다는 일종의 기개와 고집)를 조장시켜서, 나중에는 마치야코町奴라는 시정의 무협배武

侠輩까지 생기게 되었다. 이들도 무사처럼 긴 칼을 허리띠에 꽂고 다니면서 약자를 돕

고 강자의 전횡에는 목숨을 걸고 싸우는 것을 자랑으로 삼았다. 한편 무사 계급에서도

하타모토야쿄旗本奴라는 것이 에도 시중市中을 횡행하면서 위세를 부렸다. 하타모토旗本

란 가록家祿 5백 석 이상 1만 석까지의 무사로, 말하자면 무사 계급의 중견층이라고

볼 수 있다. 그중에서도 혈기에 치우친 행동파들이 하타모토야쿄라는 실력 행사의 집

단을 형성하고 있었던 셈이다.

당연한 일이지만, 정노町奴와 기본노旗本奴의 충돌은 에도 시중의 도처에서 매일같

이 반복되었고, 유혈의 난투극도 번번이 일어났다. 그중에도 하타모토旗本 미즈노 주로

오자에몽水野十郎左衛門과 마치야쿄의 두령 반즈이인 조베伴隨院長兵衛의 격돌은 조닌과 무

사계급과의 대표적인 투쟁으로 유명하다.

인구 1백만, 8백 8정町의 에도에는, 화재가 잦았고, 소방 조직체인 히케시火消し(자치

적인 소방대원)의 위세가 또한 대단했다. 이들 히케시의 일군一群도 마치야쿄町奴 못지않

은 대항의식으로 하타모토旗本 일파들과 자주 말썽을 일으켰다. 신몽 다츠고로新門辰五郎

를 주역으로 하는 「메구미め組의 싸움」은 연극으로, 영화로 지금까지도 흥행 가치를 유

지하고 있는 대격돌의 하나이다.

어느 면에서는 무사도를 존중하고 경앙하면서도, 그 무사도가 권력이나 지배력과

결부될 때, 거기 반발과 저항으로 대립하려 드는 일본의 국민감정에는 무언가 수긍이 가는 것이 있다. 그러나 국외자인 우리로서는 그 반발, 그 저항도 필경은 일본적인 생리, 일본적인 체질의 테두리를 벗어나지 못한다는 느낌이다. 그것이 마치 야코이건 하타모토야코이건, 호전적이오, 능동적인 공통점은 같은 무사도적 기질에서 파생된 생리이고 보면 어느 것을 희고 검다고 구분 지을 수는 없는 노릇이다.

『일본인들은 칼부림으로 손목이 잘린 것을 숨기려고 앞가슴에 손을 넣고 다닌다』고 어느 외국 잡지에 웃지 못할 기사가 실려, 일부 일본인들의 분개를 산 일이 있었다.

날씨가 추울 때 가슴에 손을 넣는 후토코로데懷手를 두고 한 말이다. 물론 국민의 90％가 양복을 입는 지금 얘기가 아니오, 5、60년 전 명치 말기의 풍속을 두고 한 말이지만, 외국인이 그런 억측을 할 만한 소지를 분명 일본인은 가지고 있다는 것도 부정은 못할 사실이다.

좋게 말하면 진취성, 능동성이라고도 볼 수 있으나, 일본의 체질 속에 스며 있는 이 호전적 기질은, 때만 이르면 언제 어디서나 고개를 치켜드는 하나의 고질이며, 위험을 내포한 시한폭탄이기도 하다.

탈을 바꾼 무사도 정신

우치무라 간조內村鑑三는 메이지 후기에서 다이쇼大正 초기에 걸쳐 일본의 문학계·사상계에 지대한 영향을 끼친 선각자이다. 일찍이 한일합방을 규탄하면서 『하나의 정의에 입각한 근거도, 하나의 인도적인 동기도 가지지 못한 양국의 합방이 장차 어떠한 징벌과 응보를 일본에 가져올 것인가!』《경세잡저警世雜著》하고 통탄한 바 있다. 필자는 일문日文 저서 《아시아의 4등 선실船室》(1956/강담사판講談社版)에서 이 선각자를 두고 다음과 같이 말한 일이 있었다.

『이렇게도 양심적인 우치무라 씨도 마침내는 일본적인 체취에서 벗어나지 못한다는 사실, 의심하는 이는 그의 전집의 어느 페이지건 들추어 보라! 이를테면 청소일의 먼지 냄새 같은 「일본의 냄새」가 거기 풍기고 있는 것을 발견할 것이다.』

그「냄새」, 그「일본의 체취」는 과연 어디서 온 것일까? 그 글을 쓴 지 십수 년이 지난 이제 와서 짐짓 깨달은 바가 있다. 바로 그것이 무사도의 냄새 그것이었다.

우치무라 간조 같은 양심과 도의의 선각자, 서구 문화에 통효通曉[5]한 영문 《덕조보德朝報》의 주필, 그분의 식견으로도 넘어서지 못했던 무사도적 체취, 그러고 보면 그의 양심, 그의 염결廉潔, 불의를 탄핵할 때의 그 격렬한 어조가 하나같이 무사도적인 뉘앙스를 띠지 않은 것이 없다.

권모와 살벌의 무사도, 도의와 염결의 무사, 분명 차원을 달리한 별개의 것이면서도 밑뿌리는 하나로 연결된, 무사도에는 그런 양면水兩面獸[6]의 성격이 있다.

때마침 독도 문제를 두고 일본이 또다시 영유권을 운운하고 있어 연상에 떠오르는 인물 하나가 있다. 10여 년 전 일본의 방위청장관이던 스나다 모砂田某라는 사무라이, 그는 1955년 《문예춘추》지의 좌담회에서 젊은 대학생들을 상대로 『그렇게도 명백한 다케시마竹島(일본이 부르는 독도의 명칭을 두고도 제 것이라고 떼를 쓰고 늘어지니 기막힐 노릇이 아닌가 말이야……』하고 한바탕 기염을 토한 나머지, 『가장 위험한 외국

5 환하게 깨달아 앎.
6 두 얼굴을 가진 짐승.

인 수십만이 이 일본에 살고 있다. 그들이 언제 적이 되어서 우리를 침공할지도 모를 일이다. 그럴 때 우리의 부모 처자를 누가 구할 것인가? 군비는 절대로 필요하다」는 식의 유출유괴(愈出愈怪)한 재군비론을 전개했다.

「수십만의 외국인」이란 곧 한국인을 지칭한 것임은 다시 물을 필요도 없다.

당시 필자는 일본의 신문 지면을 통해서 이 얼간이 사무라이의 망언을 분쇄한 바 있거니와 (그 전문은 하출신서河出新書 《희망은 버릴 수 없다》에 수록), 명색 일국의 장관쯤 되는 인물의 입으로 이런 망언이 튀어나온다는 것은 보통 상식으로는 이해하기 어려운 일이다.

스나다(砂田)의 이런 미련한 사고방식, 마치 교전 상태에 있는 적국을 대하듯 이웃 나라에 올가미를 둘러씌우는 오만불손, 과거의 구채(舊債)는 깡그리 탕감한다손 치더라도 제 나라의 젊은 세대들 앞에서 한국을 침략의 상습범처럼 선동한다는 것은 문자 그대로 적반하장이 아닐 수 없다. 그러나 한 가지 분명한 것은 그도 또한 무사도의 핏줄을 이은 「의젓한 일본인」이란 그 점이다. 우치무라 간조의 무사도, 스나다 모(砂田某)의 무사도, 하늘과 땅만큼 상거(相距)는 있어도, 둘 다 무사도 정신의 한 뿌리에서 나온 줄

321

기요, 가지임에는 틀림이 없다.

요즘 우리말로 번역된 일본의 시대소설을 두고 논란이 있는 것 같으나 그런 작품에 서 보는 무사도는 이미 오늘날의 일본에는 잔존하지 않는다. 문제가 있다면 번역 그 자체에 있을 것이오, 「마카로니 웨스턴」이나 「007」영화를 본다고 모두 흉악한 살인 자가 되는 것은 아니다. 그 점에 있어서는 우리네의 청소년들을 좀 더 믿고 싶다. 다만 저조의 출판관계에 있어서 그런 책만이 판을 치고 있다면 차라리 그 점을 우려해야 할 것이다.

미시마 유키오가 천황 중심제의 부활을 부르짖으면서 일본도로 할복 자살을 했다 거나, 그런 사건에 편승해서 흰 버선(백족대白足袋)에 셋다(설태雪駄를 신은 복고조의 장발 청년들이 일본 거리에 늘어간다거나 하는 그런 현상을 두고 「사무라이 일본」이 되살 아난 것처럼 기우하는 것은 부질없는 신경과민이다. 부동浮動하는 일종의 유행병 같 은 풍조는 어느 나라 어느 시대에도 있게 마련이오, 어차피 일본인의 정신 체질에서 무사도적 체취를 일소하기란 바랄 수 없는 노릇이다.

일본도를 휘두르던 과거의 무사도는 이미 일본을 떠났으나, 상략과 공리로 경제적

322

인 판도를 넓히며, 명분보다는 실리에 재빠르고 용감한 능동 정신은 「새로운 무사도」로 탈을 바꾸어, 바야흐로 지금 한반도에 포진을 서두르고 있다. 국내에서 발매되고 있는 어느 커피 하나를 두고도 일본인 중역의 절대적인 발언이 운영을 좌우하고 있다는 얘기다. 그들에게 준동蠢動7과 자의를 허용한 우리들 자신 속에 더 큰 책임이 있다는 것은 덧붙여 말할 필요도 없는 일이다. (1970)

7 ──
벌레 따위가 꿈지럭거린다는 뜻으로, 불순한 세력이나 보잘 것 없는 무리가 소동을 일으킴을 비유적으로 이르는 말.

●
木槿通信

초판1쇄	2021년 11월 11일		2판1쇄	2022년 4월 19일
			펴낸곳	오트AUGHT
지은이	金素雲		등록번호	제2020-000065호 (2020.9.18)
발행	김영준		주소	서울 성북구 성북로 91, 지층 (우-02880)
주간	송상훈		전화	070-8882-1004
편집·교열	김성희, 박서진		팩스	02-765-7591
디자인	김정환		이메일	aughtpress@gmail.com
제작	최성식			
인쇄·제본	영신사		ISBN	979-11-972327-1-8 (03810)

ISBN 979-11-972327-1-8   ₩ 22,000